역대급 뱀직구로 슈퍼에이스!

율운 현대판타지 장편소설

역대급 뱀직구로 슈퍼에이스! 5

초판 1쇄 발행 2024년 12월 26일

지은이 | 율운
발행인 | 최원영
편집장 | 이호준
편집디자인 | 박민솔
영업 | 김민원 조은걸

펴낸곳 | ㈜ 디앤씨미디어
등록 | 2002년 4월 25일 제20-260호
주소 | 서울시 구로구 디지털로32길 30 코오롱디지털타워빌란트 1301-1308호
전화 | 02-333-2513(대표)
팩시밀리 | 02-333-2514
E-mail | papy_dnc@dncmedia.co.kr
블로그 | blog.naver.com/gnpdl7

ISBN 979-11-364-5850-6 04810
ISBN 979-11-364-5593-2 (SET)

※ 저자와 협의하여 인지는 붙이지 않습니다.
※ 이 책은 ㈜ 디앤씨미디어(파피루스)가 저작권자와의 계약에 따라 발행한 것으로 본사와 저자의 허락 없이는 어떠한 형태나 수단으로도 내용을 이용할 수 없습니다.

역대급 뱀직구로
슈퍼에이스!

율운 스포츠판타지 장편소설 · 5

1장 ·············· 7

2장 ·············· 75

3장 ·············· 149

4장 ·············· 221

5장 ·············· 289

[3위 경쟁 두 팀, 순위는 2승으로 갈린다]

[……주인공은 물론 인천 드래곤즈와 대전 팔콘스. 승차가 고작 반 경기로 줄어든 상황에서 서로가 서로를 정규시즌 마지막 상대로 만난다. 꾸준한 경기 소화와 WBC에 따른 리그 일정 변경이 맞물리며 이른 완주를 앞둔 두 팀이 최후의 접전을 벌이는 것.

……시리즈에서 2승을 거둔 팀이 3위를 확정하는, 사실상 포스트시즌에 준하는 매치업이다. 무승부가 나온다면 승차에서 앞서는 드래곤즈가 크게 유리해지지만, 올 시즌 두 팀의 무승부 숫자는 그리 많지 않다.

……13번의 만남에서 9승을 거둔 팔콘스가 시즌 상대전적을 압도하는 것이 사실. 그러나 후반기 성적과 기세 모두 드래곤즈가 앞선다. 최근 맞대결에서도 더블헤더를

쓸어담으며 위닝시리즈를 기록하기도 했다.

……해당 시리즈를 기점으로 3위로 올라선 후로는 단 한 번도 순위 역전을 허용하지 않은 드래곤즈다. 전반기 막판 리빙 레전드 김광열이 짧게 이탈했던 것을 제외하면 주전 선수단이 안정적으로 시즌을 치러왔던 점은 장점으로 꼽힌다.

……투수진의 전력은 팔콘스가 웃는다는 평가. 특히 중간 휴식일 없이 펼쳐진 6연전에서 김의준, 조동엽 등 대체선발 자원과 몇몇 불펜투수만으로 2경기를 치러낸 김용문 감독의 승부수가 2승이라는 성과로 이어졌다.

……무엇보다 이에 따라 지난주 추가 등판이 예상됐던 구강혁이 최소 6일, 최대 8일의 휴식을 확보했다. 올 시즌 4승으로 드래곤즈에는 천적이나 다름없었던 구강혁이다. 시리즈 3경기 가운데 1경기는 팔콘스가 이미 확보한 게 아니냐는 평가도 심심찮게 나올 정도다.

……복귀 등판에서 2이닝 퍼펙트로 건재를 과시한 류영준 또한 최소 한 경기에는 선발로 등판하리라는 예상. 올 시즌 드래곤즈를 상대로 2경기에서 1승을 기록한 류영준으로, 노 디시전이 된 경기에도 무자책 호투를 보였다. 드래곤즈는 팔콘스이 까다로운 원투펀치를 모두 상대해야 하는 것.

……물론 드래곤즈의 선발진 또한 강팀답게 만만치 않다. 전반기 다소 아쉬운 성적을 기록했음에도 후반기 복귀 후 베테랑의 품격을 보이는 김광열의 반등과 교체 외

인 커티스의 에이스급 활약이 제대로 어우러진다는 평가. 지난 6경기 정상적 로테이션을 소화한 드래곤즈는 이번 3연전에서 커티스, 박지후, 김광열 순의 선발 등판이 예상된다.

……타선 짜임새는 드래곤즈가 앞서는 편이다. 특히 후반기 맹타는 리그에서 따라올 팀이 없었다. 시즌 팀 타율도 2할 9푼 3리까지 끌어올리며 2위에 올라섰고, 비록 홈런왕 경쟁은 강대호와 김도현의 두 타자로 압축된 실정이지만 이충재, 고영현이 25홈런을 모두 넘어서는 등 언제든지 한 방을 때려 낼 수 있는 팀 컬러를 다시 재현해 냈다.

……타자의 팀 드래곤즈와 투수의 팀 팔콘스가 맞붙는 그림. 승자는 준플레이오프 직행이라는 특권을 얻는다. 이번 시리즈에 양 팀의 팬들은 물론, 각각 한국시리즈, 플레이오프 직행을 일찌감치 확정 지은 가디언스와 재규어스의 팬들 또한 관심을 가지는 이유다.

……한편 류영준과 김광열이 모두 등판이 가능한 시리즈라는 점에서, 오랫동안 양 팀 팬들은 물론 수많은 KBO 팬들의 염원이었던 두 사람의 선발 매치업 성사 여부도 주목된다. 물론 시리즈의 중요성을 감안했을 때 로망을 위한 선발 운용은 어불성설이지만, 3경기에 류영준이 등판한다면 가능성은 충분하다.

……우천 등의 추가적인 변수가 발생하지 않는 한, 양 팀은 서로의 시리즈로 10월의 첫날 정규시즌을 마무리한다.]

→ 드) 소신발언 하나 한다

→→ 드) ㅇㅇ?

→→ 드) 구강혁 나오는 날 경기 버리자

→→ 드) 아니 뭘 어케 버려

→→ 팔) ??

→→ 드) 못 치는 거 팩트잖아

→→ 드) 뭘 못 쳐 동민 충재 영현 요즘 흐름 제대로 탔구만 새갸 너 드래곤즈 팬 맞아?

→→ 드) 맞어 인마 ㅡㅡ

→→ 팔) 흐름 탔는데 왜 2연속 루징임?

→→ 드) 시발아 야구가 그럴 수도 있지

→ 팔) 어 형이야 형은 1승 먹고 들어가

9월 28일, 정규시즌 마지막 휴식일.

구강혁이 충분히 쉬면서 기사를 살폈다.

'균형이 맞는 좋은 승부다, 대강 그런 말이네.'

타선과 전반적인 전력 균형 면에서는 드래곤즈가, 투수력에서는 팔콘스가 앞선다는 평가와 함께 마지막 시리즈를 앞둔 두 팀.

올 시즌 팔콘스가 트레이드를 통한 영입, 특히 구강혁과 한유민의 대활약, 즉 외부 수혈로 역대급 재미를 봤다면?

'드래곤즈는 집토끼를 제대로 눌러앉혔지.'

드래곤즈는 FA 시장에서 박지후와 이충재와의 내부 계약을 무난히 성사시키며 전력 누수를 최소화했고, 그를 바탕으로 현재 3위의 호성적을 기록하고 있었다.
 '쉬고만 있어도 은근히 긴장이 되네.'
 구강혁이 입꼬리를 올렸다.
 리그는 정규시즌으로 끝나지 않는다.
 '시즌의 끝은 또 하나의 시작이야.'
 정규시즌의 우승팀에는 그 나름의 영광이 따르겠고, 서울 가디언스도 우승을 확정지으며 축포를 터뜨렸지만……
 결국 진짜 승자인 한국시리즈 우승팀.
 그를 가리는 가을야구가 기다리기 때문이다.
 '와일드카드전까지는 은근히 일정이 남았어. 어느 팀이 4위로 정규시즌을 마치든 준비할 시간은 충분한 셈이지. 그런데도 3위 싸움이 중요한 건 이후의 일정을 위해서다.'
 정규시즌 3위를 기록하고 한국시리즈를 우승한 사례는, KBO가 단일리그로 개편된 후 작년까지 단 2차례.
 모두 서울 가디언스의 성과였다.
 '정규시즌 4위를 기록한 팀이 우승까지 간 사례는 단한 번도 없어. 한국시리즈 진출, 즉 준우승을 한 경우도 네 번에 불과하고. 무조건 이겨야 하는 싸움이다.'
 144번의 모든 경기가 중요한 리그지만……
 이번 시리즈는 더욱 중요하다.
 말 그대로 포스트시즌에 준하는 시리즈였다.

＊　＊　＊

　인천 원정길, 팔콘스 선수단 버스.
　지난 울브스전 도중 짧은 불펜 피칭으로 몸 상태를 점검한 구강혁은 휴식을 취했지만, 휴식일이자 이동일인 오늘 오후에도 구장에 출근해 구슬땀을 흘린 선수들이 적잖았다.
　비장한 얼굴로 모여들어 자리에 앉아서는…….
　꽤 많은 선수가 곧바로 잠에 빠져들기도 했다.
　'진지한 분위기, 나쁘지 않아.'
　지금은 서로 어떤 말이 필요한 시점은 아니었다.
　그리고 숙소에 도착해 맞이한 다음날.
　시리즈 첫 경기, 김용문이 선택한 카드는 브라운.
　5일 휴식을 취한 뒤의 등판이었다.
　"히야."
　경기의 중요성 탓인지…….
　드래곤즈 필드는 평일 경기임에도 당연한 듯 만원을 달성했고, 일찌감치 구장을 찾은 팬들의 수도 엄청났다.
　류영준이 말했다.
　"많이도 오셨네."
　구강혁이 고개를 끄덕였다.
　"그러게요."
　팔콘스 원정팬들의 유니폼이 그 절반가량.
　어쩌면 그보다 많을는지도 몰랐다.

[……안녕하십니까, 드래곤즈 필드에서 펼쳐지는, 어떤 면에서는 이번 정규시즌에서 가장 중요한 매치업. 드래곤즈가 팔콘스를 맞이합니다.]

[안녕하십니까.]

[팔콘스가 선택한 오늘 경기 선발은 브라운입니다. 지난주 스타즈전에서의 등판은 아쉬운 결과로 이어졌지만, 최근 3경기를 통틀어 2승 1패로 괜찮은 모습을 보였습니다.]

[직전 등판, 파이터스전에서 좋았죠. 다만 경기의 성격, 순위 결정전임을 감안하면 소화하는 이닝이 많지 않을 가능성도 생각해야 해요. 스디즈전처럼 난조가 이어지면 경기 초반에도 얼마든지 교제가 가능하겠죠.]

[그 점은 커티스를 선발로 내세운 드래곤즈 입장에서도 마찬가지일 것으로 보입니다. 대체외인으로 투입된 두 선수의 시즌 맞대결은 처음입니다. 특히 브라운은 외인의 가장 큰 관문으로 꼽히는 KBO 데뷔전에서 드래곤즈 타선에 만루 위기를 내준 적이 있습니다.]

[그랬죠. 하지만 단 1실점으로 막아 내면서 위기관리에 강한 면모를 보였고, 이후로는 지금까지 기존의 외인이었던 로건의 공백을 훌륭하게, 그 이상으로 메워주는 모습이에요.]

[전반적으로 대체외인의 성공률이 높다고는 볼 수 없는 KBO, 그럼에도 오늘 선발로 나서는 두 선수는 모두 성공사례라고 볼 수 있을 듯합니다.]

[그럼요. 자, 두 팀이 모두 가을야구 진출을 확정지은 지금, 물론 포스트시즌에도 중책을 맡아줘야 할 두 선수입니다만. 3위 싸움인 이번 시리즈 첫 경기에서 선봉으로 나섰다는 점에서는 어깨가 또 무겁습니다.]

[그렇습니다. 사실 선발 예고에 대해서는 갑론을박이 있었습니다. 이미 충분한 휴식을 취한 구강혁이 아닌 브라운을 선발로 내세웠다는 건, 김용문 감독이 또 한 번의 승부수를 걸었다. 그렇게 볼 수 있을까요?]

[그렇죠. 지난주 승부수는 굉장히 좋게 작용했어요. 승차를 단숨에 따라잡은 덕분에 스윕이 아닌 2승만으로도 3위를 확정할 수 있게 됐고, 브라운으로 시작하는 선발 운용도 그 덕분에 가능한 선택이라고 봐야겠죠.]

두 외인의 선발 맞대결.

3회까지는 치열한 투수전 양상이었다.

2회 팔콘스에서는 노재완이 안타를, 드래곤즈에서는 고영현이 볼넷을 통해 출루하는 등.

양 팀 4번 타자만이 1루를 밟았고, 잔루가 됐다.

그리고 4회초 1사 후 페레즈가 좌전안타로 한 번 더 출루에 성공했으나, 후속타 불발로 팔콘스가 여전히 무득점에 그친 반면.

4회말 2사 후.

[······8구째도 파울. 또 한 번의 커트에 성공하는 고영현. 브라운과 고영현의 풀카운트 승부가 계속됩니다. 2사 후 타석에 들어선 고영현 타자, 집중력이 대단하네요.]

[앞선 타석에도 볼넷을 얻어 냈으니까요. 드래곤즈로서는 유일한 출루였죠? 아, 브라운. 고개를 저어요. 지금 점점 더 던질 공이 없어지고 있거든요.]

[그러나 승부는 계속되어야 합니다. 브라운의 9구째, 당겨쳤어요! 타구 큽니다! 왼쪽으로, 왼쪽으로!]

고영현이 긴 승부 끝에 좌측 담장을 넘기며…….

드래곤즈가 1점의 리드를 잡았다.

'몰렸네. 하필이면 여기서. 아쉬운 승부다. 앞선 타석에서 볼넷을 허용한 점 때문에 더 신경이 쓰였겠지. 볼넷을 내줄 바에야 홈런을 맞으라지만…… 이번 시리즈에서만큼은 맞아떨어지지 않는 말이야.'

다소 아쉬운 피홈런.

그래도 이후 브라운은 5회 허용한 단타를 제외하고는 계속해서 좋은 피칭을 보이며 6회까지를 잘 막았다.

'6이닝 1실점.'

제 역할은 한 셈이었다.

하지만 커티스는 6회 황현민, 7회 채연승에게 각각 안타를 허용했음에도 여전한 짠물 피칭을 선보였고…….

1점의 리드로 승리투수 자격을 갖췄다.

[……7회초 원민준을 등판시키며 추격 의지를 보인 팔콘스, 8회에는 마무리 주민상까지 등판하는 강수를 둡니다.]

투수조의 여력이 충분한 상황.

김용문은 필승조를 가동하며 추격 의지를 보였고, 원

민준과 주민상이 무실점 피칭으로 그에 응답했음에도 불구.

8회초에도 팔콘스 타선은 드래곤즈 불펜의 후반기 핵심 자원으로 꼽히는 문승태에게 묶이고 말았고, 9회초에는 드래곤즈의 젊은 마무리 조범영이 등판.

선두로 나선 한유민이 초구를 때려내며 출루에 성공, 이후 페레즈의 번트로 점수 짜내기에 나섰음에도……

[……삼진! 경기 끝! 조범영의 연속 삼진! 1사 2루의 동점 찬스에도 흔들리지 않는 조범영! 드래곤즈가 시리즈 첫 경기에서 기선을 제압합니다!]

끝내 동점을 만들지 못한 팔콘스.

스코어는 0:1.

다시 최악의 패배였다.

[인천 드래곤즈, 단 3명의 투수로 팔콘스 제압!]

[경기 MVP 커티스, "고영현의 홈런이 결정적"]

[짜임새로 신승 드래곤즈, 3위까지 단 1승!]

숙소로 돌아가는 버스의 분위기가 무거웠다.

'이런 적이 있었나 싶을 정도네.'

구강혁도 착잡한 심정이었다.

눈이 마주친 류영준이 어깨를 으쓱여보였다.

물론 좋은 분위기일 수는 없었다.

지난주 기껏 따라잡은 승차가…….

'2승을 모두 거둬야 3위. 9회 어떻게든 유민 선배를 불러들였다면 최소한 연장 승부로, 설령 패배하더라도 상

대 투수를 소모하는 효과라도 봤을 텐데.'

오늘 패배로 사실상 무위로 돌아간 셈이었으니까.

'나도 이렇게 아쉬운데 나갔던 선수들은 어떻겠어. 그래도 우울해서 좋을 것도 없다. 이런 상황에 나서는 걸 그리 좋아하지는 않고, 지금 이 버스에 선수들이 다 있는 것도 아니지만······.'

구강혁이 헛기침을 몇 번 했다.

"크흠, 흠."

류영준이 입꼬리를 올렸다.

"거, 강혁이가 할 말 있단다."

신수들이 제각기 고개를 돌렸다.

"어, 으음. 그, 지난주에 말입니다."

구강혁이 천천히 입을 열었다.

"선배님들도 그렇지만, 특히 우리 어린 투수들. 의준이나 동엽이, 지환이, 선민이······ 다들 잘해 준 덕분에 4승이나 했잖아요. 그래서 오늘 패배는 넘어갈 수 있는 거 아닙니까?"

괜찮다고.

"아무리 야만없이라지만, 승차 못 좁혔으면 오늘 경기에 시즌 순위가 확정됐을 거잖아요."

채연승이 얼른 대답했다.

"그래, 맞다!"

"브라운 피칭도 낫 배드였잖아요. 브라운! 유 월 굿!"

"강혁아, 걔 2호 탔다."

"헉."

한유민의 말에 작은 웃음소리가 새어 나왔다.

"뭐, 아무나 전해 주시고. 아니다. 제가 가서 말하면 되죠. 아무튼 오늘 상대 선발 공이 좋기는 하더라고요. 그런데도 4안타나 때려냈잖아요? 우리 타자들 타격감이 올라왔다고요."

몇몇은 고개도 끄덕였다.

"1점 승부가 아쉽기는 해도 마무리 뽑아낸 것까지도 좋고요. 구위가 오늘 역대급이던데. 그래도 연투에 장점이 있는 선수는 아니고. 한유민 선배는 심지어 그 포심을 받아쳐서 안타도 만드셨잖습니까?"

궤변이었다.

'헛소리지만······.'

산발적 안타는?

'그게 중요한 시점이 아니지.'

패배의 지름길이니까.

"그리고 봐요, 2경기에서 2승이면 되는데. 내일 경기는 일단 이길 겁니다. 왜? 제가 선발로 나갈 거니까요. 그리고······ 모레 경기도 이길 거예요. 왜냐!"

이번에는 류영준이 답했다.

"내가 나가니까."

"그렇습니다. 이상입니닷!"

선수들이 조금씩 입을 열었다.

"그래. 3위여. 3위. 다 이기면 되지."

"씨, 그래. 어떻게 다 이깁니까?"

"유민 선배는 9회도 9회인데. 6회 타구는 진짜 제대로였다니까. 그거 빠졌으면 그냥 1점인데!"

얼굴에도 어느 정도 화색이 돌아왔고.

그렇게 숙소 도착을 앞둔 시점.

주장 채연승이 누구에게선가 전화를 받았다.

"어, 네. 허어…… 알겠습니다."

그러고는 말했다.

"내일 선발, 박지후가 아니라는데?"

구강혁이 눈을 크게 떴다.

"네?"

"송영관이래. 얘들 이거, 경기 진짜 버리겠다는 건가."

선발 예고에 대한 연락이었던 것.

'박지후 선배는 사실상 2선발 내지 3선발이었는데. 송영관은 5선발 내지 대체선발 자원. 우리로 치면 의준이 정도 포지션에 있던 선수인데.'

류영준이 말했다.

"설마 경기를 다 버리겠어. 페이크 아냐?"

채연승이 답했다.

"글쎄요."

이번에는 드래곤즈가 승부수를 던진 것이었다.

그리고 다시 다음날.

드래곤즈의 선발 라인업이 공개되며…….

그 의도가 명확해졌다.

[구강혁 상대 드래곤즈, 2경기 라인업 의도는?]

[인천 드래곤즈, 야수진 대거 교체!]

고영현과 이충재를 제외한 모든 선수, 심지어 포수는 물론 시즌 전체를 1번 타순으로 소화한 최동민까지 교체를 감행하는 강수.

"사실상 버리는 것도 맞는 거 같은데……."

박상구의 말이었다.

구강혁이 천천히 고개를 끄덕였다.

"선발 면에서는 그렇지. 하지만 송영관이 그렇게 나쁜 투수도 아니고, 저쪽도 총력전으로 나오는 건 마찬가지일 거야. 어제 연승 선배님 말씀처럼 2이닝, 3이닝만 던지고 내려갈 가능성도 낮지 않아."

"타선은?"

"장타력 있는 좌타자 비중이 높잖아?"

한 방을 더욱 거세게 노리겠다는 의도.

"기본적으로는 어제처럼 한 방으로 승부를 보겠다는 거지. 하필 어제 홈런 친 고영현에 후반기 장타력이 눈에 띄게 좋아진 이충재를 남겼다는 것도 그렇고."

동시에…….

"너도 의식한 거 아냐?"

"그것도 그렇겠지."

다음 경기에까지 영향을 미칠 정도로, 올 시즌 상대 타선을 파괴적으로 몰아붙이는 구강혁에 대한 대응책.

'하, 괘씸하구만.'

오늘 경기에 주전 라인업이 구강혁을 피하게 함으로써, 내일 경기를 확실하게 가져오겠다는 의도였다.

박상구가 물었다.

"어쩔까, 그럼?"

구강혁이 눈을 가늘게 떴다.

그러고는 씨익 웃었다.

"어쩌기는, 찬스지."

"찬스?"

"야무지게 섰다, 20삼진 각."

박상구가 어이가 없다는 듯 고개를 저었다.

"그거 아직도 인 까먹었냐?"

"반은 진심이었다고 했잖아?"

"하……."

"그리고 제대로 알려줘야지."

"또 뭘?"

"단단히 잘못된 선택을 했다는걸."

* * *

정신없이 지나간 후반기 막판 일정.

구강혁은 꾸준히 20탈삼진을 염두에 뒀다.

'가디언스전 이후로 기묘한 느낌이 계속됐으니까. 퍼펙트도 퍼펙트지만, 20탈삼진이라는 대기록도 문신의 성장으로 이어지리라는 느낌이.'

그러나 무려 1위팀 서울 가디언스를 상대로 정규이닝 탈삼진 신기록을 세웠음에도 불구.

20탈삼진은 만만한 기록이 아니었다.

'하지만 역시나 대기록은 대기록이지. KBO 정규이닝 탈삼진 기록은 올해 내가 세웠으니 20탈삼진이 있을 리 없고, 상구가 말하기로는 메이저리그에서도 퍼펙트보다 귀한 기록이랬으니.'

그런데도 구태여 다시 입을 연 것이다.

기회라고.

왜?

'홈런을 노리는 타자들이 가장 쉬우니까.'

드래곤즈의 오늘 경기 전략 때문이었다.

선발 라인업이 공개된 현재.

이미 온라인 커뮤니티는 떠들썩했다.

먼저 박지후가 아닌 송영관이 선발이라는 점.

'송영관이 나쁜 투수는 아니야. 정통파임을 감안해도 높은 타점에서 꽂아넣는 포심, 좋지. 볼끝도 더럽고.'

가디언스의 최형진이 사이드암임에도 수직 무브먼트에 강점을 가졌다면, 송영관은 오버핸드 피쳐이면서도 수평 무브먼트에 강점을 가졌다.

'기본적으로는 비슷한 그립을 잡으면서도 세밀한 위치와 손가락 힘을 조절하면서…… 때로는 곧게, 때로는 싱커성, 때로는 커터성 포심을 던지는 거겠지.'

주요 변화구 레퍼토리는 커브와 슬라이더로, 속구의 강

점을 극대화하기에 충분한 구종.

'구속, 무브먼트, 구종 측면에서 모두 선발로서 충분한 가능성을 가진 셈이고, 그렇기 때문에 올 시즌 5선발 자원으로 중용된 거겠지만…….'

장점이 많은 투수였다.

그러나 단 하나.

'그런 면만 감안하면 로테이션 본격 진입이 문제가 아니라 에이스급까지 성장할 수도 있겠지만, 가장 큰 장점인 무브먼트가 때때로 의도에서 빗나가는 모습들이 문제야.'

긴디션에 따른 피칭 퀄리티의 편차가 심했다.

볼넷을 아주 많이 내주는 선수는 아니지만, 포심이 의도대로 움직이지 않으면 졸지에 피안타를 양산하며 대량 실점을 허용하기도 했다.

'긁히는 날에는 상위권 선발 못지않게 까다롭지만, 흔들리기 시작하면 배팅볼 투수로 전락하는 거지. 솔직히 말해 오늘 같은 경기에 선발로 내기에 적합한 카드는 아니야.'

기존의 선발 등판이 예상됐던 박지후와 비교한다면?

안정성 면에서는 따라갈 수가 없다.

그렇기에 논란이 일었던 것이다.

→ 드) 오늘 경기 진짜 버리는 거임?

전력을 다하는 경기가 맞냐는 의미로.

'애초에 위장선발이라기보다는 짧게 끊어가면서 상황

에 따라 불펜의 전력을 투자해볼 생각이겠지. 선제점을 낼 수 있다면 더더욱.'

물론 딱 떨어지게 결론을 내리기는 어렵다.

상대 더그아웃의 사정까지는 알 수 없으니.

그럼에도 박지후를 아낄 수만 있다면 아끼겠다는 의도는 명확했고, 그건 구강혁을 내세운 오늘의 팔콘스가 아닌 내일의 팔콘스에 전력을 쏟아붓겠다는 의미였다.

그뿐인가.

선발 라인업에 주전 타자들이 아닌 백업 자원을 대거 투입하는 초강수를 두며, 오늘 경기 구강혁의 피칭에 영향을 받지 않겠다는 의도까지 보이고 있다.

어제의 승리로 승차를 다시 늘리며…….

1승은 물론 무승부만으로도 3위를 확정지을 수 있는 드래곤즈로서는 그 이점을 최대한 활용하는 전략인 셈.

구강혁은 이에 대해 미리 평가한 것이다.

단단히 잘못된 선택이라고.

"오늘 아침에 일어나는데 말이야."

"응?"

박상구가 눈을 끔벅였다.

"이래도 되나 싶을 정도로 컨디션이 좋더라고."

"으음, 많이 쉬었으니까?"

구강혁이 어깨를 으쓱였다.

'김용문 감독님은 저런 째째한 승부에 휘말리실 만한 분이 아니다. 그러니 오늘 내 역할은…… 더그아웃에서

지켜보는 타자들마저도 흔들릴 정도의 압도적인 피칭.'

* * *

여전히 리그의 팀 타율 1위팀은 재규어스다.
그러나 2위는 이제 가디언스가 아니라 드래곤즈.
후반기 이들의 매서운 기세는 타선의 힘에 기인했다.
타율의 상승폭도 그랬으나, 팀 홈런은 더더욱.
기어코 해당 부문 1위도 탈환했으니까.
각각 37개, 35개로 개인 홈런 1위 경쟁 중인 강대호와 김도현 같은 간판급 타자가 없음에도 이룩해 낸 쾌거다.
그 중심에 있던 것은 물론 고영현과 이충재.
특히 고영현은 어제 경기 홈런으로 28개째를 기록, 거포의 증거와도 같은 30홈런 가능성을 열어두기도 했다.
그들의 뒤를 받치며 타순을 막론하고 터뜨린 홈런이야말로, 드래곤즈의 3위 탈환과 수성의 비결이었던 셈.
오늘 경기의 선발 라인업은…….
그런 홈런을 극단적으로 강조한 타선.
그러니까, 잘 포장하자면 그랬다.
경기를 앞둔 시점.
드래곤즈 내야수 전희권이 생각했다.
'코치님들도 우리를 불러서는 딱 한 방이면 얼마든지 무너뜨릴 수 있다느니 했지만. 결국 주전 선배들을 저 비상식적인 인간이랑 만나지 않게 하려는 거겠지.'

그는 주전이 아니다.
오늘은 그렇기에 온 기회다.
관중석에서 한 팬이 소리쳤다.
"오늘 진짜 버리는 거 아니지!"
카랑카랑한 목소리였다.
선수들, 특히 전희권과 마찬가지로 오늘 경기 더그아웃의 전략 덕분에 기회를 받은 타자들이 눈썹을 슬쩍 찌푸렸다.
'상대전적이 무려 4패니까. 천적이 따로 없지. 하지만 팬들 입장에서는 일말의 기대감이라도 가지고 보는 경기와, 아예 내주기로 작정한 것을 알고 보는 경기는 다르겠지.'
버리는 경기를 보고 싶은 팬은 없다.
선수는?
조금 다르기는 했다.
버리는 경기든, 순위와 무관한 죽은 경기든.
1군 무대 경험은 언제나 도움이 되니까.
'막말로 짜증이 솟는다. 차라리 감독님이든 코치님이든 솔직히히 말이라도 했으면 기분이라도 개운했을 텐데. 너무 까다로운 투수라 어쩔 수 없다, 오늘은 한 방만 노려보다가 안 되면 그냥 접자, 뭐 그런 식으로.'
그러나 전희권은 팬들과 입장이 비슷했다.
버리는 경기에 나서고 싶지는 않았다.
그렇기 때문에…….

'그럴 수 없었다는 것도 대충은 알지만, 하이고. 어쩔 수 없지. 내가 그 일말의 기대감이 되는 수밖에.'

팬들이 가질 수 있는 일말의 기대감.

그게 자신에게 쏠리기를 원했다.

오늘 경기 전희권은 2번, 지명타자 선발 출장.

좌타거포 유망주로, 파워 툴만큼은 리그에서도 최상위권이라는 평가가 늘 따랐던 그다.

문제는 그 유망주 생활이 너무 길어지고 있는 점이지만, 그럼에도 전반기에는 2군 리그를 그야말로 폭격하며 확대 엔트리 시행 전부터 1군에 콜업.

1루 배업 자원으로 나름의 자리를 잡았고, 대타로 나선 타석에만 무려 3개의 홈런을 기록하며 쏠쏠하게 활약했다.

좋은 성적과 흐름.

선발 라인업에 대한 욕심도 났지만, 착실하게 승수를 쌓아온 주전들의 굳건한 벽을 넘기는 쉽지 않았다.

'좋게, 좋게 생각하자고. 남들이 보기에 어떻든 나한테 좋은 기회인 건 분명해. 구강혁? 그래, 대단한 양반 맞지. 그래서 뭐? 그런 양반 상대로 하나 때려내면 평가도 확실히 달라질 거 아냐?'

구강혁의 올 시즌 피홈런은 단 2개.

전희권의 의지는 충만했다.

'3개째는 내 거다.'

코치진은 사실상 경기를 내려놨더라도…….

기회를 얻은 백업 자원들은 그렇지 않았다.

 경기가 곧 준비되었다.

 [……3위의 향방을 가를 시리즈, 그 두 번째 경기. 다시 한번 드래곤즈 필드에서 보내드립니다. 어제 선발 예고도 그랬습니다만, 라인업 발표에는 뜨거운 반응이 많았습니다.]

 [드래곤즈가 또 승부수를 걸었죠.]

 [그렇습니다. 선발로는 박지후가 아닌 송영관을, 타선에도 백업 자원의 비중을 높이는 선택을 했어요.]

 [아무래도 팔콘스의 오늘 선발, 올 시즌 드래곤즈에 정말 강한 모습을 보인 구강혁을 상대로 전력을 투자한다는 건, 어제 경기 필승조의 소모까지 고려했을 때 쉬운 선택이 아니거든요.]

 [송영관은 지난주 브레이브스와의 경기에 구원투수로 등판해 비록 팀의 패전을 막아 내지는 못했습니다만, 3이닝 1피안타 무실점으로 좋은 피칭을 선보인 바 있습니다.]

 [충분히 선발로 나설 만한 선수예요. 실제로 적잖은 경기에 선발로 나섰고요. 5선발이었죠? 컨디션이 좋은 날이면 아닌 게 아니라 오늘 선발로 예상되던 박지후보다도 낫지 않느냐, 드래곤즈 팬들께서도 그런 평가를 하시거든요.]

 [그렇습니다. 말씀드리는 순간, 드래곤즈 필드의 마운드에 송영관 투수가 올라옵니다. 다소 긴장된다는 듯 굳은 표정입니다만, 사실 송영관 투수는 언제나 저런 느낌

이죠.]

[하하, 그렇습니다.]

1회초, 팔콘스의 첫 공격.

선두로 나선 황현민도 만만치는 않았다.

2스트라이크를 먼저 내주고도…….

3연속 유인구를 참아내며 풀카운트 승부로 끌고 간 것.

슈욱!

따아악!

[……6구, 타격! 잘 맞은 타구! 그러나 타구가 멀리 뻗지는 못 하는 모습. 우익수가 거의 제자리에서 잡아내며 원 아웃, 뜬공으로 첫 아웃카운트를 장식하는 송영관입니다.]

2번 타자는 한유민.

슈욱!

따아악!

[……초구부터 타격! 유격수 잡을 수 없고! 내야를 빠져나갑니다! 한유민의 안타!]

초구 슬라이더를 받아치며 출루에 성공.

[……페레즈도 다시 초구를 공략! 그러나 이번에는 유격수 잡아내고…… 2루로! 2루수 다시 1루로…… 아웃! 6, 4, 3의 깔끔한 더블플레이!]

[페레즈가 급했죠?]

[고개를 떨구는 페레즈. 주자를 병살타로 지워낸 송영관이 단 8구로 1회를 마무리합니다. 전력을 아끼는 게 아

니냐는 관계자들의 평가, 보란 듯이 호투로 응답하는 송영관!]

그러나 순식간에 아웃카운트가 채워졌다.

드래곤즈 더그아웃에서 최동민이 말했다.

"이야, 오늘 긁히는데?"

박지후도 고개를 끄덕였다.

"진짜 할 만도 하겠어."

가만히 듣던 전희권이 내심 혀를 차고는…….

'그럼 경기 전까지는 가짜 할 만도 했냐?'

짜증을 감추며 타석에 들어설 준비를 했다.

팔콘스 야수들도 제각기 뛰쳐나와 자리를 잡았고, 선발 구강혁 또한 마운드로 올라왔다.

둥! 둥! 둥! 둥!

Snake From the Hell.

Unleashed on This Field…….

원정 응원석에서 등장곡이 울려퍼졌다.

'안방이냐? 엉? 니네 안방이야?'

전희권이 다시 인상을 찌푸렸다.

[……드래곤즈의 오늘 경기 선두타자는 이용승. 확대 엔트리 시행에 맞춰 1군에 콜업된 후 주로 외야 백업 자원으로 경기에 나서고 있습니다. 오늘은 불변의 리드오프였던 최동민의 자리를 채웁니다.]

[기회가 많지 않았는데도 꿋꿋하게 잘해내고 있어요. 콜업 당일 결승 타점도 기록했고요. 1번으로 들어오기는

했지만 오늘 경기에서는 일반적인 테이블세터진과는 조금 다른 접근을 하겠죠?]

[홈런의 팀이라는 컬러가 확고한 드래곤즈지만, 오늘 경기는 특히 그 색깔이 진합니다. 1번 이용승, 2번 전희권의 역할도 마찬가지. 이들이 구강혁에게 한 방을 뽑아낼 수 있느냐가 관건이 되겠습니다.]

1번 이용승이 타석에 들어섰고…….

구강혁은 오늘도 공격적인 피칭을 펼쳤다.

초구로 154km/h의 포심을 몸쪽에 꽂아넣으며 카운트 싸움을 유리하게 시작한 뒤.

2구로는 상대가 장타를 노린다는 게 빤한 상황임에도 높은 패스트볼을 던지며 헛스윙을 유도.

슈욱!

따아악!

3구째는 2구째와 거의 비슷한 코스였다.

'겨우 걷어 냈네, 방금은.'

전희권도 눈을 부라리며 피칭을 지켜봤다.

슈욱!

부우웅!

퍼어어엉!

4구째까지 마찬가지.

"스윙, 스트으으라이크! 배터 아웃!"

끝내 이용승이 헛스윙 삼진으로 물러났다.

[……팔콘스 배터리는 아무리 장타력이 뛰어난 타선이

라도 두렵지 않다. 그런 자신감을 과시하는 듯한 배합이에요. 한 방을 치겠다는 의도는 알겠는데 어디 칠 수 있겠냐, 그런 목소리가 들리는 것만 같습니다.]

[첫 타자 상대로는 강속구 비중이 대단히, 아니죠. 4구 모두를 153킬로미터를 넘는 포심을 뿌리며 상대를 압도하고 있는 구강혁 투수.]

[저 빠른 뱀직구, 사실 첫 타석에서 쳐 내기란 쉽지가 않습니다. 그걸 알고도 드래곤즈 더그아웃에서 고육지책을 냈겠지만요. 더군다나 3일 쉬고도 잘만 던지던 투수가 무려 일주일을 꼬박 쉬고 나왔지 않습니까?]

[그렇습니다. 구강혁의 최근 등판은 지난주 월요일 파이터스전. 8이닝 무실점의 쾌투로 승리를 이끈 바 있습니다.]

[드래곤즈도…… 오늘 주요 전력보다는 변수를 노리는 타선을 들고 나왔지만, 이게. 으음. 구강혁이 올 시즌 무려 3번의 완봉을 기록한 투수거든요. 아무리 주전 라인업이 아니어도 지나치게 묶이거나, 완봉을 당하거나. 그런 식이면 내일 경기에 영향이 갈 수밖에 없어요.]

[그래도 어제 경기 결승포를 때려낸 고영현과 타격감이 좋은 이충재, 두 선수만큼은 라인업에 그대로 있잖습니까?]

[그거야…… 아무리 구강혁이 상대여도 포기하기에는 아까운 타격감이다, 또 그 정도 흐름이 좋은 타자들이면 오늘 경기 결과가 어떻든 충분히 내일도 제 모습을 보일

수 있다. 그런 판단이 아니었을까 싶네요.]

전희권이 타석에 들어섰다.

'포심만 던지는데 그걸 못 치냐. 하기야…… 용승이가 장타력이 없지는 않아도 그냥 걸리기만 하면 넘어가는 정도의 툴을 가진 건 아니니까.'

자신은 이용승과 다르다는 생각을 하며.

'딱 한 방, 딱 한 방이면 돼. 팀도 팀이지만 나한테도 그만큼 좋은 요소가 없어. 스타즈가 올라오든, 브레이브스가 올라오든 와일드카드전에서는 결국 팔콘스가 이길 확률이 높잖아? 구강혁을 상대로 담장을 넘긴 타자를 어떻게 준플레이오프에 안 쓰겠냐고.'

전희권은 왜 주전이 아닌 백업으로 머물고 있는가?

결국 좌투수에게 약해서다.

통산 상대 타율이 우투수 상대 타율에 비해 1할이 넘게 낮을 정도.

하지만 올 시즌에는 3개의 대타 홈런 가운데 2개를 좌투수 상대로 때려냈다.

'나는 이제 좌투수에게 약한 타자도 아니야. 우투수에게 겁나 강한 타자지.'

비록 1군 무대에서 대단히 유의미한 지표를 쌓은 건 아니지만, 적어도 약점을 극복하는 모습을 보이고 있는 셈.

'그리고 아무리 뱀직구인지 뭔지를 던져도, 저 구강혁도 우투수일 뿐이지. 하나만 제대로 걸리면 드래곤즈 필드 외야쯤이야 위치가 어떻든 넘기는 건 일도 아니다!'

구강혁이 고개를 살짝 끄덕였다.

'또 바로 오케이야? 하, 이거 진짜.'

초구.

'많이 쉬었다고 자신감이 넘치는 모양인데……'

슈욱!

'또 속구면 그냥 넘긴다고!'

전희권의 배트가 돌기 시작했다.

간결하고 깔끔한.

그럼에도 힘이 넘치는 스윙이었다.

그러나 그 직후에 전희권은 깨달았다.

'……공이 와야 넘기는데?'

부우웅!

퍼어엉!

체인지업.

전광판에는 128이 찍혔다.

"……."

전희권의 얼굴이 일그러졌다.

'너무 쉽게 생각했구만, 하긴.'

얼굴에 열도 오르는 것 같았고.

다시 2구.

'괜히 리그 최고 에이스 소리를 듣는 건 아니겠지. 그래도 포심에 일단 타이밍을 맞추고 들어간다. 딱 한 방!'

슈욱!

전희권이 기다리던 바로 그 공.

포심 패스트볼이었다.

좌타자인 전희권의 눈에, 우투수.

그것도 로우 쓰리쿼터 투구폼으로 뿌리는 구강혁의 공을 타석에서 멀었다가 점점 가까워지는 궤적을 그린다.

그런 궤적을 때려내는 건 전희권에게는 야구를 시작한 후로 단 한 번도 어려운 적이 없었던 일.

설령 1군 무대 투수가 상대라도 그랬다.

'……안 가까워져?'

다음 순간, 가까워져야 할 공이…….

도리어 멀어졌다.

꼿꼿하게 굳은 채로 2구를 지켜볼 수밖에 없었다.

'아, 아예 뺀 거지? 그래도 내 상바력을 모르지는 않는 거 같네. 그래, 방금 타석처럼 하이 패스트볼을 던졌다가는…….'

그나마 다행인 점은…….

멀어도 너무 먼 공이었다는 것.

즉, 스트라이크가 아닌 볼.

전희권이 생각하기에는 그랬다.

그러나…….

"스트으으으라이크!"

ABS의 판단은 달랐다.

"어? 엉?"

전희권이 떡 입을 벌렸다.

주심의 눈빛은 흔들리지 않았다.

상대 포수를 바라볼 수밖에 없었다.

"진짜 들어왔습니까?"

박상구가 피식 웃으며 대답했다.

"가짜 들어왔겠냐? 햐, 이것도 오랜만에 들으니까 되게 신선하네. 너도 신선하지?"

"……."

자신감도, 자각하지 못 하는 열등감도 좋다.

승부욕은 선수를 성장하게 하니까.

하지만…….

'방금 공이 들어온 거면, 어떻게 치라는 거야?'

그게 구강혁을 상대할 만한 무기일 수는 없었다.

본격적인 학살이 시작되는 순간이었다.

* * *

4위 이상을 확보한 드래곤즈와 팔콘스.

이번 시리즈의 승자는 준플레이오프, 패자는 와일드카드전으로 가을야구를 시작한다.

드래곤즈 더그아웃의 안시우 감독은 생각했다.

'와일드카드전에서 1승의 우위는 절대적이다. 도입 후 단 한 번도 업셋이 나온 적이 없으니까. 즉 이번 시리즈 결과가 어떻든, 팔콘스와는 준플레이오프에서 또 한 번 만나게 된다…….'

팔콘스와는 또 한 번의 승부가 기다리고 있다고.

그것도 아닌 준플레이오프 5차전이.

사실 시즌 전 드래곤즈의 전력에는 물음표가 붙었다.

가을야구 경쟁은 가능하겠으나…….

한국시리즈를 노리기에는 부족하다는 평가.

'그 두 팀에 비하면 전력이 뒤떨어지는 건 사실이었어. 내부 FA는 잘 잡았지만 팔콘스처럼 극단적인 원 나우 기조를 보이지도 않았고. 거기에 광열이의 노쇠화는 피할 수 없는 일. 당장 나부터가 작년보다 부족한 전력이라고 여겼다.'

작년 우승 전력을 보존한 가디언스가 압도적인 강팀으로 꼽혔고, 플레이오프 업셋을 달성하며 스타즈를 무너뜨린 재규어스의 전력도 매서웠다.

'5위 싸움까지 각오했는데…….'

즉, 지금의 성적은 예상 이상의 성과다.

'올 시즌 선수들은 기대 이상을 해 줬다.'

선수들은 똘똘 뭉쳤다.

역시나 2강을 따라잡기는 버거웠지만…….

착실하게 3위권에서 시즌을 치러 냈다.

'전반기에는 동민이와 지후…….'

비록 막판에는 팔콘스에 순위를 따라잡히며 올스타 브레이크를 거쳤으나, 후반기에는 재차 상승곡선에 올랐다.

'후반기에는 무사히 복귀한 광열이. 그리고 장타를 뽑아내기 시작한 충재와 영현이의 역할이 지대했지.'

전반기 이상으로 가파른 상승곡선이었다.

'당초의 예상을 뛰어넘은 활약에 프런트도 커티스 영입이라는 어시스트에 나섰다.'

외인의 활약이 아쉽던 와중…….

커티스라는 교체 투수의 영입까지.

'전력차를 뛰어넘은 우승 사례야 얼마든지 있다. 드래곤즈의 역대 최고 시즌인 4년 전, 와이어 투 와이어 통합 우승에 성공한 22시즌도 그랬지. 3월까지는 다들 가을야구만 가도 다행이랬으니.'

그쯤 되자 안시우 감독에게도 피어올랐던 것이다.

'홈런은 언제나 변수를 만든다. 우리는 바로 그 홈런의 팀이야. 게다가 가디언스와 재규어스를 상대로도 후반기에는 대등한 성적을 기록했지. 선수단에도 충분히 할 수 있다는 좋은 분위기가 만들어졌어.'

대권을 향한 야망이.

'하지만 오히려 팔콘스를 상대로는 시즌 내내 힘겨웠다. 그나마 최근 시리즈에는 위닝을 거뒀지만 구강혁을 상대로는 또 졌지.'

그러나 준플레이오프에서 패배한다면?

그런 야망은 백일몽에 그칠 터.

'에이스의 무게감이 너무도 강력한 팀이야.'

고민이 짧지는 않았다.

사실 순위의 윤곽이 드러나기 시작한 8월.

어쩌면 그보다도 앞선 시점부터…….

안시우 감독의 가장 큰 고민이 바로 구강혁이었다.

'구강혁은 그야말로 미친놈이야. 선수 시절부터 그런 투수는 본 적이 없다. 3월의 첫 상대 시점부터 리그 최상위권 선수라는 건 알 수 있었지만, 시즌이 계속되며 구속까지 더 올랐지.'

포수 출신인 그가 보기에도 말이 안 되는 투수.

'지금은 리그에서의 순위를 따질 만한 계제도 못 된다. 레벨이 다른 게 아니라 차원이 달라. 코치들이 WBC 성적이 어떻든 올 시즌을 마치면 빅리그로 쫓아내야 한다는 우스갯소리를 하지만, 솔직히 정말 그랬으면 싶다.'

KBO에서 뛸 선수가 아니다.

그러나 올 시즌만큼은 별 수가 없다.

저 미친놈을 상대해야만 하는 것이다.

그래서 상대했고, 4번의 패배를 내줬다.

공략법?

마련은 했다.

'뭘 준비하든 소용이 없었어.'

효과가 전무했을 뿐.

그렇기에 소거법으로 남은 것이……

'우습게도 보이고, 비난도 하겠지만. 어쩔 수 없다. 무려 일주일을 내리 쉬고 온 녀석이야.'

공략하지 않는다는 공략이었다.

어제의 승리로 말미암아…….

이제는 1승으로 3위를 확보할 수 있다.

팔콘스를 4위로 주저앉힌다면?

구강혁은 와일드카드전에 등판할 터.

'류영준은 막 부상에서 복귀했어. 아무리 김용문 감독이라도 와일드카드전에서 에이스를 아낄 수는 없을 거다. 까딱 잘못하면 첫 업셋의 희생양이 되니까.'

포스트시즌 매 시리즈의 간격은 단 1일.

1경기로 와일드카드전이 끝나도…….

주어지는 휴식은 이틀에 불과하다.

'그건 구강혁이 3일 휴식을 감행한다면 2차전, 5일 휴식을 채운다면 3차전에나 등판할 수 있다는 이야기다. 만전의 구강혁을 한 번 내보내느냐, 충분한 휴식을 취한 구강혁을 두 번 내보내느냐. 감독이라면 누구나 후자를 고르겠지.'

그럼 2, 5차전에 구강혁이 나설 가능성이 높다.

'그럼 우리로서도 최소한의 할 말은 생긴다. 오늘의 구강혁은 지금까지의 휴식일과 앞으로의 일정 공백을 감안하면 완투를 해도 이상하지 않아. 하지만 준플레이오프에서 만날 녀석은 그렇지가 않지.'

그게 바로 안시우 감독이 바라는 바였다.

'완투는 불가능에 가까워. 본인의 컨디션도 최상은 아닐 테고, 무득점으로 막히더라도 불펜을 공략하면 된다. 만에 하나 2경기를 다 내주더라도 다른 3경기를 가져오면 돼.'

때문에 시리즈의 향방은 더욱 중요했다.

3위를 내준다면?

모든 계획이 어그러진다.

현재 드래곤즈 투수진의 믿을 만한 카드는 다섯.

'승태와 범영이는 연투에 약하지만, 오늘만 쉬어도 제공을 되찾을 거야. 내일은 광열이와 지후가 전력투구로 7이닝을 나눠 막고…… 필승조 둘이 1이닝씩만 막으면 완벽한 그림이야.'

김광열, 박지후, 커티스의 선발.

문승태, 조범영의 불펜.

'타선도 마찬가지다. 구강혁을 상대한 이튿날이면 유난히 흔들리는 모습들이 심했어. 어제 경기에서도 타격감이 아주 좋았던 건 아니니, 휴식일이 여러 방면에서 도움이 될 테지.'

타선의 기세에는 굴곡이 있으나…….

휴식일로 최대한 타격감도 끌어올릴 생각이었다.

물론 구강혁을 피하는 게 주 목적이었지만.

'그리고 야구는 또 모르는 거다.'

그러면서도 기대를 아예 지우지는 않았다.

혹시나 송영관이 잘 던져준다면?

백업 선수들이 홈런을 하나라도 쳐준다면?

그래서 리드를 잡을 수만 있다면…….

'두 경우의 수가 겹치면 이야기는 달라져.'

전략은 유연하게 수정하면 그만이었다.

그렇게 경기가 시작되고, 어느새 3회말.

적어도 한쪽은 그 기대에 부응했다.

'……영관이는 확실히 좋은 모습인데.'

송영관이 그랬다.

[……0의 균형이 깨지지 않은 3회말. 예상을 깨고 드래곤즈 마운드의 첫 카드로 나선 송영관 투수의 무실점 호투도 빛이 납니다만…….]

하지만 타선은 그렇지 않았다.

'역시 지나친 요행을 바란 건가.'

경기 전 안시우 감독의 메시지는 명확했다.

단 1점만 뽑아라.

한 번만 담장을 넘겨라.

타자들은 충실하게 그 메시지를 따랐고…….

그 결과는 처참했다.

[……일주일을 푹 쉬고 올라온 구강혁의 피칭. 정말 폭력적이다, 가학적이다. 중계를 하면서는 잘 사용할 일이 없는, 야구계에서는 흔치 않은 그런 표현입니다만. 오늘은 이렇게나 맞아떨어질 수 있을까 싶습니다.]

[어…… 네, 그렇죠.]

[2회초 고영현이 빗맞은 안타를 만들어 내기는 했습니다만, 그 타석을 포함해도 3회까지 드래곤즈 타선에 단 한 번의 정타조차 허용하지 않는 구강혁 투수입니다.]

[드래곤즈 오늘 라인업이 주전급과는 다소 거리가 있다지만, 이건 좀 안타까운 모습입니다. 도무지 제대로 손을 쓰는 타자가 없어요. 경기 첫 타석이었다지만 어제 경기

홈런을 때려냈던 고영현도 마찬가지였고요.]

주자 없이 2아웃.

타석에는 1회 삼진으로 물러났던 이용승.

볼 카운트는 볼 없이 2스트라이크.

그리고 3구째.

슈욱!

부우웅!

퍼어어엉!

[……스윙, 삼진! 또 한 번의 삼구삼진, 오늘 경기 7개째 탈삼진! 이용승은 오늘 경기 두 번째 삼진을 허용합니다! 3이닝을 던져 7개의 삼진, 삼구삼진이 무려 5개! 18 탈삼진을 기록하며 정규이닝 탈삼진 신기록을 기록한 가디언스전, 그 경기 후반이 떠오르는 구강혁의 엄청난 페이스!]

주변에 시선이 없었다면…….

아마 안시우 감독은 깊은 한숨을 내쉬었으리라.

삼진으로 물러난 이용승과 다음 타석을 준비하던 전희권이 나란히 더그아웃으로 돌아왔다.

이용승이 정신없이 장비를 챙기는 사이, 지명타자로 나선 전희권은 얼굴만 잔뜩 구긴 채였다.

'쉽지 않을 줄은 알았다. 알았는데…….'

어떻게 포장하든 결국 마찬가지다.

내일의 1승이라는 **뼈**를 취하기 위해…….

오늘의 경기라는 살을 내주는 선택.

1장 〈45〉

즉, 버리는 경기.
'처음부터 잘못 선택한 건가?'
안시우 감독의 관자놀이가 지끈거렸다.

* * *

팔콘스가 선제점을 뽑은 건 4회초.
이닝은 페레즈의 직선타로 시작됐다.
잘 맞은 타구가 하필 1루수 미트에 빨려들었던 것.
그럼에도 1사 상황에서 노재완이 좌중간을 깨끗하게 가르는 2루타를 쳤고, 첫 타석에도 안타를 기록했던 안태홍이 이에 질세라 연이은 장타로 선두 타점을 기록했다.

[……안태홍의 적시타! 스코어는 1대 0! 어제 경기에서 그토록 바라던 1점을 4회에 뽑아내는 대전 팔콘스! 타선이 에이스 구강혁에게 리드를 안깁니다!]

그리고 그건 빅이닝의 서막에 불과했다.
6번 채연승은 볼넷으로 출루.
뒤이어 타석에 들어선 박상구가…….

[……밀어쳤어요! 1루수 키 가볍게 넘기고, 우익수 슬라이딩, 아! 그러나 공 잡아내지 못했어요! 2루 주자 이미 홈으로, 1루 주자 채연승도 이미 2루 돌아 3루로! 멈춤 지시 나오지 않습니다!]

[박상구, 3루까지 가야죠!]

[스코어는 3대 0! 그리고 타자 주자 박상구도 2루 밟고

3루까지! 3루까지! 승부, 승부!]

또 한 번의 적시타로 2타점을 기록, 스코어를 3:0까지 벌렸고…….

장수혁의 타석에는 초구부터 공이 빠지고 말았다.

타자 눈높이를 아득하게 넘어가는 폭투였다.

"고! 고고고고!"

팔콘스 선수들이 누가 먼저랄 것 없이 소리쳤다.

그대로 박상구가 홈을 밟으며 4:0.

"나이스! 상구!"

"일주일치 달렸네!"

드래곤즈 안시우 감독이 마운드로 올라갔다.

[……오늘 송영관은 3회까지 기대 이상의 피칭을 보여 주기는 했습니다만, 끊어간다면 채연승의 볼넷에서 끊어가는 게 맞는 선택이 아니었나, 드래곤즈 팬들께서는 그런 아쉬움이 들 것 같네요.]

[그렇습니다. 어, 그런데…… 교체는 아닌가요?]

[허어, 그렇네요. 일단 교체 대신 송영관을 짧게 다독이고 마운드 방문을 마치는 안 감독입니다.]

강판이 아니었다.

'이미 점수가 따라잡을 수 없을 정도라는 판단을 내렸네. 그래, 한 번 결정을 내렸으면 차라리 저렇게 꿋꿋하게 가는 게 맞기는 해. 지금부터 상대 선발은 사실상 패전처리다…… 어지간한 대량실점이 아니면 4회는 끝까지 맡기겠지.'

지켜보던 구강혁의 예상대로였다.

안시우 감독은 꿋꿋했다.

그리고 그 꿋꿋함은 또 하나의 패착이었다.

슈욱!

따아아악!

[……잘 맞은 타구! 뻗어갑니다!]

[어, 넘어갔나요?]

팔콘스의 7번, 중견수 장수혁.

그는 장타력이 빼어난 타자는 아니다.

그러나…….

"가, 갔다!"

"갔다아아아아아!"

"수혁아!"

"혀어어어엉!"

하지만 한복판에 타이밍까지 맞는 공을 놓칠 정도로 파워 툴이 바닥에서 머무는 타자도 아니다.

배트를 시원하게 내던진 장수혁이 내야를 돌았다.

시즌 3호 홈런.

그럼에도 마운드 방문은 없었다.

구강혁의 옆에 선 구태성이 말했다.

"딜레마지."

"네?"

"감독이 지금 딜레마라고."

연이은 장타를 허용하기야 했지만, 그건 엄밀히 말하자

면 송영관의 공이 몰린 탓은 아니었다.

오히려 오늘 경기 송영관의 제구는 빼어났다.

채연승에게 허용한 볼넷도 보더라인을 노리던 결과로, 오히려 이번 이닝 팔콘스 타선의 집중력이 뛰어났기 때문에 나온 결과라고 봐야 했다.

그러나…….

강판을 앞둔 투수에게 감독이 할 수 있는 말은 많지 않다.

"맞아도 좋으니 한복판으로 던져라. 이번 이닝까지만 막고 내려오자. 그렇게 말했을 거라는 말씀이시죠?"

구태성이 느긋하게 고개를 끄덕였다.

"딴에는 머리를 굴린 거겠지. 그래도 선수를 믿어 준다, 뭐 그런 인상도 중요하니까. 하지만…… 얕이. 나는 저런 식으로 수를 쓰는 놈들은 별로 마음에 안 든다. 우리 감독님은 선녀야…… 선남인가?"

구강혁이 피식 웃으며 되물었다.

"그런 것도 있습니까?"

"뭐, 아무튼."

구태성이 어깨를 으쓱였다.

"내가 보기에는 너도 나랑 별반 다르지 않은 거 같구나, 친애하는 제자야."

구강혁이 이번에는 웃음을 터뜨렸다.

"하하, 그렇죠. 그 스승에 그 제자 아니겠습니까."

"벌써 끝까지 던질 작정이지?"

"네, 그건 물론이고."

"어이고, 또 있어?"

"작정하고 기록 한번 세워 보려고요."

"기록? 무슨 기록. 퍼펙트는 이미 깨졌는데…… 푸하, 왜, 그럼 뭐냐. 20삼진이라도 잡으려고?"

그 순간.

슈욱!

따아악!

9번 정윤성까지 안타를 치고 나갔다.

[……또 한 번의 안타, 4회초를 끝낼 생각이 없는 팔콘스 타선입니다. 올 시즌 가장 크게 흔들리는 모습의 송영관. 아, 지금. 지금…… 드래곤즈 팬들로 보이는데요, 그…… 구장을 빠져나가시는 건가요?]

[글쎄요. 이동 문제 때문에 경기 후반에 나가시는 경우가 드물지는 않은데, 지금은 4회에…… 잠깐 나간다고 보기에는 지금 숫자가 적지 않은데요. 아까도 말씀드렸지만 라인업 발표 때부터 사실 은근히 큰 이슈가 됐는데…….]

급기야 몇몇 드래곤즈 홈 팬들도 인상을 구기며 구장을 빠져나가기 시작했다.

* * *

빅 이닝.

명확한 정의가 존재하는 용어는 아니다.

누군가는 3점이면 빅 이닝이 아니냐고 하고, 다른 누군가는 5점은 넘겨야 빅 이닝이라며 코웃음을 친다.

구형 내지 보조 전광판에 'B'가 찍혀야, 즉 득점의 자릿수가 아예 달라져야 한다는 원리주의자들도 있을 정도.

그래도 그나마 보편적인 기준을 살핀다면…….

타순이 한 바퀴를 돌았는지 여부.

그런 면에서 팔콘스의 4회초는?

빅 이닝이라 불리기에 충분했다.

페레즈의 땅볼에 1아웃으로 시작됐음에도 불구.

4번부터 8번까지, 장수혁의 홈런을 포함해 무려 4개의 장타를 연달아 때려내는 무시무시한 기세.

'……놀랄 만한 타격감이네.'

구강혁도 혀를 내둘렀다.

심지어 다시 정윤성이 안타를 쳐냈다.

'이제야 내리는 건가.'

이쯤 되면 믿고 갈 수 있는 단계가 아니다.

[……다시 한번 마운드를 방문하는 안시우 감독입니다.]

[공을 들었어요. 규정을 따져도 내리는 수순이죠? 송영관 투수, 비록 이번 이닝 결과가, 아까도 말씀드렸지만 특히 볼넷 한 번이 정말 아쉽기는 하지만 3회까지는 좋았습니다.]

[3회까지 무실점, 그러나 4회 팔콘스 타선의 연이은 장

타 행렬에 4실점으로 무너지고 만 송영관. 여기서 마운드를 내려갑니다. 곧 돌아오겠습니다. 드래곤즈 필드입니다.]

송영관의 강판 수순이 이어졌다.

'……어떻게 봐도 늦었지.'

1사 1루 상황.

다급하게 어깨를 푼 구원투수를 상대로…….

재차 1번에서 시작되는 타순.

[……5구 볼. 1스트라이크로 시작된 카운트였지만, 침착하게 계속해서 공을 골라내며 출루에 성공하는 황현민.]

황현민이 볼넷을 골라내고…….

슈욱!

따아악!

[……3구, 타격! 투수 키를 넘어갑니다!]

한유민의 중전안타가 1타점 적시타로 연결.

[……페레즈, 초구부터 퍼올립니다!]

이어진 1사 1, 3루에서 이번 이닝 두 번째 타석을 맞이한 페레즈가 우익수 방면 깊숙한 뜬공으로 타점을 추가했다.

[……2루수 다이빙 캐치! 이닝 끝! 길었던 4회초가 이렇게 마무리됩니다. 그러나 대거 6점을 뽑아내며 확실하게 앞서가는 대전 팔콘스!]

노재완의 타구가 직선타로 잡히며…….

이닝은 종료.

만만찮은 호수비였지만 너무 늦었다.

* * *

야구는 각 팀의 정규이닝을 합쳐 18이닝, 홈 팀이 9회초까지 앞섰다면 17이닝으로 끝나는 게 일반적이지만…….

수많은 승부는 단 1이닝의 결과로 갈린다.

그리고 경기를 지켜보는 이들은 직감했다.

오늘 경기도 그런 류에 속하는 경기라고.

4회초, 이미 승부는 사실상 갈렸다고.

[……9개의 공으로 삼사범퇴 이닝을 만들어 내는 구강혁! 길었던 팀의 공격과 상위 타순을 상대한다는 부담스러운 상황. 그러나 그 어떤 것도 구강혁을 흔들지는 못했습니다!]

6:0까지 벌어진 스코어.

구강혁에게는 차고도 넘치는 지원.

4회말을 깔끔하게 지워낸 구강혁은…….

[……헛스윙 삼진! 또 한 번의 삼자범퇴 이닝! 무실점 행진을 이어 가는 대전 팔콘스! 아직 순위 결정전은 끝나지 않았습니다!]

5회말은 물론.

[……초구 타격, 그러나 높게 치솟은 타구! 황현민이

일찌감치 콜, 그리고…… 잡아냅니다. 다시, 다시 또 삼자범퇴! 6회까지 62구를 던지며 틀림없는 완투 페이스! 완봉이 사라져가는 지금, 그러나 구강혁에게는 시즌 네 번째 완봉도 불가능한 일은 아닐 것으로 보입니다!]

6회말까지도 삼자범퇴 이닝을 기록.

'휴식일이 사실 큰 영향은 없다고 생각했다. 아무리 그래도 이틀까지는 피로도가 남은 채지만, 사흘이면 내 컨디션을 찾기에 충분하다고 생각했어.'

이닝을 거듭하면서도 전광판에는…….

'물론 웬만해서는 투구 수도 다음 등판 일정을 감안해 조절해왔지. 그 덕분이든, 문신이 내 생각 이상의 영향을 주는 덕분이든…… 부상 기미는 단 한 번도 느낀 적이 없었고. 그렇지만 오늘은 확실히 달라.'

포심의 비중을 늘리는 배합을 유지하면서도.

꾸준히 153, 154.

본인의 최고 구속을 찍어 냈다.

'아침부터 컨디션이 좋다는 생각은 했지만…… 마운드에서는 더 그렇다. 요 며칠 불펜에서 짧은 피칭을 제외하면 아예 공을 던지지 않았지. 매 등판에 이런 컨디션을 유지할 수 있다면 전 경기 완투도 가능할 것만 같다.'

류영준의 부재에 따라 줄인 휴식일.

어지간한 강철 어깨를 가졌어도 순식간에 나가떨어질 만한 일정을 소화하면서도 꾸준히 승수를 적립해왔다.

그런 구강혁이 푹 쉬었고…….

'이닝 소화력만이 문제가 아니야. 황기준이나 강대호, 김도현 같은 타자들이 타석에 들어오더라도 포심만 던져서 승부가 가능하겠지. 2회 고영현의 안타도 빗맞은 타구였을 뿐이야. 그런 행운이 연달아 겹친다면 당연히 실점으로 이어지겠지만……'

오늘 경기를 마치고는 다시 푹 쉴 것이다.

'그럴 만한 타선이 있을까? 거기에 20탈삼진과 퍼펙트. 문신의 성장에 대한 두 가지 직감이 모두 맞아떨어진다면, 또 내가 두 조건을 모두 달성할 수만 있다면. 거기에 지금까지처럼 구속의 상승폭까지 유지된다면?'

구강혁이 입꼬리를 올렸다.

경기가 계속될수록 구장을 떠나는 관중도 늘었다.

물론 그늘의 숫자가 나수에 해당하느냐고 묻는다면 그렇지는 않았다.

23,000여 명 관중의 만원세례를 달성한 드래곤즈 필드.

구장을 떠난 홈 팬들의 수는 많게 쳐도 백 명 단위다.

하지만 중계카메라에 이따금 그들의 모습이 잡히고, 해설진의 지나가는 단 한 번의 언급으로도…….

온라인 커뮤니티에는 다양한 반응이 튀어나왔다.

→ 드) 4회부터 쳐나가는 새끼들은 뭐냐

→ 드) 니 같으면 보고 싶겠냐 이미 끝인데

→ 드) 그럼 니는 중계 왜 봄? 끝나기는 뭐가 끝나 그리고 시바 야구는 끝날 때까지 끝난 게 아니여

→ 드) 지금 6점차임 보이지? 구강혁 올 시즌 자책점이 2점이다 평균자책점이 아니라 자책점이 2점이라고 씨바 그런 새끼 상대로 6점을 어떻게 뽑냐

  → 드) 자책점만 실점이냐?

  → 팔) 님들 무자책 실점 합쳐도 6점인가 그래여

  → 드) 분위기 좀 읽고 들어와라 시발

  → 팔) 싸우지 마세요 지금 제가 보기에는 승패가 아니라 기록이 문제 같음

  → 드) 뭔 기록 깰 거 이미 다 깬 거 아님?

  → 드) 오늘 승리면 30승이기는 함

  → 팔) 그거야 뭐 이미 깬 거나 마찬가지죠ㅋㅋ

  → 드) ___

  → 팔) 통산 삼진 말임? 그거야 이미 1위 기록 넘었으니 잡을 때마다 깨잖아 대단하기는 한데

  → 드) 어 퍼펙트 노히터 다 영현이가 깼어

  → 팔) 아니요 개인 탈삼진 말임

  → 드) ?

  → 팔) 오늘 기세만 보면 20K도 되겠는디

  → 드) 아

그리고 6회까지 단 9명의 타자를 상대했음에도 6개의 탈삼진을 추가한 구강혁.

현재까지 13K.

[……7회말, 구강혁의 등판은 이제 너무도 자연스럽습니다. 이미 말씀드렸지만 완투, 완봉까지도 충분히 가능

한 투구 수. 뿐만 아니라 탈삼진 측면에서도 무려 6회까지 13개로 이어지는 결과에 따라서는 정규이닝 탈삼진 기록 갱신도 가능합니다.]

[18탈삼진, 무시무시했죠. 하지만 오늘은 그 이상입니다. 이렇게나 투수의 휴식이 중요한 거예요. 정규시즌 일정은 10월초까지 이어집니다만, 어떤 순위든 포스트시즌 첫 경기. 구강혁을 상대하는 팀은 골치가 너무 아프겠는데요.]

[정말 그렇습니다. 18탈삼진을 갱신한다면 19탈삼진. 그리고 거기에 단 하나의 삼진을 추가한다면 20탈삼진까지도 가능합니다. 구강혁 본인의 기록이 역대 최다인 KBO에서는 그야말로 꿈의 기록!]

스코어는 여전히 6:0.

슈욱!

따아악!

[……초구 받아치는 고영현! 유격수 다이빙, 그러나 잡지 못하고 내야를 빠져나갑니다! 비록 2사 후 상황이지만 오늘 경기 고영현은 구강혁을 상대로 멀티히트를 완성!]

[지금도 코스가 좋았죠?]

2사 후 고영현이 또 한 번 안타로 출루했으나…….

슈욱!

부우웅!

퍼어어엉!

[……스트라이크, 아웃! 이충재를 삼진으로 지워내며

구강혁이 더그아웃으로 돌아갑니다! 단 하나의 베이스, 그 이상을 결코 허용하지 않는 짠물 피칭. 오늘 경기 삼진은 무려 15개째!]

이충재의 헛스윙 삼진으로 다시 이닝 종료.

15탈삼진째였다.

→ 드) 야 아웃카운트 6개 남음ㅋㅋ

→ 팔) 5개 삼진이면 20삼진 되네

→ 드) 그게 쉽냐?

→ 팔) 안 쉬우니까 대기록이긴 하지

→ 팔) 1이닝에 2개씩 잡아도 18K니까ㅇㅇ

물론 20탈삼진이 쉽게 보이지는 않았다.

그야말로 퍼펙트에 비교되는 대기록이니까.

하지만 이미 쉽지 않은, 사실상 내준 경기에서…….

교체 없이 경기를 소화하는 선발 라인업.

고영현과 이충재 정도를 제외하면, 한 시즌 내내 백업 자원 내지 2군 소속으로 뛰었던 선수들.

"진짜 기록 내주는 거 아닙니까?"

"8회는 나부터네……."

"그냥 무조건 때려! 때려서 죽어!"

"하 참, 그게 됩니까?"

"20삼진은 진짜 개쪽인데…….."

그들 사이의 불안감은 어쩔 수가 없었다.

"그냥 하던 대로들 해!"

"괜히 뭐 하려고 들지 마! 그게 더 어려워져!"

몇몇 베테랑이 소리쳤지만…….

그쯤 되면 귀에 들어올 리도 만무.

심지어 전희권은 이렇게 투덜거렸다.

"내가 하려고 들었나? 팀이 하려고 들었지."

최악의 분위기로 시작된 8회말.

9번 타자부터 시작된 드래곤즈 타선은…….

슈욱!

부우웅!

퍼어어엉!

"아, 씨바!"

[……스윙, 삼진! 맞기만 한다면 드래곤즈 필드의 외야는 물본 장외까지 넘길 듯한 기세의 벼락 같은 스윙. 그러나 공은 너무도 멀게 지나갑니다!]

[18개째 삼진입니다! 아직 9회말이 남은 현재, 본인이 올 시즌 기록한 역대 최다 기록과 타이예요!]

[그렇습니다! K, K, K! 남은 세 개의 아웃카운트, 단 하나의 탈삼진으로도 또 한 번의 신기록! 두 개를 기록한다면 자그마치 20탈삼진의 대기록입니다!]

2번 전희권의 시원한 헛스윙을 끝으로 물러났다.

이미 조언이 효과를 발휘할 단계가 아니었고…….

경기도 이제는 정말 끝을 향해 달려가는 시점.

드래곤즈 필드의 빈 자리가 빠르게 늘어났다.

그리고 팔콘스 타선이 침묵한 9회초.

구강혁에게 말을 거는 이는 없었다.

김재상과 구태성의 두 코치와 김용문 감독은 물론.
워낙 가까운 원민준, 파트너인 박상구까지.
'그렇게까지 안 해도 된다니까들.'
구강혁이 마지막으로 마운드에 올랐다.
→ ㄷ) 야구에는 GG 없냐?
→ ㄷ) 그러게 서렌 치자
→ ㄷ) 님들아 그게 뭐냐?
→ ㄷ) 항복한다는 뜻입니다 형님
→ ㄷ) 오 그런 게 있어? 얼른 하자
끝날 때까지 끝난 게 아니라는 말은…….
지금만큼은 구강혁의 기록 달성에 더 맞는 상황.
슈욱!
부우웅!
퍼어어엉!
[……K! 완전히 빠지는 체인지업에 배트를 내고 마는 타자, 기록 갱신의 아이콘 구강혁이 또 하나의 기록을 스스로 깨는 순간입니다!]
19K, 1아웃.
슈욱!
따아악!
[……2구 타격, 고영현의 타구는 또 한 번 내야로! 2루수 정윤성이 잡아 1루로 송구! 여유롭게 잡아내며 2아웃!]
[어, 참. 재밌습니다. 고영현 타자, 오늘 멀티히트 작성에 팀에서 안타를 때려낸 선수가 본인뿐이거든요. 그

런데 지금 드래곤즈 관중석에서는 안타를 쳤을 때보다도 더 큰 환호성이 터지고 있습니다.]

[비록 땅볼로 물러나지만 고영현도 지금 조금은 후련하다는, 다행이라는 감정이 조금은 느껴지는 얼굴입니다.]

고영현의 땅볼로 2아웃.

구강혁이 멋쩍은 듯 웃었다.

'쉽지는 않구만. 이제 기회는 한 번. 방금은 존에서 꽤 빠진 공이었는데도 적극적으로 들어왔다. 너무 의식한 건가. 결과론이기는 해도 차라리 정면승부를 했어야 하는데. 대기록은 대기록이야.'

드래곤즈의 다음 타자.

어쩌면 오늘 경기 마지막이 될 타석에 들어선 건 5번, 고영현과 함께 타선을 이끄는 이충재.

'내가 기억하기로는 언젠가 노히터 페이스를 깬 적이 있는 상대다. 6월이었나? 브라운이 합류하고 얼마 안 된 시점이었던 것 같은데.'

표정에는 긴장감이 역력했다.

'피차 긴장이 되는 시점이지. 마스크 탓에 잘 보이지는 않지만 상구 녀석도 그럴 테고.'

초구.

슈욱!

퍼어어엉!

"스트으으으라이크!"

루킹 스트라이크.

우타자 바깥쪽 낮은 코스를 찌르는 포심.
[……스트라이크, 카운트를 앞서나가는 구강혁!]
[손에 땀을 쥐는 순간입니다!]
2구.
슈욱!
부우우웅!
틱!
퍼엉!
[……2구, 파울팁! 여기서, 여기서 파울팁이에요. 2스트라이크! 하늘을 바라보는 이충재 타자!]
이번에는 존을 공 하나 차이로 지나는 코스의 포심이 배트를 스치며 파울팁.
2스트라이크, 대기록이 코앞으로 다가온 상황.
구강혁이 마른침을 삼켰다.
'역시 슬라이더인가?'
이어지는 박상구의 피치컴 사인.
"!"
짐짓 눈을 크게 뜬 구강혁이, 다음 순간 고개를 끄덕이고는…….
곧 3구째를 쏘아 냈다.

* * *

2연속 포심 패스트볼로 2스트라이크.

패배는 물론 대기록의 희생양이 코앞.
타자는 본인의 존을 넓힐 수밖에 없다.
이렇게 되면 타자도, 투수도 마찬가지다.
변화구를 염두에 둔다.
헛스윙을 끌어낼 수 있는 변화구를.
구강혁도 슬라이더를 생각했을 정도니까.
그러나 박상구의 배합은 그런 점을 역으로 찔렀다.
'높은 존의 포심!'
구강혁이 짐짓 놀란 것도 그 때문이었다.
중요한 순간일수록 허를 찌르는 배합?
오늘의 배터리에게는 전매특허나 다름없다.
그러나 20탈삼진의 대기록이 달린 3구에…….
인플레이 타구로 이어질 확률이 높은 공.
물론 안타는 괜찮다.
담장을 넘겨도 기록 도전은 이어진다.
여전히 하나의 아웃카운트가 남기 때문이다.
하지만 범타는 이야기가 다르다.
경기가 끝나고 마니까.
이미 19탈삼진으로 기존의 기록은 깼지만…….
구강혁의 목표는 20탈삼진.
그 측면에서는 안타보다도 나쁜 결과다.
'배터리는 닮아가는 거지.'
그럼에도 불구하고, 높은 존의 포심.
'확신이 있다는 거다.'

그건 박상구의 자신감이었다.

존 안으로 꽂아넣으면 당연히 스트라이크.

지켜보든, 휘두르든 같은 결과가 나오리라는 자신감.

'내가 지금 최고의 공을 던질 수 있다면, 배트가 나오더라도 컨택은 불가능에 가깝다는 그런 확신이.'

이미 구강혁은 알고 있다.

기록은 혼자서 만드는 게 아니다.

20탈삼진이라는 기록에 다른 야수들의 역할은…….

다소 비중이 낮은 게 사실이지만.

포수는 다르다.

가장 중요한 파트너다.

이 순간 구강혁은 믿었다.

함께 19탈삼진을 달성한…….

그리고 한 시즌을 함께한 파트너를.

퍼어어엉!

그 결과가…….

[……한복판에 꽂아넣었어요!]

"스트으으으라이크! 배터, 아우우우웃!"

[3구도 다시 한번 포심, 구속은 154킬로! 그야말로 꼼짝하지 못 한 채 지켜보는 이충재! 경기는 여기서 끝! 대전 팔콘스의 6대 0 승리!]

[중계를 하면서 이런 경기를 보네요!]

[그렇습니다, 그렇습니다! 20탈삼진입니다! 수많은 기록으로 올 시즌 KBO의 화제를 이끌었던 구강혁, 그러나

이번 기록은 너무도 특별합니다! 대업이라는 단어조차 아깝지 않은 기록, 정규이닝 20탈삼진을 달성하는 구강혁!]
 9이닝 2피안타 무실점.
 단 95구를 던져 20탈삼진.
 대기록이었다.
 '……해냈다.'
 귀가 멍해지는 환호성이 여기저기서 터져 나왔다.
 구강혁과 함께 홈플레이트를 바라보던 야수들이.
 포지션을 막론한 더그아웃의 동료들이.
 마스크를 벗어던지고 바보처럼 웃는 박상구까지.
 모두가 마운드로 뛰어나오고 있음에도…….
 그 모습들이 슬로우모션처럼 보이는.
 시간이 멈춘 것만 같은 순간.
 구강혁이 물끄러미 자신의 오른팔을 내려다봤다.
 "!"
 문신이 자라나고 있었다.
 '역시.'
 조금씩 번지듯 손목을 향해 내려갔다.
 이제는 정말 손등이 코앞이었다.
 '다음에야말로 머리인가.'
 그런 구강혁을…….
 선수들은 물론, 드래곤즈 필드를 떠나지 않은 팬들.
 중계를 지켜보던 수많은 이들까지 목격했으나.
 뱀 문신을 인지한 것은 오직 구강혁 본인뿐.

때문에 이 대기록이 가지는 또 하나의 의미.
포스트시즌을 앞둔, 또다시 구속이 상승한 구강혁을 상대해야 할 여러 팀에는 재앙이 도래했다는 사실조차…….
그를 빼고는 누구도 알 길이 없었다.

* * *

[전무한, 어쩌면 후무할 대기록, 20K]
[……시즌 막판 KBO의 수많은 역사를 새롭게 써내린 대전 팔콘스 에이스 구강혁. 그러나 이번에는 차원이 다른 대기록이다. 지난 8월 가디언스전에서 달성한 구강혁 본인의 18탈삼진 무사사구 완봉조차 20탈삼진의 상징성 앞에서는 빛이 바랠 정도다.

……메이저리그에서도 단 5번 기록된, 퍼펙트게임 이상의 진기록이다. 이로써 구강혁은 단순히 한 시즌의 뛰어난 투수를 넘어, KBO의 수많은 동료들, 그리고 앞으로 리그에 몸을 담을 후배들에게 새로운 이정표를 제시한 것이다.

……또한 시즌 선발승 또한 30승으로 또 한 번 갱신하며, 팀의 승리를 비롯한 모든 것을 얻은 피칭. 팔콘스 김용문 감독은 "매번 기대를 넘어서는 활약"이라는 이례적인 호평과 함께 "부상과 군 시기의 공백이 무색한 구강혁의 성장이 많은 선수들의 귀감이 될 것"이라는 감상을 남겼다.

……수훈선수 인터뷰에서 구강혁은 "오늘만큼은 전담 포수로 늘 고생해 주는 박상구에게 공을 돌리고 싶다"며, "특히 20탈삼진째를 기록한 마지막 공은 내 생각과는 달랐던 포수의 의견을 그대로 따른 것"임을 밝혔다. 박상구는 이날 구강혁과 나란히 9이닝을 모두 소화하며 4회에는 2타점 쐐기 적시타를 뽑아내는 등 공수양면에서 대활약을 펼쳤다.]

[33경기 30승 1패, 이런 투수는 없었다]

[……역사에 남을 피칭이다. 20탈삼진 대기록. 시즌 탈삼진은 무려 286개로, 시즌 내내 매 이닝 1.22명의 타자를 삼진으로 돌려세웠다는 의미. 심지어 완투가 드문 이 시대에 시즌 네 번째 완봉까지 날성했다.

……시즌을 앞두고 구강혁을 영입한 트레이드는 팔콘스의 올 시즌 최고의 축복으로 꼽히지만, 당시 이런저런 사정에 구강혁을 내준 브레이브스를 포함한 다른 아홉 팀에는 천재지변이 따로 없다.

……리그 최초의 20탈삼진 대기록에는 미국 언론도 여러 기사를 쏟아지며 뜨거운 관심을 보였다. 대한민국의 WBC 우승에 구강혁의 메이저리그 진출 여부가 달렸다는 기사에는 '우리 팀에만 온다면 국제대회 트로피 따위 관심 없다'는 반응까지 나왔을 정도.

……WBC가 코앞으로 다가왔지만 지금 시점에 가장 중요한 건 바로 포스트시즌. 구강혁의 역대급 호투에 힘입어 다시금 드래곤즈와의 승차를 반 경기까지 줄인 팔콘

스는 시즌 마지막 경기에서 3위 도전을 이어간다.]

 [역대급 피칭 다음날, 역대급 매치업은 불발]

 [……20탈삼진의 대기록을 허용한 인천 드래곤즈가 다음날 선발로 등판 예정일을 하루 미룬 박지후를 예고했다. 드래곤즈 내부 사정에 정통한 관계자에 따르면 박지후는 이번 등판에 맞춰 루틴을 세밀하게 조절했다고 알려졌다.

 ……정규시즌 마지막 경기에는 김광열과 함께 선발 부담을 나눌 것으로 보인다. 주자 여부와 무관한 전력투구가 예상되는 것. 다만 깔끔하게 5일을 쉰 김광열이 선발이 아닌 불펜에서 경기를 준비하는 점에는 아쉬운 목소리도 나온다.

 ……대전 팔콘스는 류영준의 복귀 첫 선발 등판을 예고했다. 김광열과의 선발 맞대결이 아슬아슬하게 불발에 그친 셈. 서로의 오랜 경력에도 불구하고 정식경기에서 맞대결이 성사된 적 없는 두 선수다. 이제는 선수로서도 황혼기에 접어든 시기. 볼멘소리를 마냥 흘려듣기도 어렵다.

 ……드래곤즈 안시우 감독은 "경기 결과는 아쉽지만 송영관의 경기 초반 호투와 타자들의 투지는 인상적"이라며, "내일 선발은 깊은 고민과 상의 끝에 결정을 내렸다"고 선을 그었다.

 ……낭만을 논하기에는 너무도 많은 것이 달린 내일 경기. 드래곤즈가 오늘의 뼈아픈 상처를 치유하기에 가장

좋은 약은 바로 승리다. 3위와 4위는 다르다. 무엇보다 내일 경기에서 천적 구강혁을 상대할 일은 없다.]

정규시즌 마지막 경기.

총력전을 앞둔 밤, 팔콘스의 인천 원정 숙소.

변함없는 룸메이트 원민준이 물었다.

"또 기사 보냐?"

구강혁이 느긋하게 고개를 끄덕였다.

"엉."

"안 질려? 맨날 칭찬일 텐데?"

"어, 안 질려. 짜릿해. 늘 새로워."

"하기야 오늘은 인정."

원민준도 피식 웃었다.

대기록으로 KBO의 역사를 새로 썼다지만…….

당장 뭔가가 달라지지는 않았다.

원정 등판을 마친 날이면 으레 그랬듯 김은후 코치를 찾아 마사지를 받고 충분한 휴식을 취하고 있었다.

'김광열 선배가 선발이 아니다. 내가 보기에도 아쉬운 상황이야. 특히 타 팀 팬들은 비난의 목소리를 낼 만도 하지. 흔한 기회도 아니니…… 나도 데뷔 초에는 경기 때는 물론 화면으로라도 뭐든 배우려고 했던 선배들인데.'

류영준과 김광열의 매치업은 불발.

'박지후 선배도 FA 계약을 할 정도로 베테랑 라인에 드는 선발이지만, 내일 경기 상황에 따라 급박한 등판이 필요해지면 결국 김광열 선배 정도 되는 카드가 없기는 해.'

내일 드래곤즈의 선발은 박지후다.

그 선택의 결과는?

아직은 알 수 없다.

'내가 할 수 있는 건 다 했다. 오늘 경기 결과, 20탈삼진을 내줬다는 상황이 드래곤즈 선수단을 얼마나 흔들 수 있을는지는 몰라. 분위기를 봐서는 좋지는 않았던 거 같은데…… 어떤 식으로든 도움이 되기를 바랄 뿐이다.'

더 이상의 수식이 불필요한 3위 결정전.

선수단의 분위기는 팔콘스가 앞선다.

구강혁의 대기록은 물론…….

연이은 장타를 뽑아낸 타선의 기세도 좋다.

지이잉!

그때 구강혁의 스마트폰이 진동했다.

"으음."

어쨌든 역대급 대기록은 대기록.

요 몇 시간 많은 연락을 받기는 했다.

이번에는 전 동료들의 메시지였다.

[함창현: 미친놈]

[오현곤: 진짜 미친놈]

[함창현: 그래도 우리도 이겼다]

[오현곤: 그래 마 포스트시즌 딱 대]

"하하."

단체 채팅방의 메시지.

"형. 얘들, 지금 스타즈랑 승차 몇이지?"

"오늘 이겼대니까, 한 경기 반이네."

"진짜 5위로 올라올 수도 있겠는데? 두 팀 다 내일 경기 없이…… 어디 보자, 주말부터 4경기면 끝이잖아."

원민준이 순순히 고개를 끄덕였다.

"그럴 수도 있지. 일정은 둘 다 만만치는 않은데."

스타즈는 가디언스와 2경기, 파이터스와 2경기.

브레이브스는 울브스와 2경기, 재규어스와 2경기를 차례로 남겨둔 상황.

경쟁팀들끼리의 일정은 이미 끝이 났지만…….

치열한 상황은 마찬가지였다.

구강혁이 말했다.

"포스트시즌에서 우리랑 붙는 거 아냐?"

"에이, 두 팀 비하면 드래곤즈가 세지."

"내일은 이미 이겼고?"

원민준이 어깨를 으쓱였다.

"지겠냐? 우리 구강혁이 개박살을 내놨는데."

"으흐음. 자만까지 할 필요는 없지만…… 그래도 준플레이오프에서 붙으면 좋겠네, 걔들이랑은. 떨어진다면 우리 손에 떨어지는 게 낫겠어."

"어우, 살벌한 놈."

잠시 고민하던 구강혁이 메시지를 남겼다.

[구강혁: 어딜 무례하게 메시지를 섞나]

[구강혁: 5위부터만 겸상 가능]

[함창현: 크아아아악]

[오현곤: 미친놈 맞네]

　　　　　＊　＊　＊

드래곤즈와 팔콘스.
두 팀 모두 정규시즌 마지막 경기를 치르는 날.
어제 경기에 못지않은 관심이 쏠렸다.
1회는 서로 살얼음판이나 다름없었다.
팔콘스의 첫 공격은 황현민, 한유민의 연속 볼넷.
거기에 페레즈의 희생번트가 이어진 흐름.
경기 초반부터 1사 2, 3루의 위기.
그럼에도 박지후는 마음을 다잡았다.
'마운드 방문 타이밍은 이번에도 좋네. 사실 어제도 아주 나쁘다고 보기도 어려웠지. 문제는 교체 타이밍이었을 뿐.'
투수코치의 마운드 방문 이후.
노재완의 뜬공에 선제점을 내주기는 했으나…….
이어진 2사 2루 상황에 5번 안태홍을 삼진으로 잡아내며 위기를 탈출한 것.
그러나 팔콘스 입장에서는 어쨌든 선제점.
류영준도 1회에는 다소 흔들렸다.
1번 타순에 복귀한 최동민에게 던진 초구가 손에서 빠지며 사구에 따른 선두타자 출루를 허용.
'선배님 등판에는 보기 드문 장면이네.'

거기에 연이은 안타로 마찬가지로 위기가 이어진 것.
'작전을 안 걸어?'
드래곤즈는 여기서 팔콘스와 다른 길을 골랐다.
번트가 아닌 강공을 선택한 것.
특유의 장타력을 감안하면 무리한 선택은 아니었다.
1회초와 1회말이 다른 점은 또 있었다.
팔콘스 더그아웃에서는 누구도 나서지 않았다.
류영준은 그대로 고영현에게 체인지업을 던졌고…….
깔끔한 병살타를 유도.
순식간에 2아웃을 잡아내고는, 5번 타자 이충재에게 몸쪽 높은 포심 패스트볼을 던져 뜬공을 이끌어 냈다.
그대로 이닝 종료.
두 선발이 모두 위기를 잘 극복한 상황.
그럼에도 득점 여부에는 차이가 났다.
'좋은데?'
선택에 따른 결과.
1점을 짜냈느냐, 짜내지 못 했느냐.
그건 평상시 경기는 물론…….
오늘 같은 총력전에는 결코 작지 않은 차이다.
류영준이 느긋하게 더그아웃으로 돌아왔다.
'평소답지 않게 상기되셨네, 선배님도.'
이제는 리그 최연장자 수준의 베테랑.
그 류영준이 긴장해도 이상하지 않은 경기.
'……긴장하신 게 아닌가?'

혹은…….
흥분해도 이상하지 않은 경기.
'그렇다기보다 오히려 즐거우신 거 같네.'
가볍게 숨을 몰아쉬는 류영준이 웃고 있었다.
'지난 등판도 좋았지만 걱정 자체가 의미가 없겠어.'
누구보다 간절하게 류영준의 복귀를 바랐을 이.
그 대활약을 기대했을 이.
당연히 바로 류영준 본인이다.

2장

87년생인 류영준의 올해 나이는 만 39세.

한국식 나이로는 마흔이 되었다.

KBO에서도 손에 꼽는 베테랑인 셈.

다양한 방면으로 발전한 운동 이론과 식습관 개선 등의 요인으로 과거에 비해 선수생활 연장이 수월해졌다지만…….

그 점까지 감안해도 결코 적지 않은 나이이다.

한국 복귀 당시에도 이에 대한 우려가 많았다.

24시즌 초반에는 성적에 아쉬움도 남았고.

그러나 후반기로 갈수록 류영준은 점차 모두가 기대하던 그 류영준의 면모를 되찾았고…….

3점대 평균자책점으로 시즌을 마무리했다.

또 작년에는 160이닝을 던지며 2점대 평균자책점.

에이스라 불리기에 손색이 없는 수준이었다.

그리고 올해는?

그보다도 한층 더 나아진 모습이었다.

6월 월간 MVP를 수상하는 등……

구강혁과 함께 팔콘스 마운드를 완벽하게 이끌었다.

나이를 먹어감에도 꾸준한 상승세라는 이례적인 모습.

류영준이기에 가능한 일이라는 평가가 많았다.

'다시 생각해도 아쉬운 건 사실이야. 선배님이 계셨다면 3위 싸움이 문제가 아니었을 수도 있지. 까마득하던 재규어스와의 승차도 지금에 와서는 5경기까지 좁혔으니까.'

부상 전까지는 말이다.

'하지만 돌아오신 것만 해도 결코 당연한 일이 아니다. 최악의 경우에는 시즌 내 복귀가 불가능하다는 시선도 있었으니까. 재활에 엄청난 노력을 쏟으셨겠지.'

안타까운 부상.

그러나 극복했고, 결국 돌아왔다.

모두가 기다리는 본인의 자리로.

'따로 언급하지는 않으셨지만 결코 쉽게 지나간 나날은 아니었을 거다. 선배님은 그 긴 경력만큼이나 부상과 싸워온 세월도 짧지 않아. 브레이브스 시절 내 부상은 그에 비하면 경미한 수준일 정도로.'

구강혁도 부상 경력이 없지는 않다.

군 문제 해결을 위해 보낸 시간도 아쉬웠고.

하지만 그런 경험이 있기에 알고 있다.

마운드를 떠나서 재활에 전념한다는 게 말처럼 쉬운 일도, 시간이 해결해 주는 부류의 일도 아니라는 점을.

아픈 곳이 사라지면 곧바로 복귀가 가능한가?

그럴 리가 없다.

부상 회복은 시작에 불과하다.

어깨, 팔꿈치, 견갑골, 허리…….

온몸 구석구석에 과부하를 거는 피칭.

특히 선발이라면 그런 동작을 최소한 70회, 80회를 반복하고도 견딜 수 있을 체력과 유연성을 다시금 확보해야 한다.

'선배님의 공백은 우리에게도 너무도 길게 느껴졌지만, 구태성 코치님의 합류로 어느 정도 탄력을 받기도 했고…… 대책이 없지도 않았어.'

괴롭고도 긴 시간.

그런 시간을 견디고 돌아온 류영준은…….

최고의 피칭으로 본인의 회복을 증명했다.

[……5구 헛스윙! 류영준의 오늘 경기 여섯 번째 삼진! 파이터스전 복귀 등판도 훌륭했으나, 선발 복귀전에서는 더욱 빼어난 피칭을 선보이는 류영준! 타선이 지원한 1점의 리드를 6회까지 굳건하게 지켜냅니다!]

1회말부터 위기를 허용한 투수라고는 믿기 어려울 정도의 안정감을 되찾으며, 6회까지 무실점 6탈삼진.

72구를 던지며 투구 수 관리도 탁월했다.

'역시 선배님.'

반면 드래곤즈 선발 박지후의 등판은 4회까지.

1회 노재완의 희생타를 제외하고는 실점이 없는. 4이닝 1실점 5탈삼진의 피칭으로 이쪽도 제 역할을 다했다.

5회초부터 드래곤즈의 마운드를 지킨 건 김광열.

비록 선발 맞대결은 아니지만, 류영준과 김광열이 연이어 마운드에 오르는 명장면이기도 했다.

그리고 7회초.

다시 김광열이 마운드에 올랐다.

'김광열 선배의 오늘 피칭은 특유의 역동적인 투구폼과 결이 비슷해. 전성기에 비하자면 150킬로 미만으로 떨어진 구속은 아주 빠르다고 보기 어려운데도 우리 타자들을 찍어누르고 있어.'

김광열의 피칭 또한 훌륭했다.

5회부터 2이닝 퍼펙트.

'하지만 그 반대급부인지 평소의 베테랑다운 여유가 오늘만큼은 잘 느껴지지 않아. 어딘가 쫓기는 느낌…… 물론 우리가 한 점을 리드하고 있지만, 객관적으로 본다면 못 잡을 점수까지는 아닌데.'

몸쪽 포심과 빠른 슬라이더.

특히 우타자들을 찍어누른 배합이 주효했다.

류영준의 부드러운 운영과는 결이 달랐다.

'그 반면 영준 선배는 드래곤즈 타선을 유연하게 요리하고 있다는 느낌이지. 작정하고 돌려서 때려맞춰도 공이 쭉 뻗지를 않아. 상대 타선이 결정구인 체인지업을 완

벽한 타이밍으로 공략하지 못 하고 있다는 증거다.'

두 베테랑의 맞대결은…….

7회에도 승부가 갈리지 않았다.

김광열은 선두타자 최대훈에게 볼넷을 허용하고도 실점 없이 이닝을 마무리.

류영준도 7회 1사 후 이충재가 단타를 때려냈음에도, 삼진 하나를 더하며 무실점으로 등판을 마쳤다.

'역시 1점이 중요한 경기다.'

8회초.

[……8회 드래곤즈의 마운드를 지킬 투수는 필승 셋업 문승태. 이틀 전 시리즈 첫 경기에서 팔콘스를 상대로 등판해 1이닝 무실점을 기록한 바 있습니다.]

[1이닝 퍼펙트였죠. 후반기 드래곤즈 불펜의 핵심이나 마찬가지인 문승태 투수입니다. 여기서 드래곤즈가 문승태라는 카드를 선택했다는 건 연장으로 가기 전에 승부를 걸겠다, 그런 의도로 읽히는데요?]

[무승부로 경기가 끝나면 반 경기를 앞선 드래곤즈가 3위로 정규시즌을 마무리하는 상황이지 않습니까? 홈 경기, 그러니까 말 공격이라는 이점도 있고요.]

[그거야 그렇습니다만, 사실 드래곤즈는 불펜보다는 선발의, 타선의 힘으로 상위권에서 버틴 팀이거든요. 구태여 비교하자면 그렇다는 말씀입니다. 무게감 면에서 불펜진이 조금은 떨어지는 게 객관적인 사실이에요.]

[네.]

[하지만 그럼에도 문승태와 조범영, 이 두 선수만큼은 어느 팀 필승조와 비교해도 결코 떨어지지 않는 좋은 활약을, 특히 후반기에는 언터처블에 가까운 기록을 보여주고 있거든요.]

[네, 두 선수 모두 후반기 평균자책점이 1점대에 불과한 빼어난 성적을 기록하고 있습니다. 각각 후반기에만 각각 8개의 홀드, 11개의 세이브를 추가하며 드래곤즈의 뒷문을 깔끔하게 걸어 잠궜습니다.]

[그러니까요. 하지만 멀티이닝 소화 능력이나 연투 능력에는 다소 물음표가 붙는 것도 사실이에요. 바꿔 말하자면 드래곤즈는 2이닝은 믿고 맡길 투수가 있지만, 이후부터는 확신을 하기가 어렵다는 겁니다.]

드래곤즈는 문승태를 선택했다.

경기가 무승부가 된다면?

당연히 드래곤즈가 웃는다.

반 경기의 승차가 유지되니까.

하지만 연장 승부는 까다롭다.

'드래곤즈도 경기가 길어지면 내보낼 투수야 있겠지만, 이런 접전 상황에서 확실히 믿고 맡길 만한 투수의 숫자면에서는 우리가 확실히 앞선다.'

팔콘스의 불펜에는 여유가 있기 때문이다.

지난주의 과감한 투수 기용.

그리고 앞선 두 경기 브라운과 구강혁의 총 16이닝 소화.

덕분에 투수력을 온존한 것이다.

박창현, 원민준, 주민상.

'4위로 추락할 즈음의 흔들리던 그 필승조가 아니야. 구태성 코치님의 합류 이후 불펜의 안정감이 눈에 띄게 달라졌어. 주민상 선배는 안 그래도 좋았지만, 다른 둘은 확실히 제 모습을 되찾았다고.'

필승조 전원이 등판 가능한 상황이다.

'선규나 현섭이도 괜찮지만 경험 문제가 걸린다면…… 지환이가 이제 이런 상황에도 충분히 기대를 걸어볼 수 있는 히든카드가 됐지. 그것도 불안하다면 도미닉이나 영후가 나선다는 방법도 있어. 8회쯤이면 다들 어깨도 풀 테고.'

다른 선택지도 얼마든지 존재하고.

'12회는 물론이고 15회까지도 가능하지.'

정규시즌의 연장전은 12회까지.

그 점이 아쉬울 만큼의 든든한 전력.

'드래곤즈도 8회부터 승부수를 걸겠다는 거야.'

때문에 드래곤즈의 선택은 꽤 합리적이다.

문승태는 그 선택에 응답했다.

출루 없이 8회를 막아 냈던 것.

'……확실히 좋은 투수네.'

8회말 팔콘스의 선택은 박창현.

드래곤즈는 8번부터 시작되는 타순에 처음부터 대타로 전희권을 기용하는 등 계속해서 승부수를 뒀으나…….

[……높이 떠올랐어요! 최대훈과 채연승이 달려가고, 최대훈의 콜! 물러나면서…… 잡아냅니다! 쓰리아웃, 이닝 종료! 8회를 단 7구로 막아 내는 박창현 투수!]

적중한 건 김용문 감독의 선택이었다.

'우리도 안 지지만. 상대 마무리도 만만찮은 투수인 건 맞지만…… 기왕이면 한 점 정도는 더 도망을 갔으면 좋겠는데 말이지.'

9회초.

드래곤즈의 수호신 조범영의 차례.

팔콘스는 2번 한유민부터 시작하는 타순.

그리고.

슈욱!

따아아악!

[……초구부터 당겨친 타구, 한유민의 이 타구는, 이 타구는 멀리! 이 타구는 높이! 우익수 쫓아갑니다만, 담장을! 담장을! 담장을!]

한유민이 구강혁의 기대에.

아니, 모든 팔콘스 구성원의…….

수많은 팬들의 기대에 응답했다.

[넘어갑니다! 한유민의 솔로 홈런! 스코어는 2대 0!]

초구 포심을 놓치지 않은 벼락 같은 홈런.

2:0.

조범영이 고개를 떨구었다.

'……됐다!'

9회말.

마운드에는 주민상이 올랐다.

김지환의 예상을 벗어난 활약.

원민준과 박창현의 후반기 막판 반등.

여러 경쟁자의 호성적에도 불구.

시즌 내내 단 한 번도 대전 팔콘스라는 팀의 마무리 자리를 놓치지 않은 주민상.

슈욱!

부우웅!

퍼어엉!

"스윙, 스으으라이크! 배터 아우우웃!"

그가 드래곤즈 4번 고영현에게…….

헛스윙을 이끌어 낸 순간.

세 개의 스트라이크 카운트가 채워지는 동시에.

[……삼진! 경기 끝! 팔콘스의 승리! 팔콘스가, 팔콘스가 드래곤즈 필드에서 대역전 시나리오를 완성합니다! 24시즌 KBO 리그의 당당한 3위, 바로 대전 팔콘스입니다!]

세 개의 아웃카운트가 모두 채워졌다.

[힘겨웠던 작년 팔콘스, 그 귀한 승리 시나리오. 팔콘스 클래식이라고 할까요. 그 승리공식을 그대로 재현해 낸 듯한 깔끔한 승리입니다!]

류영준의 7이닝 무실점 선발 피칭.

박창현의 1이닝 무실점 홀드.

주민상의 1이닝 무실점 세이브까지.

25시즌 최악의 성적을 받아들던 와중에도 팬들의 유일한 희망과 같았던 1승의 서순을 그대로 따른 완벽한 승리.

"끼요오오오오오옷!"

"나가, 야! 뛰어가!"

"뛰지 말고 날아서 가!"

"대, 민, 상! 대, 창, 현!"

"대, 영, 준! 대, 영, 준!"

더그아웃의 선수들이 썰물처럼 빠져나갔다.

복귀 첫 선발승에서 3위를 확정지은 류영준도.

어제는 마운드에서 선수들을 기다리던 구강혁도.

아니, 선수들만 그런 것도 아니었다.

김용문이 너털웃음을 짓는 사이······.

코치들까지 시선 따위 아랑곳하지 않고 달려나갔다.

등에 15번을 단 어느 코치도.

* * *

축제와도 같았던 밤이 지난 이틀날.

구강혁이 집에서 눈을 떴다.

인천 원정에서 돌아온 길, 그대로 선수단 회식이 이어졌고 가까운 몇몇은 구강혁의 집에 모여 자정이 넘은 시각까지 이야기를 나누었다.

정규시즌이 몇 경기 남지 않은 시점.
포스트시즌은 10월 9일 금요일.
와일드카드 1차전으로 시작된다.
준플레이오프로 포스트시즌 일정을 시작하는 팔콘스로서는 꼬박 열흘이 남은 셈이었다.
당연히 마냥 쉬기만 하는 기간은 아니다.
훈련을 통해 팀을 재정비하고, 특히 부족한 부분이 있다면 어떻게든 채워야 하기 때문이다.
그럼에도 김용문은 선수단에 사흘의 휴가를 줬다.
물론 놀고 먹으라는 의미의 휴가일 리는 없다.
144경기의 숨가쁜 일정을 소화한 선수들에게 그간 소모된 체력을 제각기 가장 효과적인 방식으로 회복할 시간을 준 것이다.
김은후 코치를 비롯한 트레이닝 파트는 선수들의 휴가 기간에도 늘 구장에 상주하기로 했고.
그건 선수단에 대한 신뢰의 표시였다.
'어제 선배들도 다 그랬지. 맥주도, 파티도 포스트시즌 끝나기 전까지는 오늘이 마지막이라고. 중간부터는 한국 시리즈 끝날 때까지로 바뀌었고 말이야. 그나저나, 하여간.'
구강혁이 거실에 나와서는 피식 웃었다.
"커허어어어, 푸. 커허허허허, 푸후후."
원민준 한 명만 널브러진 채였다.
가기도 귀찮다며 알아서 이불을 깔고 잤다.

'서울 갔다가 내려왔어야 되는 거 아닌가?'
결혼을 앞둔 원민준이다.
"커허어, 푸, 커, 컥."
"숨 넘어가시겠네."
"커흑, 어…… 어응."
가만 두고 보자니 버둥대다가 눈을 떴다.
"일어났어?"
"어, 엉."
"해장해야지."
"해장…… 뭔 해장이여, 겨우 맥주 한 캔 마셨는데."
"사줘도 싫어?"
눈을 끔벅이던 원민준이 씨익 웃었다.
"고기 가능?"
구강혁이 절레절레 고개를 젓고는, 원민준이 잠자리를 정리하는 사이 스마트폰을 내려다봤다.
[류영준 선발 복귀전 완승, 팔콘스 3위 확정!]
[구강혁 피한 드래곤즈 꼼수, 자충수 됐나]
[남은 건 5위 승부, 또 한 번의 역전 가능할까]
막판에 승차를 뒤집은 대역전극.
다시 봐도 꿈 같은 이야기였다.
'승률은…… 82승 1무 61패.'
구강혁이 말했다.
"우리 승률이 0.573이래."
"어우, 높기는 하다잉."

"그러니까."

절대 낮은 승률이 아니다.

21시즌에는 완전한 동률로 1위 결정전까지 치른 두 팀의 승률이 0.563으로 올 시즌 팔콘스보다도 낮았다.

"승수 인플레가 꽤 심했다는 거지."

"안 좋은 팀들이 좀 있었으니까."

타이탄스의 꾸준한 약세와 울브스의 뚜렷한 리빌딩 기조, 샤크스의 베테랑 공백에 따른 부진이 겹친 결과다.

물론······.

"그래도 3위가 훨씬 낫네. 마음이 좀 편해."

"그렇지, 흐흐."

"침부터 좀 닦고. 거 베개 빨아놓고 가쇼."

"세탁비 내면 될까요, 선생님?"

"30만 원입니다."

"손빨래 해놓고 갈게요."

"됐고, 결혼 문제는 어쩌고 있어?"

"뭘 어째? 착착 진행하고 있지."

"어이고, 진짜? 의외네."

결혼은 나름대로 잘 준비하는 모양이었다.

"사실 나야 여유가 없으니 네 형수가 고생하고 있지, 뭐. 아이고, 모르겠다. 당분간은 야구 생각만 하라더라. FA에서 제대로 한 탕 해서 보답할 수밖에 없어. 아, 당분간 브레이브스 남은 경기나 같이 볼까?"

"뭘 같이 봐? 곧 또 훈련해야지."

"훈련을 하루종일 하냐? 체력도 챙겨야 돼, 인마."

"그건 맞는데, 아오. 됐어. 나도 혼자만의 시간이 필요해. 형 알아서 가서 보든, 다른 선배들이나 애들이랑 보든."

"이씨, 내년부터는 이렇게 놀지도 못 한다잉?"

구강혁이 어깨를 으쓱였다.

"그럼 마음 놓고 미국 가도 되겠네?"

"헉, 크흠. 대투수의 여유."

"푸하, 됐어. 아직 정해진 건 없지."

함께 가까운 식당에 나가 늦은 아침을 먹었고…….

'해외 진출은 WBC가, WBC보다는 포스트시즌. 한국시리즈 우승이 먼저지. 김우현 회장님이랑 한 이야기도 있고.'

원민준을 보내고는 어수선한 집안을 치웠다.

그러다가 어느새 정오가 지나갔다.

완봉으로부터 이틀째.

'오늘은 가볍게 뛰고 쉴 생각이기는 한데…… 슬슬 일어났겠지? 민준이 형도 일어났으니까.'

구강혁이 박상구에게 전화를 걸었다.

"헤이."

―엉. 뭔데?

"내일 구장 나가야지?"

―뭐? 야이씨, 휴가 사흘이야!

"어어? 안 나가? 어어어? 박상구 포수는 팔콘스 주전도 아닌데?"
―크윽, 아니. 알겠는데, 왜, 뭔데. 갑자기.
"공 좀 던지게."
―벌써?
"뭐가 벌써야, 평소처럼 사흘차에 던진다는 건데. 휴식일 줄일 때 아니면 늘 하던 그대로잖아?"
―크흠, 그렇기는 한데. 완봉 여파도 없냐, 너는?
"어. 형이야. 형은 아주 튼튼해."
―으, 알았다, 알았어. 대신 오후에 가자, 오후에.
"그래. 너무 칭얼대지 마, 이 자식아. 칭얼댈 게 아니라 기대를 해야지. 너도 재미가 좀 있을 거다."
―응? 뭔 재미?
구강혁이 입꼬리를 올렸다.
휴식은 곧 여유.
무리가 가지 않는 선에서라면······.
―어, 뭔데? 뭐냐니깐?
20탈삼진에 따른 뱀 문신의 성장.
그 효과를 짚고 넘어가기에 충분한 시간이었다.

* * *

투수의 구속은 특별한 지표다.
매 피칭마다 명확한 숫자가 드러나고······.
언제든지 비교가 가능하다는 점에서 무척이나.

투수의 손을 떠났다 싶은 다음 순간, 순식간에 미트에 때려박히며 루킹 삼진을 이끌어 내는 강속구.

 그 짜릿한 장면을 보고서 직관에 나선 이들은 전광판으로, 중계를 보는 이들은 화면 한구석으로 시선을 던지는 것이다.

 방금 그 공이 구체적으로는 얼마나 빨랐는가?

 이를 곧바로 확인하기 위해.

 리그 최상위권 구속을 갖춘 포심은 그것만으로도 충분한 무기지만, 변화구와의 시너지까지 감안하면 그 강점을 이루 다 말할 수 없을 정도다.

 더 빠른 공은 언제나 더 많은 선택지로 이어진다.

 때문에…….

 구속의 상승은 언제나 옳다.

 직전 시즌을 10위로 마무리한 팔콘스는, 올해 정규시즌 3위라는 급격한 성적 상승을 이루었다.

 그 상승세의 근간은 투수진.

 구강혁과 류영준의 선발 원투펀치는?

 6할을 넘는 압도적 승률을 기록한 1위, 서울 가디언스와 비교해도 우위라는 평가가 더 많다.

 구강혁은 꾸준한 구속 상승, 류영준은 출중한 몸 관리 덕분에 둘 모두 150km/h가 넘는 포심을 던지고.

 그런데 단순히 구속 측면에서는…….

 이 둘을 떼어놓고 봐도 만만치 않다.

 팔콘스는 수많은 유망주 투수를 긁어모았다.

최근 몇 년을 최악의 암흑기로 보내며 드래프트 순번에서 이득을 본 결과이기는 하지만, 어쨌든 덕분에 강속구 투수의 뎁스를 늘려왔던 것이다.

대표적인 성과가 바로 KBO 국내 투수 최초로 160의 벽을 넘으며, 올 시즌에도 4, 5선발로 활약한 문영후.

브라운의 영입과 후반기의 여유에 팔콘스가 4선발 체제를 가동하며 등판 횟수는 꽤 줄었지만…….

긴 등판 간격에도 전광판에 수 차례 160, 161을 찍어내며 후반기 막판 더욱 좋은 모습을 보였다.

김지환도 마찬가지다.

로우 쓰리쿼터 투구폼에도 150 후반대의 공을 뿌리며, 본인의 데뷔 당시 의향대로 불펜에 자리를 잡은 후로는 전력투구로 그 위력을 더욱 늘렸다.

구태성의 합류 이후의 상승세도 매섭다.

거기에 데뷔 시즌인 올해 이따금 2군을 오가면서도 나름의 기회를 받고 있는 임현섭 또한…….

좌완임에도 무려 150 중반대의 공을 던질 수 있는 탁월한 어깨를 타고났다.

신인급 선수들만 그런 것도 아니다.

외인인 두 선수 또한 강속구 투수로, 도미닉도 최고 157, 브라운은 156까지 찍을 수 있다.

최고 구속만을 따져 줄을 세운다면, 154대가 시즌 최고인 구강혁은 선발 로테이션에서도 오히려 뒤에 서야 하는 셈.

물론 그게 결코 낮은 숫자는 아니다.

최고 구속은 다소 떨어지더라도 워낙 스태미너가 뛰어나, 포심 패스트볼의 평균 구속은 도미닉과 함께 수위를 다툰다.

뱀 문신이 생기기 전, 오히려 피지컬에 비해 심할 정도로 구속이 나오지 않던 브레이브스 시절과는 비교조차 어렵다.

특유의 릴리스 익스텐션과 뱀처럼 휘어지는 무브먼트 탓에, 구강혁의 포심은 타자가 체감하기에는 수치상의 구속보다 더욱 빠르게 느껴지기도 했다.

누구보다 그 위력을 강하게 느끼는 건…….

역시나 파트너인 박상구였다.

올 시즌 팔콘스에서 박상구는 구강혁의 전담포수이자 베테랑 최대훈의 백업으로, 순번을 따진다면 2옵션.

출루에 강점을 지닌 최대훈과 상반되는 장타력으로 경기 후반 대타로 기용되는 경우도 종종 있었다.

제한된 기회에도 2할 6푼의 타율로 정규시즌을 마무리했고, 파트너인 구강혁이 등판할 때마다 이따금 터뜨린 한 방은 그야말로 백미.

시즌 전의 기대를 넘어서는 대활약이었다.

그런 박상구도 구강혁의 공을 받고 있노라면, 특히나 상대 타자들이 구강혁의 공을 때려낼 때면…….

이런 생각이 들고는 했다.

'대체 어떻게들 치는 거야? 타석에서 보면 무브먼트가

더 심하지 않아? 나야 뭐 시즌 시작되고는 라이브 BP도 서본 적 없지만, 나 같은 우타자들 입장에서는 진짜 끔찍할 텐데.'

투타의 조화가 하필이면 서로 최악의 방향으로 흐르며 꼴찌탈출이 지상과제였던 암흑기.

투수들에게는 팔콘스의 엉망진창 타자들을 상대하지 않으면서도 고작 이 정도 성적을 기록했으니, 실제 실력은 그보다도 형편없다는…….

반대로 타자들에게는 팔콘스의 형편없는 투수들을 상대하지 않으면서도 타율이 이만큼이나 나왔으니, 실제 실력은 그보다는 조금 나으리라는 우스갯소리가 뒤따랐다.

올 시즌에는?

'한 달 전쯤 모처럼 백업 포수들을 다룬 기사가 하나 나왔지. 강혁이 전담으로 나서는 덕분에 나에 대한 비중이 꽤 높았고. 그런데 이런 댓글이 달렸단 말이야, 박상구이 자식 이거, 구강혁 상대를 안 해서 이 정도 타율이 나오는 거라고.'

이제 그 반대였다.

타자들에게 특히 그랬다.

리그 최고의 슈퍼에이스.

구강혁을 상대하지 않으니 이만한 타율이 나왔다고.

'예전에나 지금이나 우스갯소리에 불과해. 나도 나지만, 특히 주전급 선수들은 시즌 전체 타수에 비하면 구강

혁을 상대로 한 타수는 극히 소수에 불과하니까.'

팔콘스 선수단에 주어진 사흘의 휴가.

그 이튿째, 정오를 막 지난 시각.

네오 팔콘스 파크에 출근한 박상구가…….

'으음, 생각해보니 꼭 우스갯소리도 아닌가. 강혁이 정도 되면 진짜 영향이 있을 수도. 다음날까지도 상대 타자들이 거의 슬럼프를 겪는다는 소리도 나오니…….'

자율훈련에 매진하는 동료들을 보며 생각했다.

"뭔 생각을 그렇게 해?"

"헉, 뭐? 응?"

바로 그 구강혁이었다.

"뭔 생각을 그렇게 하냐고."

"아니야, 그냥."

"그래도 일찍 왔네."

"와야지, 우리 대투수께서 부르시는데."

"몸은 풀었고?"

"대강, 너는? 롱토스는 했어?"

"아까 지환이랑. 바로 가자."

구강혁이 글러브를 들어보였다.

목적지는 물론 불펜이었다.

장비를 챙겨 뒤를 따르던 박상구가 말했다.

"이런 거, 엄청 오랜만이네."

"종종 불펜 피칭은 했잖아?"

"이렇게 따로 나와서 말이야, 시즌 전처럼."

"그런가."
구강혁이 어깨를 으쓱였다.
"구속만 좀 재자."
"에이, 굳이?"
"굳이."
"뗴잉."
박상구가 툴툴대면서도 불펜 여기저기의 스위치를 누르고는, 뒤이어 평소 경기 때처럼 장비를 착용했다.
이미 반대편으로 가서 선 구강혁이 제 오른어깨를 매만지며 입꼬리를 올리더니, 집어든 공을 가볍게 위로 던지고 받기를 반복했다.
'좋은 일이라도 있니?'
기분이 좋은 모양이었다.
작은 전광판의 명멸을 확인한 구강혁이 말했다.
"간다."
"오케이."
준비는 끝났다.
슈욱!
퍼어엉!
[144.2]
"오우, 나이스."
박상구가 고개를 끄덕이며 공을 돌려주었다.
'늘 보던 모습이지만 진짜 첫 공부터 제구 한 번 끝내주네. 미트를 아예 움직일 필요가 없었어.'

탁월한 제구, 게다가 가볍게 뿌린 공에 144.

그리고 다시.

슈욱!

퍼어어엉!

[148.7]

빠르게 구속이 올랐다.

"또 좋고!"

슈욱!

퍼어어엉!

[152.1]

"아니, 너 무리하는 거 아니지!"

"알면서 뭘 그래?"

"그래도 완봉하고 사흘차여!"

"오케이, 오케이!"

구강혁이 능청스레 대답했다.

다시.

슈욱!

퍼어어엉!

박상구가 몸을 완전히 일으켰다.

"아이씨, 무리하지 말라니까!"

"안 한다고!"

"방금은 거의 최고 구속인데! 오히려 평소보다도 더 빠른 거 같은……."

그러고는 전광판으로 눈을 돌렸다.

"엥?"

올 시즌 구강혁의 공식 최고 구속은?

154.2km/h.

전광판에는…….

[154.8]

소숫점 단위의 차이라고는 해도, 더 높은 숫자가 찍혔다.

'……느낌만 그런 게 아니었나? 네오 팔콘스 파크 개장하면서 구석구석의 장비까지 전부 최신식으로 바꿨는데. 정확도 면에서는 리그 공식 장비보다 나으면 나았지, 그보나 떨어질 리가 없어.'

구강혁이 씨익 웃었다.

"이제 진짜 전력으로, 딱 3구만!"

슈욱!

퍼어어어엉!

"!"

이제는 확실했다.

[156.3]

구강혁의 구속이 더 빨라졌다.

"야, 잠깐만!"

"2구 더!"

슈욱!

퍼어어어엉!

[156.8]

슈욱!
퍼어어어엉!
[157.0]
더 빨라져서는…….
기어코 157을 찍었다.
"여기까지!"
구강혁이 숨을 몰아쉬었다.
박상구는 마스크를 벗는 것도 잊은 채…….
입을 떡 벌리고 있었다.
구강혁이 다시 웃으면서 말했다.
"여기까지라니까. 아무튼, 이러면, 어때?"
"뭐, 뭐가?"
"확실히 해볼 만도 하겠지?"
"……준플레이오프?"
"아니, 한국시리즈 우승."

* * *

팔콘스와 드래곤즈를 시작으로 KBO의 팀들이 하나둘 정규시즌 마지막 경기를 치르기 시작한 시점.
막바지 중에도 막바지에 해당하는 시기였음에도…….
수원 스타즈와 서울 브레이브스.
두 팀의 5위 경쟁은 아직 끝이 나지 않았다.
팔콘스 선수들이 제각기 휴식을, 또는 자율훈련을, 사

홀의 휴가가 끝난 뒤로는 팀 단위의 수비훈련, 작전훈련 등 포스트시즌 준비에 여념이 없는 사이.

[5위 경쟁, 마지막에 웃는 팀은?]

[악재 극복한 브레이브스, 대역전 가을야구 가능할까]

[승차 뒤지는 브레이브스, 매 순간이 벼랑 끝]

토요일부터 시작되는 두 팀의 일정은?

먼저 스타즈가 가디언스와의 2연전.

브레이브스는 울브스와의 2연전이었다.

1경기 반의 승차로 이미 자력 우승이 불가능한 브레이브스로서는 본인들의 패배와 스타즈의 승리가 모두 트래직 넘버로 이어지는 절체절명의 상황.

심지어 울브스의 기세도 만만찮았다.

지옥의 4연 총력전을 패배로 시작하고 말았던 것.

그래도 2경기는 타선의 대량득점에 힘입어 승리를 거두고, 일찌감치 우승을 확정지은 가디언스가 그럼에도 불구하고 사실상의 주전 라인업을 가동하며 스타즈에 2패를 선사.

승차는 반 경기까지 좁혀졌다.

다시 두 팀이 모두 하루의 휴식을 취한 후.

마지막 일정은 스타즈가 파이터스를, 브레이브스가 재규어스를 상대하는 일정.

파이터스도 재규어스도 남은 경기가 모두 죽은 경기인 건 마찬가지지만, 재규어스는 특히 김도현이 끝까지 시즌 타이틀 경쟁에 나선다는 점에서 그 전력이 만만찮았다.

누가 봐도 스타즈에 웃어 주는 일정.

그럼에도 브레이브스는 저력을 발휘했다.

1경기에서 김도현이 무려 3안타를 때려냈음에도 불구하고 벌떼야구를 벌여 단 1실점으로 틀어막은 가운데…….

타선이 8회 3점을 뽑아내며 역전에 성공.

승리를 거두고 울브스의 경기 결과를 기다린 것.

하지만 여기서 울브스 또한 파이터스에 8점차 대승을 거두며 승차는 반 경기 그대로 유지됐다.

3경기, 스타즈는 1승 2패.

브레이브스는 2승 1패를 기록했음에도…….

여전히 자력 우승은 불가능하고, 본인들의 승리와 스타즈의 패배가 겹쳐야만 역전 5위가 가능한 상황.

심지어 연이은 총력전과 직전 경기 불펜의 과도한 소모로 시즌 마지막 경기의 가용 가능한 자원마저 부족했다.

팔콘스와 드래곤즈처럼 서로를 상대하는 마지막 경기는 아니지만, 역시 각자의 운명이 걸린 수요일, 저녁.

구강혁도 집에서 경기를 지켜봤다.

브레이브스의 경기는 TV로.

스타즈의 경기는 스마트폰으로.

팔콘스의 역전 우승과 구강혁의 수많은 기록 등, 온갖 주제의 영상 제작에 야근을 반복하다, 모처럼 저녁이 있는 삶을 되찾은 연인 한희주와 함께였다.

"으, 일단 파이터스가 이겼어요. 경기 방금 끝."

"오, 와!"

수원에서의 경기가 먼저 종료되었다.

강대호의 시즌 43호 홈런을 중심으로 스타즈 타선이 5점을 가져왔음에도 불구.

선발 박해준에게 7이닝을 꽁꽁 묶인 파이터스 타선이 8회부터 무려 8점을 뽑아내는 고춧가루를 뿌리며…….

9회에도 찬스를 살리지 못 한 역전패.

"이 경기만 이기면 되는데……."

구강혁이 아랫입술을 물었다.

9회말, 점수는 4:2.

재규어스가 2점을 앞선 상황이었다.

게다가 무사에 1아웃.

따라잡기 만만찮은 점수차다.

타석에는 2번으로 나선 함창현.

구강혁이 말했다.

"이 멍청아! 그걸 왜 속아! 기다려, 그냥!"

"그래요, 나가요! 흔들리잖아요, 지금!"

"오, 역시 희주 씨는 야잘알."

"엣헴."

둘의 말이 마치 들리기라도 한 듯이…….

6구 승부 끝에 볼넷으로 출루에 성공.

3번 타자는 작년까지 팔콘스 선수였던 양태현.

"아오, 그걸 왜!"

초구부터 타격.

공이 내야로 굴렀다.

이번에는 한희주가 소리쳤다.
"어, 빠져요!"
그런데 코스가 절묘했다.
타구가 1, 2간을 빠져나갔던 것이다.
"헉, 됐다! 됐어요!"
"와아!"
이제 타선에는 4번으로 나선 오현곤.
"어, 어떨까요?"
구강혁이 미간을 좁히며 대답했다.
"잔소리는 했어요."
"잔소리요?"
"5위는 하고 겸상하자고요."
"앗, 헤헤. 진짜 친하시구나."
"그 정도는 아니고……."
"에엥."
초구는 스트라이크.
오현곤이 화면 속에서 숨을 골랐다.
2구는 볼.
1볼 1스트라이크의 카운트.
"그래도, 그러니까……."
다시 3구.
"올라올 거예요."
배트가 벼락처럼 돌았다.
따아아아악!

"……아!"

"어, 갔어요! 진짜!"

화면 너머로 전해지는 시원한 타격음.

구강혁과 한희주가 나란히 주먹을 불끈 쥐었다.

[……이, 이, 타구는, 타구는 멀리, 타구는 멀리 뻗어갑니다! 오현곤의 타구가 담장, 담장, 담장을! 담장을! 넘어갑니다! 오현곤의 쓰리런! 쓰리런 홈런입니다!]

[갔어요, 갔습니다! 오현곤이 해냈어요! 올 시즌 브레이브스의 해결사는 오현곤입니다! 팀에 가을야구를 선물하는 홈런이에요!]

[오현곤의 굿바이 홈런! 시즌 무려 세 번째 끝내기, 홈런만 세어도 두 번째! 그리고 동시에 5위로 올라서는 브레이브스! 대역전 가을야구 합류! 브레이브스의 이번 시즌은 아직 끝나지 않았습니다!]

* * *

오현곤의 끝내기 홈런으로, 2026년 KBO의 치열했던 정규시즌 일정이 모두 마무리되었다.

2년 연속 1위를 차지한 서울 가디언스부터, 꽤 치열한 경쟁 끝에 타이탄스에 밀려 10위를 기록한 대구 울브스까지.

하위 5팀의 올해 야구는 이 시점에 끝이 났다.

이 결말에 가장 뜨겁게 분노한 건?

당연히 수원 스타즈의 팬들이었다.

대전 팔콘스, 인천 드래곤즈와 함께 3위 경쟁권에서 악착같이 버티던 전반기의 기세.

또 43개의 홈런으로 김도현과의 격차를 3개로 벌리며 시즌 홈런 타이틀을 확보한 강대호의 활약에도 불구하고…….

끝내 반 경기를 뒤진 6위로 추락한 것.

→ 스) 이 새끼들아 이게 야구냐
→ 스) 어쩌다 우리가 이렇게 됐냐
→ 스) 작년 플레이오프 때부터 쎄했어
→ 스) 쎄해서 뭐 어쩌게 니가
→ 스) 왜 시비임? 님 못생김?
→ 스) ?

이번 정규시즌의 순위표는 작년과 비슷했다.

가을야구 진출에 성공한 무려 5팀 가운데 4팀이 작년과 동일했고, 심지어 가디언스, 드래곤즈, 브레이브스는 각각 1, 4, 5위의 순위까지 그대로였다.

여기에 새롭게 합류한 팀이 팔콘스고…….

그 자리를 내준 팀이 바로 스타즈.

객관적으로 보자면 스타즈가 엄청난 하락세를 탔다기보다는 브레이브스의 상승세가 너무나도 매서웠다.

후반기 승수 인플레이션의 주범이기도 했고.

하지만 팬들이 그런 점까지 고려하지는 않는다.

→ 스) 못생긴 애들끼리 싸우지 마라

→ 스) ?
→ 스) 우리끼리 이럴 때가 아님
→ 스) 뭐 어쩌자는 건데?
→ 스) 누군가는 책임을 져야제

그리고 6위는 어떤 면에서는 최악의 순위다.

그것도 반 경기 차이로 기록한…….

역전으로 순위 역전을 허용한 6위라면 더욱.

경기가 끝나자마자 책임론이 대두되기 시작했다.

누구보다 아쉬울 스타즈 선수단은, 아쉬움과 불안감 속에 시즌 마무리훈련 일정을 준비해야 했고.

다른 4팀도 마찬가지였다.

반대로 역전에 성공한 브레이브스는?

'……정말 해냈네. 모기업인 태홍은 일찌감치 구단 매각을 공식화했어. 지금의 선수단이 가을야구까지 진출해 낸 저력은 단순한 순위 상승 이상의 성과라고 봐야겠지. 심지어 양홍철 문제라는 최악의 이슈까지 극복한 성과야.'

그야말로 축제 분위기였다.

→ 브) 진짜 눈물이 다 난다
→ 브) 외쳐 갓현곤 갓용민
→ 브) 현곤이가 어느새 이렇게 컸냐 흐흑
→ 브) 하늘에 있는 강혁이도 기뻐할 거야
→ 팔) 걔 하늘 아니고 팔콘스 왔어여
→ 브) 아무튼 기뻐할 거야

→ 브) 강혁아 보고 싶다
→ 팔) 멀쩡히 있다니까여
→ 브) 전반기에 그 난리가 났는데 으으 감동
→ 브) 드래곤즈도 후달리겠다ㅋㅋ
→ 드) ?ㅋㅋ
→ 브) 여기저기 벌써 찌라시 돌더라 인수
→ 브) 제발제발 부자부자돈많은기업

가을야구 진출은 물론.

'……인수 건은 어떻게든 잘 풀리면 좋겠네. 들리는 소문으로는 관심을 보이는 기업도 서넛은 된댔지. 분위기가 나쁜 거 같지는 않아.'

시즌 후 거쳐야 할 이런저런 일들까지 감안하면, 1승의 가치가 정말 컸던 것이다.

[……네, 으어, 감사합니다. 다, 팬 여러분 덕분입니다, 허흥, 흐흑. 죄송합니다, 허허흥. 흐엉. 저희 올해도 가을야구 합니다!]

이제 TV 화면에서는…….

오현곤이 수훈선수 인터뷰를 진행하고 있었다.

"하하, 저 자식 저거……."

구강혁이 그렇게 말하며 옆을 돌아봤다.

흑역사 하나 제대로 만든다고 말하려던 참이었다.

한희주의 눈시울이 붉어져 있었다.

"으, 으흠."

"감동이에요……."

"그, 그렇죠."
구강혁이 멋쩍은 듯 헛기침을 하고는…….
'울려고 해도 예쁘네, 희주 씨는.'
티슈를 한 장 꺼내어 내밀었다.
한희주가 눈가를 찍어 내고는 배시시 웃었다.
"헤헤, 죄송해요, 갑자기."
"아니에요. 엄청 극적이었잖아요."
"맞아요. 후우, 결국 브레이브스랑 드래곤즈가 와일드카드전이네요. 미디어데이가 없어서 아쉬워요."
"아, 그런 것도 있었죠."
"최근에는 거의 한국시리즈 직전 위주로만 이슈가 됐는데, 워낙 관중 동원력이 좋아졌잖아요. 쥬플레이오프부터는 다 예전처럼 진행한다고 하더라고요. 오빠도 아마 첫 미디어데이부터 나갈 걸요?"
구강혁이 고개를 끄덕였다.
"김재상 코치님이 대강 귀띔은 해 주셨어요."
"헤헤, 기대된다. 아무튼 되게 재밌었네요, 오늘 경기. 오빠랑 봐서 그런가…… 팔콘스 경기 말고는 사실 잘 챙겨보지 않게 되는데."
"저도요. 완전 푹 빠져서 봤네요."
"전 소속팀이니까?"
"희주 씨랑 봐서 더 그랬던 거 같아요. 괜찮으면 와일드카드전도 같이 볼까요? 오늘 기세만 봐서는 정말 기대해봐도 좋을 거 같은데."

"어, 민준 선수랑 같이 안 봐도 돼요?"

"으음……. 그 형은 바빠요, 요즘. 이래저래."

"아, 결혼도 하시구. 저는 좋아요! 금요일부터죠? 열심히 일해서 꼭 정시퇴근할게요!"

구강혁이 빙그레 웃었다.

"네. 아, 경기 본다고 정신이 없어서 저나 희주 씨나 저녁도 제대로 못 먹었네요. 뭐 차릴 만한 건 없고, 어떻게 뭐라도 시키든가 해서 챙겨야…… 아, 너무 늦었나."

"음, 늦었는데, 그, 으움."

한희주가 머뭇거리다 말했다.

"자, 자고, 갈까요?"

"네?"

"오, 오빠만 괜찮으시면……."

"그야…… 어, 엥?"

"……요."

"아, 헉."

* * *

포스트시즌을 앞둔 단 하루의 여유.

물론 와일드카드전을 치르는 건 두 팀이다.

드래곤즈와 브레이브스.

역전 3위에 오른 팔콘스로서는 그들의 경기 일정 자체가 휴식일인 동시에 훈련에 쏟을 수 있는 시간인 셈.

요 며칠, 선수단 휴가가 끝난 후로는……

코치진은 물론 대다수 선수들이 구장에 나오며 더욱 체계적인 훈련을 소화했다.

물론 이 시기의 훈련은 시즌 내내 보인 약점의 개선 내지 비장의 한 수를 준비하는 과정에 가깝다.

개개인에게도 급격한 능력 향상보다는 부상을 최대한 방지하면서 본인의 올 시즌 가장 좋았던 모습을 포스트시즌에서 보일 수 있도록 몸 관리를 하는 것이 목적이고.

그와 함께 포스트시즌에서의 라인업.

투수 운용의 기본인……

선발 로테이션을 정할 시점이기도 했다.

정오에 맞춰 선수들이 모이기로 한 시점.

가볍게 러닝을 하던 구강혁도 구장 내부로 향했다.

"어우, 또 싱글벙글?"

그러다가 원민준을 마주쳤다.

"뭐가?"

"아니, 뭐 안 웃은 척이야?"

"뭔 소리야."

"내가 백 미터 앞에서부터 봤는데 계속 쪼개더만."

"아니, 뭔 소리냐니까……"

"브레이브스가 이겨서? 그 정도로 그럴 그건가…… 아, 알겠다. 요놈 이거, 또 기사 나왔다고 신났구만?"

원민준이 낄낄거리며 스마트폰을 들이밀었다.

구강혁이 미간을 좁히며 화면의 기사를 읽었다.

2장 〈111〉

[팔콘스 구강혁 역대급 활약, 타이틀홀더 4관왕]
"아."
이미 자격은 확정적이었으나…….
정규시즌이 다 끝난 후의 기사는 또 느낌이 달랐다.
'김윤철 대표님도 연락이 왔었지.'
트레이드 직후의 연봉협상 테이블.
구강혁은 대리인으로 나선 김윤철의 활약으로 예상치 못한 연봉 급상승의 쾌거를 맛보았다.
물론 지금 돌이켜 보자면 팔콘스가 구강혁에게 투자한 비용은 성적에 비하면 푼돈에 불과하다.
그 연봉이 옵션을 모두 달성하며…….
'개별 타이틀 옵션을 넣었어야 했다고 크게 아쉬워하셨으니까. 그래도 안 넣은 것보다는 낫다고 해야 하나? 선발 등판 옵션은 진작 다 달성했고, 골든글러브는 물론 시즌 MVP도 내 몫이라는 예상이 많으니…….'
1억 1천만 원에 4천만 원이 추가돼도 말이다.
'김 대표님이 워낙 알아서 잘해 주시는 느낌이라 연봉 생각은 딱히 안 했는데. 내년을 팔콘스에서 보낸다면 인상률이 엄청 높기는 하겠지. 포스팅에 성공한다면 아예 계약 총액이 개념부터 달라질 테고…….'
26시즌 구강혁은 타이틀홀더 4관왕이다.
30회의 다승.
286개의 탈삼진.
33전 30승 1패, 0.967의 승률.

거기에 더해…….

'평균자책점 0.08.'

평균자책점 타이틀까지.

탈삼진과 평균자책점은 역대 시즌 기록을 비상식적인 차이로 갈아치운 대기록에, 다승 부문도 역대와 타이에 선발승만 따진다면 또한 신기록이다.

생각에 잠겼던 구강혁이 말했다.

"어, 그거 맞어. 형이 역시 정확해. 구잘알이야. 내가 기사 보고 싱글벙글한 줄은 또 어떻게 알았어?"

"뭐여, 이 엉성한 반응은."

"아, 맞다니까."

"진짜 완전 수상한데."

"뭐가 수상해?"

"이거 말고도 좋은 일이 있는 게 분명……."

"닥쳐."

"뭣?"

그때 뒤쪽에서 구태성이 끼어들었다.

"뭔 일이든 일단 들어들 가자, 이것들아."

구강혁과 원민준이 나란히 허리를 숙였다.

"오셨습까, 코치님."

이미 회의실에는 다른 투수들은 물론…….

김재상 투수코치와 박은후 트레이닝 코치.

브라운과 도미닉과 그들의 통역 담당들, 최대한과 박상구, 주장인 채연승까지 앉아서 기다리고 있었다.

원민준이 말했다.

"우리 늦었냐?"

구강혁이 피식 웃었다.

"5분도 넘게 남았어."

두 사람과 구태성이 한 자리씩을 찾아 앉자, 얼마 지나지 않아 김용문 감독이 채승용 수석코치와 함께 들어왔다.

"뭐 이렇게들 심각해? 정장만 입혀놓으면 어디 건달들 같겠구먼. 인상들 펴."

김용문의 너스레에 다들 웃음을 터뜨렸다.

"회의보다는 통보가 되겠지만, 일단 다들 이야기 나누자고 불렀다. 1, 2선발은 너희들끼리도 충분히 예상했을 테지. 준플레이오프에서는 우리가 챔프고 상대가 도전자야. 괜한 승부수보다는 정공법으로 간다."

3위 팀의 이점은 휴식뿐만이 아니다.

5경기 가운데 3경기, 특히 첫 2경기의 홈 어드밴티지는 무시할 수 없는 조건.

"1선발은 강혁이!"

구강혁이 대답했다.

"네!"

"잘 쉬었다고 들었다. 참 매번 나를 놀라게 하는 놈이야, 이 자식. 그래서 9이닝, 되겠냐?"

"15이닝도 됩니다."

"하이고, 하여간. 타자들이 그렇게 안 둘 게야."

"흐흐. 그럼 9이닝만 던지겠습니다."
"좋아. 2선발은 류영준!"
류영준이 가볍게 고개를 끄덕였다.
"예아, 라져."
"그리고 원정 첫 경기는…… 브라운이 나간다."
브라운도 순순히 대답했다.
"네아, 간동님."
"4경기는 일단 도미닉으로 예정이다."
도미닉이 구수하게 대답했다.
"네엡. 줌비할게요."
"좋아. 그래도 결과 보고 3경기에 등판도 가능하다고 생각하며 컨디션은 조절히고, 강혁이도 짧게는 등판할 수 있어. 그렇게 안 해도 되는 게 가장 좋겠지만."
"네."
"그리고 들었으면 알겠지만…… 영준이 돌아온 뒤의 4선발, 그대로다. 어때, 다 예상한 놈 있지? 요즘은 이런 거 가지고 니들끼리 내기 같은 거 안 하나?"
바로 앞에 앉은 이대한이 대답했다.
"에이, 그런 거 안 했습니다."
"그래? 가을야구가 너무 오랜만이라 요즘 흐름을 모르겠구만, 이거 원."
다들 쓴웃음을 지었다.
"임현섭!"
임현섭이 깜짝 놀라며 대답했다.

"앗, 네."

"데뷔 시즌부터 가을야구다. 소감이 어떠냐?"

"서, 선배님들 덕분입니다. 감사합니다."

김용문이 빙그레 웃었다.

"네 덕분이기도 한데 감사는 무슨. 그래, 덕분이라면 모두들 다 잘해 준 덕분이다. 구강혁이가 상도 많이 받고 했다니 쪼오금 더 잘 하기는 했다만, 그래도 우리는 팀이야. 상? 까짓거 한 턱 쏘라도 달라붙을 만한 건덕지지."

구강혁도 웃으면서 대답했다.

"네, 얼마든지 쏘겠습니다."

"후후, 그래야지. 자, 올 시즌이 처음인 현섭이. 작년 한 해 힘들었을 텐데도 잘 버티고 돌아와준 선규. 다 등판이 아주 많지는 않았지만 충분히 제몫들을 했다. 부채감 같은 건 느낄 필요 없어."

"네!"

"알겠습니다!"

"의준이, 영후, 선민이, 동엽이…… 지환이까지. 너희도 아직 어리다. 다들 팀의 미래인 게야. 등판 기회가 각자에게 돌아갈 수도, 아닐 수도 있겠지만, 어떻게 되든 첫 가을을 매 순간 눈에 단단히 새겨둬라."

"네, 감독님!"

"그렇게 하겠습니다!"

"이런 말이나 하자고 다들 불렀던 거다. 뭐, 따로 이야기할 부분 없거든 해산하지. 점심들 먹고 또 훈련해야지?"

장재승이 냉큼 입을 열었다.

"대진은 어떻게 생각하십니까, 감독님? 와일드카드전 결과 말입니다. 역시 드래곤즈인가요?"

"아, 그렇지. 보자…… 어디 너희들 의견부터 들어나 보자. 드래곤즈가 올라올 것 같은 녀석들?"

장재승을 포함한 대부분의 선수들이 손을 들었다.

"브레이브스는?"

이번에는 구강혁과 원민준만 손을 들었고.

김용문이 물었다.

"류영준이, 너는 왜 손 안 들어?"

"저는 내일 경기까지 봐야 알겠는데요."

"드래곤즈가 이기면 내일로 끝인데?"

류영준이 천연덕스럽게 대답했다.

"내일은 브레이브스가 이길 걸요?"

"허허, 왜?"

"질 기세가 아니잖습니까."

"허허…… 뭐, 재미 삼아 세어본 거니까. 저어기 두 놈은 아직 전 직장을 못 잊었구만."

김용문이 구강혁과 원민준을 향해 턱짓했다.

구강혁이 말했다.

"아무리 전 직장이어도 안으로 굽죠, 팔은. 제 친구들이 기가 막히게 잘 하고 있습니다. 원점까지는 어지간하면 돌릴 테고, 2경기도 충분히 이길 수 있을 거라고 봅니다."

"그렇구만."

"감독님 예상은 어떠십니까?"

김용문이 잠시 눈을 감았다가 떴다.

"드래곤즈가 올라오면…… 솔직히 말하자면, 오히려 조금은 편할 테지. 하지만 그게 쉽지는 않을 거 같구나. 첫 경기에는 영준이나 강혁이랑 생각이 같다."

선수들이 두서넛씩 짝을 지어 웅성거렸다.

김용문이 말을 이었다.

"와일드카드전 업셋이 한 번도 없었다는 건 안다. 하지만 그 기록은 언제 깨져도 이상하지 않아. 고작 2승이다. 그러니 다들 드래곤즈만 생각하지 말고 열린 마음으로들 준비하도록."

구태성도 진지한 눈빛으로 고개를 끄덕였다.

김용문이 그대로 빠져나갔지만…….

순식간에 선수들 사이에 다시 긴장감이 살아났다.

그렇게 훈련이 계속되고, 다시 이튿날.

구강혁과 한희주가 이번에도 늦은 밤까지 함께 와일드카드전 첫 경기를 지켜봤다.

그리고 포스트시즌의 첫 경기는…….

[……아무도 쉽게 예상할 수 없었을 브레이브스의 압승입니다! 드래곤즈 필드 원정에서 무려 장단 17안타를 뽑아내며 14득점, 자그마치 11점의 차이로 드래곤즈를 압도하며 준플레이오프를 향한 승부를 원점으로 되돌립니다!]

14:3, 브레이브스의 대승으로 끝이 났다.

승부는 이제 원점.

'이거야 원, 나야 브레이브스가 올라오길 바라기는 했는데, 너무 기세들이 오르는구만. 오늘 경기의 타격감이 다음 경기까지 유지된다면 우리로서도 안심할 수 없겠어.'

한희주가 TV 화면을 바라보면서도 믿기지 않는다는 듯 큰 눈을 몇 번이나 끔벅였다.

'브레이브스가 업셋에 성공한다면 준플레이오프 첫 경기가 더 중요해지겠는데.'

구강혁은 같은 화면을 바라보면서…….

'중요하고…….'

슬쩍 윗입술을 핥았다.

'더 재미있겠어.'

마치 먹음직스러운 피식자를 발견한 것처럼.

* * *

KBO의 전통적인 인기팀은…….

연고지 특수를 확실히 누리는 팀들이다.

광주 재규어스, 대전 팔콘스.

또 부산 타이탄스와 대구 울브스 등.

수도권에서는 원년부터 서울을 연고지로 두었던 파이터스의 인기가 하늘을 찌르고, 연이은 호성적으로 꾸준히 팬층을 확보한 가디언스의 인기도 만만찮다.

반면 드래곤즈와 브레이브스는?

팬층이 아주 두텁다 보기는 어렵다.

구태여 더 비교한다면 신생구단 축에 드는 브레이브스가 더욱 비인기구단이라고 보는 게 맞고.

그러나 이번 와일드카드전을 앞두고는……

→ 샤) 브레이브스 이겨라

→ 드) 아니 왜요

→ 울) 나도 브레이브스 응원할란다

→ 탄) 그래 시발 언더독 드가자

→ 팔) 브레이브스 고마워서 응원함ㅋㅋ

브레이브스를 향한 응원이 더 컸다.

올 시즌 이들의 서사가 가진 힘 덕분이었다.

결과적으로는 뼈아픈 전력 유출이 된 트레이드, 3약으로 분류되던 시즌 초반의 어려운 시기, 프런트의 부정적 이슈.

온갖 악재를 극복하며 극적으로 순위를 끌어올려 샤크스, 파이터스를 차례로 따돌리고는 시즌 막판 대역전에 성공하지 않았던가.

특히 마지막 경기의 승리는…….

오현곤의 만화 같은 끝내기 홈런에 따른 것.

→ 브) 올해는 작년이랑 다를 거여

→ 드) 어 아니야

→ 브) 분위기 다른 거 느껴지시죠?

→ 드) 안 느껴져

→ 브) 불감증이신가

→ 울) 나였으면 후달렸다ㅋㅋ

→ 샤) ㄹㅇㅋㅋ

게다가 올 시즌 와일드카드전 대진은?

작년과 완전히 같다.

4위 어드밴티지가 드래곤즈의 것이라는 점까지.

브레이브스로서는 1년을 꼬박 지나 작년의 수모를 갚아준다는 명분까지 아주 완벽했다.

도입 후 단 한 번도 업셋이 없었던 와일드카드전.

전력 또한 드래곤즈가 그게 앞선다는 평가에…….

상대적 약자를 향한 농성표도 작용했다.

그 와중에 브레이브스가 1승을 선취한 것이다.

[서울 브레이브스, 커티스 난타… 시리즈 원점]

[믿었던 커티스가… 긴 휴식 오히려 독 됐나]

[장단 17안타 브레이브스, 이미 대전 바라본다]

올 시즌 KBO의 대체외인 가운데 팔콘스의 브라운을 넘어 최고로 꼽히는 커티스를 난타하며…….

구원에 나선 불펜 투수들까지 맹폭.

무려 11점의 차이를 벌린 대승이었다.

→ 브) 무슨 냄새 안 남?

→ 브) 난다 나

→ 브) 업셋 냄새가 난다!

→ 드) 어 아니야 역사가 증명한다 업셋 없어

→ 브) 윽스그 즁뭉흔드 으쯔그즈쯔그

→ 드) ?

→ 재) 기세가 좋기는 허네 보기 좋음

→ 가) 오현곤 얘는 왜 이럼ㅋㅋ 3안타

→ 스) 그래 기왕 올라갔으면 잘들 해라

→ 브) 헉 스쌤 감삼다

또 다시 뜨거운 반응이 쏟아졌다.

→ 파) 그래도 2경기는 드래곤즈가 좋을 듯

→ 탄) 김광열 박지후 다 있으니까?

→ 파) ㅇㅇ

→ 샤) 타선이 관건이지 오늘 반만 쳐도 몰라 또

→ 드) 어 타선 못 믿어 투수가 짜세야

하지만 객관적으로는······.

마냥 2차전을 낙관할 만한 상황도 아니었다.

투수진은 어떻게 보든 여전히 드래곤즈가 우위.

김광열, 박지후, 송영관 등의 카드를 얼마든지 가용할 수 있고, 1경기의 예기치 못한 난타에 문승태과 조범영의 필승조 가동도 미뤄졌다.

→ 드) 선발 떴다! 광열이 형 드가신다

→ 드) 캬 어떻게 칠래

→ 드) 핫바지 외인이랑 다르다 이 말이야

실제 선발로도 김광열이 예고됐고.

그에 반해 정규시즌 마무리가 늦어지며 계속해서 총력전을 치른 브레이브스는, 1차전에서 램버트가 6이닝 2실점의 좋은 피칭을 선보였으나…….

2차전에 등판할 자원이 적은 것은 어쩔 수 없었다.

→ 브) 우리는 오한결이네

→ 브) 윽 4일 휴식 아니야?

→ 브) 맞음…….

→ 브) 5이닝만 버텨주고 타선 믿자

송용민 감독이 선택한 카드는 4일을 쉰 오한결.

투수진의 짜임새가 좋은 드래곤즈냐.

타선의 흐름이 매서운 브레이브스냐.

또 한 번의 운명을 건 승부가 다가왔다.

그리고 다시 날짜가 바뀌어, 10월 10일.

그 운명의 와일드카드진 2차전이 있는 날.

[조영준 형: 니들끼리 붙는 건 속상한데]

[조영준 형: 그래도 나는 더 올라갔음 좋겠네]

[조영준 형: 브레이브스가ㅋㅋ]

[조영준 형: 까짓 팔콘스도 이겨버려]

브레이브스 시절 동료들의 단체 채팅방에 조영준이 메시지를 남겼다.

'이 형이야말로 팔이 안으로 굽네.'

일어나서 스마트폰을 보던 구강혁이 피식 웃었다.

구강혁과 원민준도 브레이브스를 응원했지만…….

어쨌든 지금은 팔콘스의 일원.

브레이브스가 올라온다면 넘고 가야 할 적이 된다.

[구강혁: 그래 이기고 올라와라]

[구강혁: 트래시토크 함 때려야지?]

그건 구강혁이 바라는 일이기도 했다.

와일드카드전 2차전의 양상은…….

확실히 1차전과는 사뭇 달랐다.

1차전이 안타 총합 20개를 넘은 타격전이었다면, 2차전은 투수전 양상으로 흘렀다.

"에이스는 에이스네."

원민준의 말이었다.

미디어데이 준비로 출근했던 한희주의 일이 꽤 길어지며, 아쉽게도 2차전은 함께 볼 수 없게 됐고…….

팔콘스 파크에서 캐치볼로 가볍게 몸을 점검한 뒤 원민준과 함께 집으로 돌아왔던 것.

구강혁이 대답했다.

"그러게. 우리랑 할 때보다 좋은데?"

5회까지 무실점 피칭을 이어온 선발 김광열.

"광열 선배, 지난 경기에서는 좀 급한 느낌이었잖아. 뭐, 결과적으로는 그리 나쁜 피칭도 아니었지만."

"그랬나."

"엉."

과연 이름값에 걸맞은 호투였다.

지난 팔콘스전 등판보다 안정성이 뛰어났다.

하지만 오한결도 만만찮았다.

"그래도…… 오늘 한결 선배도 컨디션은 좋은 거 같아. 안타는 하나 더 맞았어도 실점이 없는 건 마찬가지고. 떨릴 텐데 말이야. 2, 3년 전까지만 해도 유리멘탈 소리도 많이 들었는데."

"너 군대 가기 전 시즌에 특히 그랬지. 계속 그랬으면 그 돈 받고 눌러앉을 수 있었겠냐?"

"하긴."

경기는 이제 6회초를 앞둔 시점.

클리닝 타임, 화면상으로는 광고가 송출되고 있다.

구강혁이 다시 말했다.

"솔직히 말하자면."

"응."

"1경기를 브레이브스가 이긴 시점에서 우리가 이미 크게 유리해졌어. 그리고 드래곤즈는 최근에 이겨서 상대할 맛이 있고, 브레이브스는 투수 소모가 너무 심하지."

"둘 다 괜찮다?"

"어. 나는 사실 오늘 경기에 드래곤즈가 박지후 선배를 쓸 거라고 생각했는데…… 우리한테 실점은 있었어도 안정감은 더 낫다고 봤거든. 특히 이닝 소화력 측면에서."

"광열 선배보다?"

구강혁이 고개를 끄덕였다.

"드래곤즈는 필승조를 빼면 불펜이 아주 강한 팀은 아니잖아. 결국 선발이 길게 가줘야 하는데, 광열 선배는 전성기에 비하면 스태미너가 확실히 떨어졌어."

"본인도 그래서 투구 수 관리에 신경을 쓰고."

"어. 그러면서도 무실점이니 에이스답다는 거지만, 지

금까지 휴식일을 감안해도 80구 안팎부터는 마냥 쉽지도 않을 거야. 그게 이번 이닝이 될 거고."

"내리지는 않을까?"

구강혁이 어깨를 으쓱였다.

"그럴 생각이었으면 박지후 선배를 선발로 냈겠지. 드래곤즈 더그아웃은 이미 생각하고 있는 거야. 아니, 어제부터 생각했겠지. 여기가 끝이 아니라고."

원민준도 순순히 대답했다.

"준플레이오프 말이지?"

"어. 그러니까 어지간하면 선발을 길게 끌고 갈 수밖에 없어. 그게 최소 6회, 아마도 7회까지…… 그 안에 타선이 점수를 뽑아내길 바랐겠지만, 오늘 한결 선배가 너무 잘 던지고 있는 게 문제일 거야."

"브레이브스는?"

"이미 뒤가 없잖아?"

"오늘만 산다, 이거구만."

"송 감독님 스타일이지."

드래곤즈는 전력을 아꼈다.

팔콘스와의 준플레이오프를 계산하며.

반면 브레이브스는 일주일째 매일이 총력전.

1승에 더욱 절실한 모습이다.

"시작한다."

"오."

경기가 재개되었다.

6회초, 마운드에는 여전히 김광열.

타석에는 1번으로 나선 함창현.

"창현이가 하나 때릴 수도 있겠네."

"그래?"

"아까도 타구 질은 좋았잖아?"

따아악!

[……초구부터 돌렸어요! 김광열의 속구를 공략, 타구가 그대로 3루수 옆을 빠져나갑니다! 함창현의 안타! 명백한 장타 코스!]

원민준이 소리쳤다.

"와우!"

함창현이 서서 2루를 밟았다.

깔끔한 2루타였다.

"진짜네? 1점은 내겠는데?"

구강혁이 어깨를 으쓱였다.

"야구는 잘 하는 놈이 잘 안다, 이 말이지."

"호오, 그럼 어떻게 하자는 거야."

"어떻게 하다니?"

"오늘만 살아야 이긴다, 이거야?"

구강혁이 미간을 살짝 좁혔다.

"우리 목표가 플레이오프라면 그렇겠지만……."

"아니지, 우승이 목표지!"

"그러니까 내일을 아예 생각 안 할 수는 없지."

"어렵구만."

"그럼 쉽겠어? 그래도."
"그래도?"
"그 중간을 잘 찾는 거."
"중간?"
"어, 오늘과 내일의 중간을."
"중간……."
"그게 포인트라면 포인트겠네."
원민준이 무슨 소리냐는 듯 눈을 끔벅였다.
그리고 다음 순간.
브레이브스 김대윤의 배트가 돌았다.
따아악!
김광열의 허리가 접혔다.
원민준이 얼른 소리쳤다.
"캬, 이건 됐다!"
"선취점이네. 좋다, 좋아."
1타점 적시타였다.

* * *

[브레이브스, KBO 최초 와일드카드전 업셋!]
[2:1 석패, 드래곤즈 올 시즌은 여기까지]
[9회 무사 만루 1득점… 드래곤즈 자멸했다]
[작년과는 달랐다… 브레이브스, 준PO 간다]
[선제 적시타 김대윤, "팔콘스 상대 기대돼"]

끝내 브레이브스가 업셋에 성공했다.
6회 김대윤의 선제 타점과 9회 양태현의 홈런.
단 2점의 리드를 어떻게든 지키며…….
9회말 무사 만루 위기를 병살타와 삼진으로 탈출.
2:1의 승리로 2연승을 달성.
동시에 포스트시즌의 역사를 새로 쓴 것이다.
→ 드) 아 병신들이 박지후 아끼지 말라니까
→ 드) 에휴 씨바 정규시즌 끝부터 개판이네
→ 드) 욕심만 뒤지게 많아요 감독새끼
→ 브) 올 시즌의 전설은 이게 시작일 뿐
→ 브) 뽕 지리게 찬다ㄹㅇ
→ 브) 캬ㅋㅋㅋㅋ
→ 팔) 여기서 구강혁 더비네
→ 브) 마 양태현 더비라고 해라
→ 팔) 진심이십니까?
→ 브) 구양더비라고 할까요 선생님
→ 팔) ㅋㅋ

반응은 역시나 뜨거웠다.

스타즈의 6위가 확정됐을 때처럼…….

드래곤즈 팬들은 분노를 감추지 않았고, 브레이브스 팬들은 환호를 아끼지 않았다.

수훈선수는 역시 오한결과 양태현.

오한결의 짧은 휴식에도 불구한 호투도 대단했지만, 역시 양태현의 홈런이 주효했다.

무려 그 조범영을 상대로 뽑아낸 홈런이기도 했고.

각자, 혹은 모여서 경기를 지켜보던 팔콘스 선수단도 경기가 끝나자마자 단체 채팅방에 반응을 쏟아 냈다.

[장재승 선배님: 살벌하다 애들]

[이대한 선배님: 그러게]

[문영후: 그래도 저희가 좋지 않습니까]

[문영후: 투수들 완전 다 지쳤잖아요]

[문영후: 류영준 구강혁 선배님 2승 각]

[류영준 선배님: ㅋㅋ]

투수조 채팅방에도 불이 났다.

[김의준: 3승으로 올라가야죠]

[조동엽: 맞습다]

[문영후: 진짜!]

[주민상 선배님: 3승 드가자!]

[류영준 선배님: 그래 선전포고 씨게 하고 와]

[류영준 선배님: 강혁이 간댔지? 미디어데이]

[구강혁: 네 처음이라 뭐 어떻게 해야 할지]

[류영준 선배님: 딱 대라고 해]

[구강혁: 오]

[구강혁: 선배님이 시켰다고 하겠습니다]

[류영준 선배님: 최선을 다하자고 해]

[구강혁: 최선을 다해 딱 대라고 할게요 그럼]

[류영준 선배님: ㅇㅋ]

경기가 끝나고 두어 시간이 지나…….

오현곤과 함창현에게도 늦은 답장이 왔다.

[오현곤: 후]

[함창현: 어 형이야]

[함창현: 구강혁이 뒤졌어]

[오현곤: 진짜 뒤졌어]

구강혁이 쓴웃음으로 답장을 대신했다.

와일드카드전은 포스트시즌의 시작일 뿐.

곧 다시 하루가 지난 이동일.

브레이브스 선수단이 대전에 도착했고…….

미디어데이 행사도 준비되었다.

팔콘스에서는 김용문 감독과 구강혁, 채연승이, 브레이브스에서는 송용민 감독과 오현결, 함창현이 나섰다.

'생각처럼 엄청 떠들썩하지는 않네.'

물론 준플레이오프는 아직 준플레이오프.

메인이벤트인 한국시리즈 미디어데이와는 작년과 비교해도 규모 측면에서는 다소 떨어지는 편이었다.

지상파 생중계가 이루어지지도 않았고.

다만 온라인 중계를 찾은 팬들의 수는 엄청났다.

→ 팔) 구강혁 선발 떴냐?

→ 브) 좀 아껴봐

→ 팔) 뭘 아껴ㅋㅋ

→ 팔) 온다! 선발 발표!

이런저런 형식적인 질문을 지나…….

송용민 감독이 먼저 선발을 발표했다.

"브레이브스 1경기 선발은 김두현입니다."
→ 팔) 김ㅋㅋ두ㅋㅋㅋ현ㅋㅋㅋㅋ
→ 브) 선발 몇 경기 나옴 이번 시즌?
→ 브) 5경기 1승 2패
→ 팔) 진짜 구강혁 아껴야겠는데?
→ 팔) ㄹㅇㅋㅋ아깝다

김두현의 올 시즌 보직은 스윙맨이자 대체선발.

평균자책점은 4점대 후반.

쉽지 않은 선발 운용의 증거와도 같았다.

'짧게 끊어갈 확률이 높겠네.'

구강혁이 고개를 끄덕였다.

이번에는 김용문 감독의 차례였다.

"팔콘스는 구강혁이 나갑니다."

앞선 회의에서 이야기한 그대로였다.

구강혁이 슬쩍 일어나서는 가볍게 허리를 숙였다.

다음으로는 함창현이 마이크를 잡았고…….

"구강혁이 쉽지 않은 투수라는 거, 잘 압니다. 하지만 올 시즌 브레이브스는 그 어떤 어려운 조건도 다 이겨 내고 여기까지 왔습니다. 이번에도 마찬가지로 이겨낼 겁니다."

구강혁에게도 마이크가 건네어졌다.

함창현이 말을 이었다.

"그리고 때마침 같이 나왔으니 말인데."

구강혁이 웃으면서 답했다.

"네."
"올 시즌 구강혁의 유일한 패전."
"……."
"그거, 브레이브스가 안긴 겁니다."
→ 팔) 구라 아님?
→ 가) 이거 진짜예요?
→ 올) 팩트임? 누가 체크점
→ 브) ㅇㅇㅋㅋ
→ 팔) 무자책으로 졌지 5월인가 원정에서
→ 탄) 꼴칰 레전드ㅋㅋ
→ 팔) 꼴탄스는 정신 좀 차려
→ 탄) 힝

잠시 침묵하던 구강혁이…….
다시 마이크를 입에 가져다댔다.
"맞습니다. 5월 19일 경기였죠. 그런데 잘 안다느니 하는데…… 그때의 저와 지금의 제가 다른 투수라는 것도 아는지 모르겠네요."
함창현이 얼른 대답했다.
"네. 잘 알고, 충분히 준비할 겁니다. 이미 몇 가지 대책도 세웠거요."
"그 준비도, 대책도. 별 의미가 없을 겁니다."
함창현이 무슨 소리냐는 듯 눈썹을 찌푸렸다.
구강혁이 입꼬리를 올리며 말을 이었다.
"정규시즌의 저와 포스트시즌의 저는 완전히 다른 투

수일 테니까."

　　　　　＊　＊　＊

　KBO의 가을야구에 참가하는 것은 5팀.
　10개 팀 가운데 절반이 포스트시즌을 치른다는 점에서는 변별력이 떨어진다는 이야기도 심심찮게 나온다.
　업셋이 없었던 와일드카드전에는 그저 4위 팀의 어드밴티지를 더하는 경기가 아니냐는 무용론도 자주 일었다.
　리그의 시리즈 대우도 그리 좋지 않았다.
　전체 입장권 배당급이 3퍼센트에 불과한 점이야 최대 2경기를 치르고 탈락한 경우의 일이니 그렇다고 쳐도……
　팬층이 확대되고 관중 수도 급격히 늘어난 24시즌을 기점으로 포스트시즌 관련 행사에 대한 수요가 점차 커졌음에도, 이번 시즌에도 미디어데이가 개최되지 않은 점.
　15회 무승부를 사실상 4위 팀의 승리로 인정하는 점 등, 이후의 시리즈에 비교하면 애매한 점이 많았다.
　물론 와일드카드전의 장점도 얼마든지 존재했다.
　당장 이번 정규시즌 브레이브스와 스타즈의 막판 5위 경쟁이 아니었다면?
　거의 한 주의 경기가 죄다 순위 결정에 영향을 주지 못하는, 소위 죽은 경기가 될 뻔도 했고.
　시즌의 양상에 따라 그림은 달라진다지만…….

흥미 요소를 더한다는 면에서는 5위 경쟁권의 팀과 그 팬들은 물론, 리그 전반적으로도 확실한 이점이 있었다.

그리고 올 시즌.

브레이브스가 드래곤즈를 2승으로 꺾고 사상 첫 와일드카드전 업셋에 성공하며, 예의 무용론도 사그라들기 시작했다.

오현곤의 역전 홈런을 통한 극적인 5위 달성에 기어코 우위라 평가되던 드래곤즈까지 꺾어 낸 이들의 기세만큼은 팔콘스에게도 뒤지지 않는다는 평가였다.

하지만 객관적으로는…….

여전히 우위는 팔콘스에 있었다.

드래곤즈가 탈락하고 만 현재.

팔콘스에 명확한 전력상의 비교우위를 가진 팀은 각각 한국시리즈와 플레이오프에 선착해 여유롭게 기다리는 가디언스와 재규어스, 두 팀이 전부.

또 준플레이오프부터는 5판 3선승의 다전제.

종목을 불문하고, 다전제는 경기횟수가 많아질수록 승부의 변수를 지우기 마련이다.

와일드카드전 1차전에서 램버트, 2차전에서 오한결이라는 카드를 소모하고 만 브레이브스.

구강혁의 후반기 3일 휴식 후 등판이 큰 주목을 받으며 선발투수의 휴식일에 대한 시선이 묘하게 가벼워진 면이 있지만, 현대야구에서는 역시 4일 휴식만큼은 필수적.

결국 브레이브스는 고육지책으로 사실상 선발 로테이

션과 거리가 멀었던 김두현의 1차전 등판을 선택했고, 이는 구강혁과 비교하자면 당연히 아쉬울 수밖에 없다.

심지어 구강혁의 브레이브스전 성적은 매우 뛰어났다.

트레이드 이후 4월의 첫 만남에서 6이닝 11탈삼진으로 본인의 시즌 5승째를 수확한 것을 기점으로……

시즌 내내 단 1패를 내주고 4승을 거두었으니까.

그러나 함창현이 어필했듯, 그 1패는 이번 정규시즌 얻을 수 있는 모든 타이틀을 확보한 슈퍼에이스 구강혁의 유일한 패전이기도 했다.

만약 1차전에서 다시 한번 패전을 안길 수만 있다면, 준플레이오프의 구도는 완전히 달라지는 것이다.

5판 3선승의 개편 이후 1차전 승리팀의 플레이오프 진출 사례는 8할에 육박하기도 하고.

"잘해 보자고, 멋있게."

미디어데이가 끝난 뒤.

짧게 지나치던 함창현의 말이었다.

구강혁도 웃으면서 대답했다.

"오냐, 딱 대."

승리 가능성은 높다.

그러나 결코 방심할 수는 없다.

포스트시즌의 한 경기는 가치가 다르다.

* * *

미디어데이가 열린 일요일을 지나…….

다시 한 주가 시작되는 월요일.

26시즌 KBO 준플레이오프 1차전이 열리는 날.

[구강혁 더비 준PO 1차전, 일찌감치 매진세례]

[월요일 경기 불구… 네오 팔콘스 파크 꽉 찬다]

흥행 측면에서는 가장 불리하다고 알려진 월요일 경기임에도 온라인 예매는 순식간에 끝이 났다.

팔콘스 팬들의 성원이 대단했다.

8년 만의 포스트시즌 진출에, 심지어 올 시즌의 명실상부한 에이스 구강혁이 등판하는 날.

대전의 팬들은 물론 전국 각지의 수많은 팬들도 본인들의 시간을 아끼지 않았던 것이다.

정오께에 맞춰 구강혁이 네오 팔콘스 파크에 나왔다.

'다들 긴장이 되는 모양이네.'

요 며칠 훈련에서는 웃고 떠들던 팔콘스 선수들도, 오늘만큼은 긴장한 기색을 지우지 못 하는 모습이었다.

팬들에게야 당연히 반가운 순간이겠지만, 선수들에게는 정규시즌과 다른 공기가 마냥 익숙하지는 않았던 것이다.

'하기야 그렇겠지. 포스트시즌 경험이 있는 선수가 몇 명이나 된다고. 연승 선배나 태홍 선배 같은 타 구단 출신을 제외하면 18시즌에도 뛰었던 소수의 베테랑 선배들 정도니까. 아, 대한 선배는 좀 다르고.'

사실 포스트시즌 경험 측면에서는…….

팔콘스는 손에 꼽히는 약팀이 맞다.

8년은 너무도 긴 시간이다.

크고작은 세대교체가 몇 번은 이루어질 만큼.

현재 팔콘스 선수단에 한국시리즈 우승 경력이 있는 선수만 꼽는다면 안태홍과 이대한의 단 두 명.

이대한은 특히 트레이드를 통해 드래곤즈의 유니폼을 입었던 3년 동안의 마지막 시즌, 비교적 최근인 22시즌에 쏠쏠한 활약과 함께 우승 반지를 낀 바 있었다.

'첫 경기가 정말 중요하겠네.'

그렇게 생각하며 그라운드를 바라보는 구강혁도, 사실 평소만큼의 여유 넘치는 얼굴은 아니었다.

그때 구태성이 멀찍이서 다가왔다.

"코치님."

"어. 어떠냐. 잘 잤어?"

"네. 좋습니다."

"얼마나?"

"이만큼 좋을 수가 있나 싶을 정도로요."

그래도 구강혁의 이 긴장은…….

아주 기분 좋은 긴장이었다.

"이 순간을 엄청 오래 기다린 기분이에요. 팔콘스 파크의 마운드에서 포스트시즌을 치르는 날을…… 정작 팔콘스에 온 게 올해인데 말이죠. 아버지께서 워낙 팬이셔서 그런가."

구태성이 입꼬리를 올렸다.

"걱정할 필요는 없겠구만."
"네, 물론이죠. 누구 제잔데요."
"어쭈."
뱀 문신이 생긴 후.
구강혁의 야구인생은 달라졌다.
정말 180도로 달라졌다고 표현해도 좋을 정도로.
팔콘스로의 이적도 본인의 의사와는 무관했지만, 결과적으로는 기량 향상과 동기부여에 큰 도움이 됐다.
특히 트레이드 직후부터 류영준과 구태성에게는 많은 도움을 받았고, 그러면서 늘 상상해왔다.
'영준 선배와 함께 대전 팔콘스의 한국시리즈 우승을 이끌고, 구태성 코치님의 영구결번식을 기다린다.'
올 시즌 최고의 결말을.
'아직 넘어야 할 산이 까마득하지만…… 그래도 절반은 왔어. 정규시즌에서 3위를 기록했잖아. 시즌 전의 예상을 아득하게 넘어선 결과야.'
물론 뭐 하나 확정된 것은 없다.
'남은 절반은 오늘 다시 시작되는 거다.'
포스트시즌은 새로운 시작이니까.
곧 브레이브스 선수단이 도착했고…….
원정팀의 웝업이 이어지는 가운데.
하나둘 관객석도 채워졌다.
식전 행사도 모두 무사히 마무리가 된 뒤.
[10월의 두 번째 월요일. 대전 팔콘스와 서울 브레이브

스의 준플레이오프 1차전이 열립니다. 대전 네오 팔콘스 파크에서 보내드립니다. 안녕하십니까.]

[안녕하십니까.]

[어제 오랜만에 본격적인 준플레이오프 미디어데이 행사가 있었는데, 선수들의 입담이 워낙 좋았지만 특히 함창현 선수와 구강혁 선수의 신경전이 은근히 이슈가 됐습니다.]

[하하, 네. 듣기로 두 선수가 브레이브스 시절부터 꽤 가까운 사이였다고 하더군요. 함창현이 도전적인 발언으로 물꼬를 트기는 했지만, 구강혁의 반격도 만만치가 않던데요?]

[하하하, 그렇습니다. 구강혁 선수는 오늘 경기 선발로 등판함에도 불구하고 미디어데이에 직접 모습을 드러내며 팬들께 소소한 즐거움을 선물하기도 했습니다. 구강혁 선수에게 좋은 소식이야 너무도 많겠습니다만, 오늘 경기 전에는 또 하나 좋은 일이 있었죠?]

[좋은 일이라고 할까, 어떻게 보면 당연하다고도 할 수 있겠는데요. 3, 4월. 그리고 7월에 이어 또 한 번의 정규시즌 월간 MVP를 수상했죠.]

[네. 8월에도 무시무시한 활약을 선보인 구강혁입니다만 당시 월간 MVP는 그에 못지않은, 그야말로 미친 활약을 선보인 김도현에게 돌아갔거든요. 아닌 게 아니라 구강혁을 제외하면 김도현을 말릴 사람이 없다는 말까지 나왔고요.]

[하하, 그랬죠. 하지만 9월부터 김도현이 다소 주춤, 물론 주춤했다기에는 계속해서 좋은 모습을 보였습니다만. 구강혁의 성적에 비하면 역시 좀 모자랐다, 그렇게 말씀드릴 수 있을 것 같습니다.]

 [네, 6경기에서 5승, 자책점도 없었고…… 무엇보다 온갖 기록을 갈아치운 임팩트가 대단했죠.]

 [그렇습니다. 특히 직전 등판, 드래곤즈와의 3위 싸움이 걸린 정규시즌 마지막 등판에서는 정규이닝 20탈삼진이라는 대기록을 작성했습니다. 그것도 본인의 시즌 네 번째 완봉과 함께였죠?]

 [네, 7일을 쉬고 등판했던 경기였는데…… 부족한 휴식일에도 호투를 선보였던 구강혁이지만, 길게 쉬면 정말 파괴적인, 그야말로 잔인한 피칭을 할 수 있는 투수다. 그런 모습을 제대로 보여 줬죠.]

 [준플레이오프 선착의 이점이죠. 오늘 팔콘스의 선발 구강혁은 마지막 등판 이후 무려 열흘이 넘는 휴식을 취하고 마운드에 오릅니다. 하지만 긴 휴식이 꼭 좋다고는 볼 수 없지 않습니까, 위원님?]

 [그건 그렇죠. 경기감각이나 컨트롤, 심지어 구속까지. 긴 휴식이 도리어 독으로 작용하는 경우가 적지 않아요. 하지만 그래도 구강혁이다, 올 시즌 완전히 레벨이, 차원이 다른 선수다. 그러니 정규시즌에 보여준 모습 이상을 기대할 수 있지 않을까…… 저로서는 그렇게 생각이 됩니다.]

[그렇군요. 오늘 1차전에 대해서는 이미 말씀을 주셨듯 선수단, 투수진의 휴식. 특히 선발 카드 면에서 팔콘스가 큰 우위를 가졌다는 평가가 많습니다.]

[김두현도 올해 분명 기대 이상의 시즌을 보냈지만, 김두현이 아니라 어떤 투수를 데려와도 구강혁과의 선발 맞대결에서는 우위를 점할 수가…… 사실 없죠. 하지만 그렇기 때문에 브레이브스로서는 오늘 사력을 다 쏟아야 합니다.]

[역으로 중요한 경기다, 그런 말씀이실까요?]

[네. 만약 구강혁을 상대로도 타선이 최근의 좋은 흐름을 이어 가고, 어제 함창현이 말했던 것처럼 구강혁에게 또 한 번 패전을 안길 수 있다면 브레이브스로서는 지금까지의 평가를 모두 뒤집고 가장 좋은 조건에서 2차전을 맞이하잖습니까?]

[정규시즌 막판부터 드라마라도 이럴 수가 있을까 싶을 정도로 매 순간 위기를 극복하며 준플레이오프까지 올라온 브레이브스입니다. 이번 시리즈가 과연 그 드라마의 후속편이 될 수 있을까요. 말씀드리는 순간 구강혁 투수가 모습을 드러냅니다!]

구강혁이 마운드에 올라왔다.

'오늘은 등장곡 없나?'

구장의 대형 화면을 슬쩍 바라보면서.

등장 영상이 나오지 않았던 것이다.

등장곡도 마찬가지였다.

팬들의 웅성거리는 소리를 제외하면…….
네오 팔콘스 파크가 전반적으로 조용했다.
그러기를 몇 초.
홈 응원단의 앰프 대신…….
진짜 북이 울리기 시작했다.
둥! 둥! 둥! 둥!
'음?'
구강혁의 눈이 내야 홈 응원석으로 쏠렸다.
그리고 다음 순간.
팔콘스의 홈 팬들이 입을 열었다.
아니, 목을 열었다.
"스네이끄, 프롬, 더 헬!"
"헤엘!"
"언리시드, 온 디스! 필드!"
"삐일드!"
기계음이 섞이지 않은 육성으로…….
그러나 그 어느 때보다도 커다랗게.
팔콘스 팬들이 에이스를 환영했다.
구강혁이 씨익 웃었다.
"……좋은데."
그러고는 가볍게 손을 들어 화답했다.
[……하하, 오늘은 육성 응원이군요.]
[그렇네요. 느낌이 색다른데요. 구강혁 투수 등장곡이 워낙 인기가 많지도 하지만…… 원정 응원이랑 느낌은

비슷한데, 음량 자체가 다르다고 할까요? 이런 박력에는 원정 선수단도 가슴이 답답해지기 마련입니다.]

[오늘 팔콘스의 선발은 구강혁. 그러나 가장 먼저 공격하는 건 다름아닌 팔콘스의 팬들이십니다.]

끊기지 않는 등장곡 속에…….

구강혁이 연습투구를 시작했다.

슈욱!

퍼어어엉!

[……이야, 좋은데요.]

[연습투구부터 140대 후반을 찍는 구강혁.]

슈욱!

퍼어어엉!

[아주 가볍게 던지고 있어요.]

[제가 보기에도 그렇습니다. 그러나 전광판의 숫자는 가볍지가 않습니다. 경기 전 웜업 때도 끝까지 뻗어가던 구강혁의 공, 벌써 150이 찍히고 있습니다.]

[휴식을 정말 제대로 한 모양이에요.]

[덜 쉬어도 강하지만, 충분히 쉬면 더욱 강한 선발 구강혁. 과연 열흘을 쉬고 올라온 마운드에서의 모습은 어떨지. 타석에는 브레이브스의 톱타자, 와일드카드전 2경기에서 총 3안타를 때려낸 함창현이 올라옵니다.]

곧 함창현이 타석에 들어섰다.

전 동료이자 가까운 친구.

'나도 나지만…….'

두 사람의 눈이……
'창현이도, 현곤이도.'
18미터의 거리를 사이에 두고 마주쳤다.
'작년에는 한참 헤매다가 마무리훈련까지 가서 구르던 놈들이, 올 시즌 정말 빠르게 기량이 올라왔다. 저 둘이 브레이브스의 1군 주전. 그것도 주요 전력이라는 데 반론을 세울 사람은 없겠지.'
피치컴은 조용했다.
'친구로서 그게 참 기뻤지만…….'
1구는 이미 정해 두었으니까.
'올 시즌은 여기까지다.'
주심이 소리쳤다.
"플레이볼!"
누군가는 오늘의 선발 매치업을 두고 말했다.
김두현을 상대로 구강혁?
아깝지 않느냐고.
1차전에서는 차라리 짧게 끊고 가자고.
구강혁도 원민준과의 대화에서 이야기했다.
오늘을 사느냐, 내일을 사느냐.
둘 모두 완벽한 정답은 아니라고.
그 중간을 잘 찾는 게 중요할 거라고.
정규이닝 20탈삼진이라는 기록.
뱀 문신의 성장에 따른 구속의 상승.
이 변화를 가장 효과적으로 써먹는 방법은…….

어쩌면 조금 더 아껴두는 것일는지도 모른다.
재규어스와의, 가디언스와의 경기에.
더 중요한 순간에 써먹는 게 맞을 수도 있다.
구강혁도 계속해서 고민했다.
때로는 박상구와 함께, 때로는 구태성과 함께.
때로는 홀로, 아주 깊게.
그러나 정답을 찾을 수는 없었다.
애초에 정답이 있는 문제가 아니었던 것이다.
그럼에도······.
그럼에도, 결론은 내렸다.
'보여준다.'
슈욱!
구강혁이 초구를 쏘아 냈다.
퍼어어어엉!
어금니를 물고 기다리던 함창현이······.
그대로 얼어붙었다.
주심의 목까지 놀란 듯 갈라졌다.
"스, 스트라이크!"
네오 팔콘스 파크가 삽시간에 조용해졌다.
마치 귀신이 지나갔다는 괴담처럼.
그야 귀신 같은 공이기는 했다.
누군가가 소리쳤다.
"저, 전광판!"
딱히 많은 이가 고개를 돌리지도 않았다.

이미 다들 전광판으로 시선을 돌린 후였으니까.

"배, 배, 백!"

"배, 백오십!"

"백오십…… 칠!"

그럴 만한 공이었기 때문이다.

"157, 157킬로! 뭐야, 시바! 이거 뭐야!"

"저거 진짜야?"

"고, 고장난 거 아니지?"

"그, 그럴 수도……."

"워, 원래 구강혁 최고 구속이 몇이었지?"

"154잖아!"

구강혁의 포심 패스트볼이…….

또 한 번 그 새로운 위용을 드러냈다.

3장

 흔히 야구를 두고 이야기한다.

 리그 꼴찌 팀이 1위 팀을 상대로 10번을 붙어도 최소한 3승은 거둘 수 있는 스포츠라고.

 샐러리 캡, FA나 트레이드 등을 통한 선수 이동, 직전 시즌 순위에 따른 지명 순위 등 여러 요소에 따른 평준화가 꽤 효과를 보기도 하지만…….

 기본적으로 야구 자체가 그런 스포츠다.

 선수단의 전력이야 통계의 스포츠답게 하나하나 수치를 만들어 객관적인 비교가 가능하다지만, 그게 매 경기의 결과로 이어질 리는 없는 것이다.

 제아무리 강력한 투수라도, 등판이 많아진다면 모든 실점을 억제할 수는 없다.

 타자들은 어떻게든 공을 쳐 내고, 인플레이 타구의 일

부는 안타로 이어진다.

출루는 안타만으로 만들어지지도 않는다.

볼넷은 물론 상대의 실책도 득점 기회가 된다.

아무리 약세로 평가 받는 팀이라도, 이 확률 싸움에서 몇 번을 연달아 이길 수만 있다면…….

얼마든지 점수를 낼 수 있다.

브레이브스가 구강혁에게 안긴 패전도 그랬다.

당시 브레이브스는 무려 2점을 뽑아냈다.

'뭐, 자책점은 아니었지만 말이지.'

함창현은 그런 생각을 하며 타석에 들어섰다.

'운도 좋았어. 팔콘스 수비진이 이미지처럼 나쁘지는 않으니까. 오히려 리그에서 상위권에 가깝지. 올 시즌에는 지표 측면에서도 가디언스나 재규어스에도 크게 밀리지 않으니까.'

리그 최고의 선발.

상위권의 수비진.

그들을 상대로 2점을 뽑아낸 것이다.

투수의 자책 여부?

개인 기록에는 영향을 끼치지만…….

'하지만 비자책도 점수다. 투수를 난타해서 뽑아내든, 연이은 실책으로 얻어 내든. 1점은 같은 1점이야.'

승부와는 무관하다.

함창현은 미디어데이에 그 점을 지적했다.

얼마든지 이변이 일어날 수 있다고.

'우리도 모르지는 않아. 시리즈도 시리즈지만…… 특히 1차전이 어렵다는 거. 팬들도, 야구 전문가라는 양반들도. 죄다 그렇게 말하잖아? 브레이브스의 드라마는 여기까지일 확률이 높다고.'

팔콘스의 우위를 인정하면서도…….

'하지만 올 시즌 내내 그랬다.'

호락호락하지 않을 것이라고 어필한 것이다.

'아무도 우리가 가을야구를 할 거라고 기대하지 않았어. 하지만 해냈다. 또 한 번 못 할 건 뭐야? 나도 마찬가지야. 지난 시즌까지는 거의 대주자 카드였는데.'

브레이브스도 성장했고…….

함창현도 성장했나.

더 이상 함창현을 대주자 요원으로 여기는 이는 없다.

오현곤이 장타력, 특히 극한의 클러치 상황에서 놀라운 생산력을 보였다면…….

함창현은 주로 1번이나 2번 타순에서 그런 오현곤의 찬스를 세팅했다.

말 그대로 야무지게 테이블을 차린 것이다.

마냥 눈에 띄지 않는 활약도 아니었다.

좋은 테이블세터의 상징인 4할에 근접한 출루율, 88득점, 26개의 도루까지.

거기에 수비에서도 좋은 모습을 보여왔다.

리그 최고의 중견수라기에는 살짝 모자랐지만, 그렇다고 함창현보다 모든 면에서 확실히 나은 중견수가 몇이냐 되느냐고 묻는다면 세 손가락을 접기도 어려울 터.

대주자였던 함창현이 출루를, 기존 주전 3루수 오현곤이 클러치 능력에 본격적으로 눈을 뜬 가운데…….

시즌 전 트레이드로 영입한 양태현이 특히 부상 복귀 후 맹타를 휘두르며, 브레이브스는 이겨냈다.

샤크스를, 파이터스를, 스타즈를.

바로 직전에는 그 강팀 드래곤즈까지.

'작년의 5위가 행운이 따른 결과였다면, 올 시즌은 정말 제대로 된 상승세였지. 이 흐름만큼은 팔콘스가 아니라 재규어스, 가디언스도 우습게 못 볼 거다.'

엄청난 강운이 따르지도 않았다.

대표적인 기대승률 계산식인 피타고리안 승률보다 실제 승률이 오히려 낮을 정도이기도 하고.

'준비는 했다.'

준플레이오프 진출 확정 후.

브레이브스 코치진도, 선수들도.

모두가 구강혁의 1차전 등판을 예상했다.

결과도 그렇게 됐고.

얼마 전까지도 가까운 동료로 지냈던 함창현과 오현곤은 시즌 중에도 그랬지만, 이번에는 특히나 더 구강혁 상대 전략의 중심에 섰다.

둘 모두 짧은 기간이지만 많은 시간을 영상 분석에 투자했고, 분석팀과도 긴밀하게 연락하며 큰 도움을 받았다.

"유난히 까다로워했네."
"얼굴도 구겨지고 말이지."
"그러게, 안 어울리게."
공통적인 의견이…….
타이탄스 황기준을 까다로워하는 듯하다는 것.
"미친놈처럼 포심만 노렸어."
"왜 하필 포심이었지? 제일 까다롭지 않나."
"까다로워도 투구 비율은 높으니까?"
"으음, 그렇겠네……."
실제로 구강혁도 까다로운 승부를 벌였다.
승리에 지장이 있지는 않았지만.
"효과만 있으면 뭔들 못 하겠냐."
"그래. 멘탈 하나는 예전부터 좋았던 놈인데 저 정도로 신경을 긁었으니, 흔들 수만 있다면 덤벼들어야지."
그러나 뭐든 전략이 필요한 시점이었다.
구강혁은 그런 상대니까.
송용민 감독도 긍정적으로 답했다.
"……좋다. 하지만 전원이 달려들 필요까지는 없겠지. 오히려 수를 읽히고 말릴 거다. 보자, 가디언스를 상대했던 이 날. 오히려 경기 초반의 침착한 타격에도 은근히 까다로워하는 모습이었어."
조언도 더했고.
노릴 것은 노리되…….
모두가 집착적으로 덤벼들 필요까지는 없다고.

결국 전략은 정해졌다.

기본적으로 타격 페이스를 유지하면서도…….

"우리는 황기준처럼 가는 거다."

"오케이. 형도예요."

"그래, 잘 돼야 할 텐데……."

함창현, 오현곤, 양태현.

세 사람이 집중적으로 포심을 공략하기로.

'제한적인 게스 히팅. 나는 몰라도, 태현이 형이랑 현곤이는 타격감이 극한까지 올라왔다. 출루할 수만 있다면 좋겠지만…… 첫 타석에는 리드오프의 역할을 충실히 따른다. 삼구삼진을 당하는 한이 있어도.'

특히 1번 타자인 함창현은 그 전략의 첨병.

긴 휴식을 취한 만전의 구강혁.

그 공을 최대한 지켜보기로 마음을 먹었다.

그러나…….

슈욱!

퍼어어어엉!

"스, 스트라이크!"

구강혁의 초구를 본 순간.

"……아?"

함창현의 모든 계산이 망가졌다.

[……배, 백, 157! 157을 기록합니다. 구강혁이 포스트시즌 본인의 첫 등판에서 올 시즌 최고 구속을 아득하게 넘어서는 포심을 뿌렸습니다! 시속 157킬로미터의 강속구!]

[아, 이, 이게 뭐죠?]

[꼼짝 못 하고 얼어붙은 함창현 타자! 네오 팔콘스 파크 전역이 술렁입니다!]

그냥 강속구가 아닌……

여전히 비상식적인 무브먼트를 가진 뱀직구.

'더…… 빨라졌다.'

함창현이 자신도 모르게 입을 벌렸다.

1차적으로는 본인이 느낀 바에.

'연습투구만 보고도 컨디션이 좋다는 건 바로 알 수 있었다. 애초에 휴식이 길다고 흔들리거나 할 놈이 아니니까.'

2차적으로는 전광판의 숫자에 따른 확인사살.

'하지만 이건, 157킬로는 이야기가 다르잖아…….'

포심 패스트볼을 노린다.

까다롭지만 절대 못 칠 공은 아니다.

그런 판단이 있었기에 가능했던 전략이다.

154킬로미터의 뱀직구?

당연히 리그 최고의 공이지만, 제대로 타이밍을 맞추고 준비한다면, 그 승부수가 맞아떨어지기까지 한다면.

어떻게든 정타를 만들 수 있다고 생각했다.

'전제조건부터가 달라졌어.'

하지만 완전히 조건이 달라졌다.

전략의 근간이 흔들린 것이다.

'칠 수…… 있나. 내가 문제가 아니다. 현곤이나 태현이

형이라고 이 공을 정말 칠 수 있나?'
 그리고 다음 순간.
 함창현이 어제의 미디어데이를 떠올렸다.
 구강혁은 말했다.
 자신이 포스트시즌에는 완전히 다른 투수일 거라고.
 '……대체 어디까지 가는 거냐.'
 함창현이 눈을 질끈 감았다가 떴다.
 구강혁은 피치 템포가 빠른 투수다.
 긴 여유를 허락하지 않는다.
 2구.
 슈욱!
 부우웅!
 틱!
 "윽."
 배트는 가져다 댔다.
 [……2구, 타격! 뒷그물을 맞는 타구. 전광판에는 156이 찍힙니다, 연이은 강속구, 본인의 정규시즌 최고 구속을 연이어 넘어서는 구강혁! 볼 카운트는 노 볼 2스트라이크!]
 [지금은 명백하게 빗맞았어요. 뒤로 빠져서 차라리 다행이기는 하지만, 완전히 배트가 밀렸습니다…… 아, 함창현 타자 표정이 지금 심각합니다. 당연히 준비는 했겠지만 이런 구속을 예상할 수는 없었을 거거든요.]
 2스트라이크의 카운트.

'첫 타석부터 칠 수 있으리라는 생각은 안 했어. 다들 그렇게 말하지는 않았지만, 저 정도 투수를 상대로는 타순이 한 바퀴를 돌 때까지는 타이밍이라도 맞추면 다행인데…….'

함창현이 아랫입술을 깨물었다.

'몇 번 본다고 때릴 수 있는 공인가?'

다시 3구.

슈욱!

몸쪽 낮은 코스를 찌르는 또 한 번의 포심.

부우우웅!

함창현의 배트가 반사적으로 돌았다.

"스윙, 스트라이크! 배터 아우우웃!"

[……낮은 공에 헛스윙! 삼구삼진! 존을 벗어나는 공에 배트를 내밀고 마는 함창현!]

[삼진도 삼진이지만, 지금 타격도 타이밍이 안 맞습니다. 다시 볼까요…… 그렇죠. 도저히 정타를 만들 수 있는 타이밍이 아니었어요. 스윙스피드가 아예 밀리고 있습니다.]

삼진.

'몇 번이 문제가 아니야…….'

선두타자 아웃.

'백 번을 본다고 해도 칠 수가 있을까.'

함창현이 고개를 떨구었다.

노히터에 따른 구속 상승.

그 첫 희생양이 올스타전에서 과감한 제스처로 구강혁을 도발했던 강대호였다면······.

오늘의 첫 희생양은 미디어데이에서 은근한 설전을 펼쳤던 상대이자, 전 동료.

그리고 친구인 함창현이었다.

* * *

명백한 열세를 극복하려면······.

상대가 무너지거나.

팀의 누군가가 기대 이상의 활약을 펼쳐야 한다.

그런 면에서 오늘 브레이브스의 선발 김두현의 어깨는 결코 가볍다고 볼 수 없었다.

우완 사이드암 투수인 김두현의 최고 구속은 140킬로미터 중반대로, 올 시즌의 역할은 불펜, 스윙맨.

평균자책점은 4점대 극후반.

어떻게 봐도 약세인 선발 카드다.

1회말.

김두현의 피칭을 지켜보던 구강혁이 말했다.

"꽤 좋네요. 제구를 제대로 잡아놨어요. 시즌 전체로 보면 좀 아쉬워도 최근 등판한 3경기에 자책점이 없더라고요."

곁을 지키던 구태성이 고개를 끄덕였다.

"그런 놈들이 있지."

"어떤?"

"큰 경기에 더 잘 하는 놈들."

낮은 팔 각도와 팀에서의 역할까지…….

과거의 구강혁과도 비슷한 면이 있는 투수였다.

무브먼트는 구강혁에 비하면 당연히 밋밋하지만, 그럼에도 지저분한 공끝이 제대로 효과를 봤다.

슈웅!

딱!

"아이고."

"쯧."

페레즈의 타구가 3루 방면으로 흘렀다.

오현곤이 달려나오며 잡아서 1루로 송구.

아웃이었다.

삼자범퇴.

구태성이 물었다.

"정말 9회까지 던질 거냐?"

"뭐, 봐야죠. 상대 오늘 선발은 좋을 때는 좋지만 출루를 허용하고 나면 흔들릴 때가 많은 투수예요."

"그럼 그 공은 계속 던질 거야?"

"그 공이요?"

"강속구 말이야, 그거."

구강혁이 짐짓 눈을 크게 뜨고는 씨익 웃었다.

"그것도 봐야죠."

그러고는 곧 마운드로 달려나갔다.

[……득점 없이 양 팀의 오늘 경기 첫 이닝이 마무리됐습니다. 김두현 투수도 사실 좋은 1회를 보냈다, 그렇게 볼 수 있겠죠.]

[네. 1회는 언제나 손꼽히는 투수의 고비고, 선발 경험이 많지 않은 선수에게는 더욱 그러니까요. 황현민, 한유민, 페레즈의 막강한 타선을 모두 범타로 잠재운 좋은 피칭이었습니다.]

2회초, 브레이브스의 공격.

[……양태현이 타석에 들어옵니다. 오늘 브레이브스의 4번 타자는 양태현. 얄궂지만 두 선수, 올 시즌을 앞두고 서로 트레이드가 됐죠?]

[네. 큰 트레이드였죠. 오늘 경기도 또 구강혁 더비로 많은 주목을 받지 않았습니까?]

[그렇습니다.]

[당시에는 원민준과 양태현이 트레이드의 주인공이라는 평가가 많았지만…… 원민준이 그렇게 나쁜 시즌을 보내는 것도 아닌데, 구강혁이 워낙 말도 안 되는 성적을 기록했으니까요, 하하.]

브레이브스는 우타자 위주 타선.

특히 올 시즌 타선의 중심인 셋이 모두 우타자다.

함창현은 시즌 초반부터 좋은 모습을 보였고, 오현곤이 시즌이 계속될수록 타격감을 끌어올리며 상위 타순에 완벽하게 자리를 잡았다면…….

양태현은 시즌 극초반에도, 부상 복귀 이후에도.

단 한 번도 클린업에서 벗어난 적이 없다.

'강점이 많은 타자지만, 특히 빠른 공에 강하지.'

[……1회 2개의 탈삼진을 엮어 9구만으로 삼자범퇴 이닝을 만들어 낸 구강혁. 그러나 함창현을 포심 3구로 잡아낸 이후로는 2번 김대윤, 3번 강지수를 상대로 6구 모두를 변화구로 던졌습니다.]

[레퍼토리에 대한 자신감이 느껴졌죠.]

[네. 157의 구속에 대해서는 지금 이 네오 팔콘스 파크도 그렇습니다만 온라인에서도 잘못 측정된 게 아니냐, 이런 식의 말이 많다고 하는데…… 저희도 한 번 확인을 요청해 봤지만 장비에는 전혀 문제가 없다고 합니다.]

[아닌 게 아니라, 중계석에서 보기에도 구위가 평소 이상이에요. 정규시즌보다 3킬로 정도가 빨라진 건데, 이러면 타자가 빼앗기는 시간은 고작 밀리세컨드 단위입니다만, 그 작은 차이가 너무나도 크게 느껴지거든요.]

[강속구는 언제나 옳다고 하죠?]

[괜히 각광을 받는 게 아니에요. 다만 양태현은 속구, 특히 150킬로 중후반의 빠른 공에도 2할 중반대의 타율을 기록하는 등 결코 강속구에 약하지 않은 타자입니다.]

'눈빛 한번 좋고.'

구강혁이 슬쩍 입꼬리를 올렸다.

'그 정도 공을 보고도 흔들리지 않겠다는 거지.'

양태현의 눈빛이 비장했다.

'하지만 그런 생각을 할 수밖에 없을 거다. 빠른 공에 강한 나조차도 제대로 된 승부가 불가능하다면 오늘 경기는 절대 가져올 수 없을 거라고. 그런 각오가 느껴지는 얼굴이야.'

그리고 초구.

'체인지업이 효과를 볼 타이밍이지만…… 더 악랄하게 무너뜨릴 필요가 있어. 최근 타격감이 너무 좋은 타자다.'

슈욱!

부우웅!

퍼어엉!

"스윙, 스트라이크!"

헛스윙.

양태현이 작은 눈을 크게 떴다.

"……상구."

"예이, 슨배님."

박상구와는 작년까지도 팔콘스의 동료.

양태현이 1년 선배로, 나름 가까웠던 사이다.

"투심…… 아니, 포심이지?"

박상구가 피식 웃었다.

"아시면서."

[……헛스윙! 방금 공은 체인지업인가요? 구속은 144가 찍혔습니다.]

[아니에요. 지금, 지금 포심 그립으로 봤거든요? 무브먼트도 분명 특유의…… 다시, 맞네요. 포심 그립이잖아요. 무려 13킬로미터의 차이예요! 강속구만 던지는 게 아

닙니다, 구강혁 투수, 정말 대단한 완급조절입니다!]
 이번에는 양태현이 눈을 질끈 감았다.
 구강혁이 박상구에게 공을 돌려받았다.
 '더 빠른 공만 던지는 게 아니다.'
 포스트시즌 첫 경기.
 구속의 상승.
 '더 빠른 공도 던지는 거지.'
 그리고 한국시리즈 우승까지 넘어야 할 많은 산들.
 '그러니까, 오늘 브레이브스 타자들은······.'
 그 요소들을 종합해······.
 오늘의 팔콘스 배터리가 취한 전략.
 '보이지 않는 강속구와 싸워야 할 거다.'
 바로 완급조절이었다.

* * *

메이저리그 평균 포심 구속 150의 시대.
100마일, 160킬로대의 포심은······.
이들에게는 더 이상 꿈의 영역이 아니다.
비현실을 현실로 끌어내린 것이다.
이제 진짜 차원이 다른 강속구는?
시속 106마일, 170km/h 수준.
그마저도 도전자들이 계속해서 나타나고······.
심지어 성공하는 이들까지 나온다.

별들의 무대다운 차별성을 갖춘 셈이다.
반대로 NPB의 평균 포심 구속은 147 안팎.
KBO는 이번 시즌에도 결국 145를 넘지 못했다.
아무리 강속구 투수의 비중이 늘어났다지만…….
메이저리그가 아닌 이상.
150 후반대의 강속구는 여전히 귀하다.
그런데 구강혁이 던진 것이다.
157km/h의 포심 패스트볼을.
그건 타자들에게는 재앙일 수밖에 없다.
물론 해설진이 언급했듯…….
릴리스된 공이 스트라이크존을 통과하기까지의 시간.
타자의 시간은 겨우 밀리초 단위, 눈 한 번 깜빡이는 시간보다도 아득하게 짧은 시간이 줄어들 뿐이다.
그런데도 그건 결코 작은 차이가 아니다.
메이저리그 무대였다면?
타자들도 조금은 더 여유가 있었으리라.
하지만 이곳은 네오 팔콘스 파크.
KBO의 무대다.
타자들의 기본적인 타이밍이…….
KBO의 투수들에 맞춰져 있다.
평균 145km/h 안팎의 포심에.
그건 타자의 전략이나 의사의 문제가 아니다.
그저 그게 가장 흔하고 익숙한 구속이기 때문이다.
상대 선발이 강속구 투수라면?

경기를 앞두고 그 평균보다 빠른 구속에 타이밍을 맞추는 조정이 필수적이다.

이 추상적인 조정에 능한 선수가…….

말 그대로 빠른 공에 강한 선수가 되는 것.

바로 양태현이 그런 선수였다.

양태현은 브레이브스의 4번 타자다.

그건 구강혁의 공을 지켜볼 수 있었다는 의미다.

함창현에게 던진 157km/h의 공을.

'미친놈인가? 여기서 갑자기?'

양태현도 경악이야 했지만…….

'……아니지, 아니야. 놀라는 것도, 당황하는 것도. 타격에는 아무런 도움이 되지 않는다. 집중하자. 조금 더 빠른 타이밍. 배트는 애초에 길게 잡을 생각이 없었어.'

이를 꽉 물었다.

그리고 계속해서 생각했다.

구강혁의 속구 타이밍을.

'애초에 150 초반에 맞출 생각으로 나온 것도 아니야. 투구폼을 감안하면 사실상 150 후반, 어쩌면 160…… 리그 최고 레벨의 강속구를 생각해야 한다. 하나, 둘에 나가는 거다. 로이스나 문영후 정도 되는 투수의 포심을 노릴 때처럼…….'

양 팀 타선이 모두 1회를 삼자범퇴로 마치며, 그리 긴 여유가 없이 타석에 들어섰음에도 불구.

나름대로 각오를 다지고 준비했던 것이다.

3장 〈167〉

그러나 당연하게도…….

이미지 트레이닝과 실제 타격이 같을 수는 없다.

대기타석에서나 더그아웃에서 지켜본 공과 실제 타석에서 맞상대하는 공이 같을 수도 없고.

그래서 양태현은 생각했던 것이다.

'딱 한 번 본다.'

한 번 지켜보고…….

'한 번만 제대로 보면 타이밍은 맞출 수 있어.'

이후로는 어떻게든 쳐 내겠다고.

'기왕이면 페레즈가 선 좌익수 방면으로 타구를 보내고 싶지만, 지금은 그런 걸 따질 계제가 아니다. 어떻게든 인플레이 타구를 만든다.'

쉬운 일일 리는 없다.

'할 수 있느냐의 문제가 아니야.'

다른 투수도 아닌 구강혁이다.

'해야 하는 거다. 그래야 이길 수 있어!'

그 구강혁의 뱀직구가 더 빨라진 거다.

'직전 이닝을 전부 따지면 속구 비중이 아주 높지는 않았지만, 타격감이 좋은 창현이를 상대로는 확실히 포심으로 윽박질렀어. 그야 당연하지, 가장 좋은 공이니까. 나한테도 아주 높은 확률로 포심을 던질 거다.'

그렇기 때문에…….

타격감이 좋은 양태현 자신에게는?

다시 그 포심을 던져오리라고 생각했다.

그 생각은, 예상은 맞아떨어졌다.

딱 절반만.

포심은 맞았고…….

구속이 느렸다.

144km/h.

"……."

황당했다.

그래서 물어야 했다.

포심이 맞았느냐고.

"아시면서."

박상구의 대답이었다.

'……여기서 이런 식으로 완급을 조질해?'

양태현이 눈을 질끈 감았다.

18미터 멀리 떨어진 마운드.

그 모습을 지켜보던 구강혁이…….

입꼬리를 올리며 공을 돌려받았다.

'안 흔들리는 게 이상하지.'

구강혁은 최고 구속에 비해 평균 구속이 빠른…….

즉, 포심 구속의 편차가 그리 크지 않은 투수다.

투구 수가 늘어난 경기 후반에도 얼마든지 최고 구속의 포심을 던질 수 있는 뛰어난 스태미너 덕분이었다.

'최근에는 집중적으로 써먹지를 않았으니까.'

그나마 등판 간격이 짧았던 후반기.

더 거슬러 올라가면, 아직 구속이 150대까지 올라오지 않았던 시즌 초반에는 완급조절을 그야말로 주무기처럼 써먹기도 했지만…….

지금은 그 정도라고 보기는 어려웠다.

그런데도 갑작스러운, 그것도 10킬로미터를 넘는 구속의 차이를 보인 것이다.

상대를 농락하는 듯한 피칭이었다.

2구.

슈욱!

부우웅!

퍼어어엉!

"스윙, 스트으라이크!"

이번에는 투심.

헛스윙이었다.

전광판에는 152가 찍혔다.

[……투심, 투심 패스트볼로 헛스윙을 유도하는 구강혁! 구속은 무려 152!]

[올 시즌 전반기 새롭게 장착한 투심, 듣기로는 김재상 투수코치가 전수했다는데…… 워낙 포심과 구속 차이가 없었지만, 지금은 무브먼트까지 더 심해진 느낌이네요.]

[사이드암에 가까운 로우 쓰리쿼터 투구폼, 그를 감안해도 이미 일반적인 우투수의 투심, 싱커를 크게 상회하는 무브먼트를 가진 구강혁의 뱀직구. 그러나 홈플레이트 바로 앞에서 떨어지는 지금의 투심은 정말 마구에 가깝겠는데요.]

[워낙 타격 기술이 좋은 양태현이거든요. 지금도 보시면, 타이밍은 어느 정도 맞았는데 아예 컨택조차 못 했어요.]

구강혁의 머리가 빠르게 돌았다.

'비슷하니까 일단 휘둘렀다는 느낌이네. 포심을 노리고 들어온 건가? 창현이도 좀 그랬지, 둘 다 유난히 적극적이기도 하고. 좀 더 끌어내 봐야겠는데.'

양태현은 그 와중에도······.

경기 전의 전략을 그대로 끌고 나갔다.

150킬로 초중반의 포심을 노린 것이다.

허점이 너무도 많은 전략이었지만, 그 허점을 감수하더라도 어떻게든 구강혁을 공략하기 위한 고육지책.

하지만 그 허점이 이제 너무도 커졌다.

살을 내주고 뼈를 취할 생각이었으나······.

뼈까지 내주는 꼴이 된 것이다.

30승 투수 구강혁의 빨라진 구속.

문제는 구속만 빨라진 게 아니라는 점이었다.

다른 구종도 그대로였다.

아니, 오히려 그 위력이 배가되었다.

빠른 포심은 그 자체만으로도 위력적이지만, 제구와 레퍼토리가 뒷받침된다면?

한두 명의 타자, 한두 번의 승부가 문제가 아니다.

상대 타선 전체를 파괴할 수 있다.

다시 3구.

슈욱!

145km/h의 슬라이더.

1구와 거의 같은 구속의…….

그러나 완전히 반대 궤적을 그리는 변화구.

부우웅!

퍼어엉!

"스윙, 배터 아우우웃!"

완전히 존 밖으로 빠져나가는 유인구에, 양태현의 배트가 시원하게 돌았다.

[……다시 삼구삼진! 이번에는 슬라이더! 구속은 145! 초구로 던졌던 포심보다 빠른 구속의 슬라이더에 여지없이 돌고 마는 양태현의 배트! 구강혁의 세 번째 탈삼진!]

타자가 균형을 잃을 정도의 큰 스윙.

양태현이 그 정도로 무너졌다.

예의 157km/h 초강속구를 던지지도 않았는데.

그건 브레이브스에는 최악의 악재였고…….

팔콘스에는 더할 나위 없는 호재였다.

[……1사 주자 없는 상황, 타석에는 오현곤이 들어섭니다. 올 시즌 서울 브레이브스의 드라마, 그 주연이나 다름없는 활약으로 물오른 타격감을 보이는 오현곤.]

오현곤이 타석에 들어섰다.

'여기도 또 눈빛이 안 죽었네.'

구강혁이 슬쩍 오현곤에게 눈을 맞추었다.

'아직 경기 초반이지만 눈치를 보니 포심을 좀 노리는

거 같은데. 그렇다고 다 그런 건 아니야. 일단 창현이, 방금 양태현 선배도…… 지금 타격감이 가장 좋은 축에 드는 선수들인데. 전략을 이원화한 건가?'

포심을 노리고 들어온다.

지금까지는 두 타자가 그랬다.

'타이탄스전 생각이 좀 나네. 황기준이라는 좋은 타자와의 승부가 꽤 까다로웠지. 구속이 안 올라왔으면 은근 어려운 승부를 했을 수도 있겠어.'

이들의 전략이…….

아주 빗나간 건 아니었다.

하지만 구강혁의 구속은 너 뻴라졌다.

본인의 말대로 다른 투수가 된 것이다.

'현곤이 놈도 그러려나.'

박상구의 초구 포심 사인.

구강혁이 고개를 저었다.

'한 번쯤 지켜보고 가자고.'

새로운 사인에 고개를 끄덕이고, 초구.

슈욱!

퍼어엉!

2구 연속 슬라이더.

오현곤의 배트는 침묵했고, 공은 아슬아슬하게 존을 빠져나갔다.

[……초구 볼. 원 볼로 카운트 싸움을 시작하는 구강혁. 또 한 번의 슬라이더, 구속은 143이 찍혔습니다. 사

3장 〈173〉

실 구강혁을 상대로는 이런 카운트도 흔치가 않습니다.]

[초구 스트라이크 비중이 비상식적으로 높으니까요. 그래도 오현곤 타자, 잘 지켜봤죠. 집중력이 있다는 거예요. 연속해서 슬라이더를 던졌는데 사실 양태현에게 던진 결정구보다 더 스트라이크에 가까운 공이었거든요.]

[스트라이크로 시작하는, 존에 집어넣어도 헛스윙 비율이 아주 높은 초구. 올 시즌 구강혁의 역대급 성적, 그 베이스와도 같았습니다. 그러나 집중력을 보여 주는 브레이브스 드라마의 주연, 오현곤은 어떤 승부를 보일까요.]

'양태현 선배는 카운트가 밀린 상황이라 더 적극적으로 승부했지만…… 현곤이는 그럴 카운트가 아니었지.'

2구.

슈욱!

151km/h의 투심 패스트볼.

몸쪽 낮은 존을 파고들었다.

부우웅!

퍼어어엉!

"스윙, 스트으으라이크!"

헛스윙.

[……이번에는 헛스윙. 몸쪽 낮은, 다시 투심이었군요. 볼 카운트의 균형을 맞추는 팔콘스 배터리.]

[포심 구속이 올라온 것도 올라온 건데, 아까의 140대 초중반 포심도 그렇고…… 특히 이 변형 패스트볼, 투심이 브레이브스 타자들로서는 더욱 까다롭게 느껴지는 상

황입니다. 157킬로의 강속구를 머릿속에서 지우기가 어렵거든요.]

'역시.'

구강혁이 눈을 지그시 감았다가 떴다.

'대강 정답이었군. 현곤이도 마찬가지다. 이미 앞선 타자에게 투심을 보여 줬는데도, 투심의 궤적을 의식하기보다는 본인의 스윙에 집중하고 있어.'

읽힌 전략은 무용지물이라고도 할 수 없다.

'그러면서도 타격폼이 은근히 흔들리는 건…… 1회에 보여준 157의 포심을 의식한다는 증거고.'

그 이하다.

'유감이다, 창현아, 현곤아.'

쓸모가 없는 게 아니라…….

'읽혔어.'

역으로 상대에게 써먹히고 만다.

3구.

슈욱!

배트를 내려던 오현곤이 움찔하며 멈췄다.

타격하기에는 높은 코스라는 판단.

하지만 구종은 체인지업.

타자에게는 높게만 보이던 공이…….

그대로 존 안으로 떨어졌다.

[……루킹 스트라이크! 다시 한번 삼구삼진! 유리한 카운트에도 체인지업을 던져 카운트를 잡아내는 구강혁!]

함창현, 양태현, 오현곤.
브레이브스가 자랑하는 세 타자가…….
연달아 무너지는 순간이었다.

　　　　　＊　＊　＊

2회초는 물론.
3회초, 4회초까지도…….
구강혁은 출루를 허용하지 않는 퍼펙트 페이스.
[……오늘도 구강혁은 구강혁입니다. 4회까지 브레이브스의 물오른 타선에 단 하나의 출루조차 허용하지 않는 완벽한 피칭. 포스트시즌 무대임에도 긴장하는 기색 하나 없는, 그야말로 에이스다운 모습입니다.]
[더 놀라운 건 1회 함창현을 상대로 던진 강속구, 157킬로의 포심을 계속해서 아끼고 있다는 점이죠. 본인의 최고 구속을 갱신하는 모습을 보여주고도 변화구 위주, 포심을 던지더라도 완급조절을 앞세우는 능수능란한 모습이에요.]
하지만 브레이브스 선발 김두현 또한…….
3회까지 무실점의 좋은 피칭을 선보였다.
[그렇습니다. 그러나 브레이브스의 깜짝 선발 카드 김두현도 2회 채연승에게 허용한 안타를 제외하면 3회까지 출루 허용이 없는 짠물 피칭을 선보이고 있는데요.]
[기대 이상이죠. 오늘 경기가 브레이브스 타선이 구강

혁을 공략하느냐, 그러지 못 하느냐의 싸움이라는 예상이 많았는데. 김두현이 벌써 3이닝 무실점. 브레이브스 더그아웃에서도 할 말이 있다는 겁니다.]

[다만 김두현은 올 시즌 선발 경험도 그리 많다고 보기는 어렵고, 무엇보다 후반기에는 선발로 나온 2경기 모두 4이닝 선에서 끊어 간 바 있습니다.]

[5회까지 끌고 가기는 쉽지 않겠죠. 불펜에도 어느 정도 움직임이 보이고요.]

[네, 그럼에도 다시 한번 마운드에 올라온 김두현. 그리고 팔콘스에서는 한유민이 타석에 들어옵니다. 한유민은 앞선 타석 땅볼로 물러난 바 있습니다.]

[아쉽지만 집중해 봐야죠?]

슈욱!

퍽!

하지만 4회말.

선두타자 한유민에게 사구를 허용했다.

[……아, 지금 몸에 맞는 공이죠?]

타자가 엉덩이를 쭉 뺐음에도 공이 옆구리에 박혔다.

"야, 야!"

"아이고, 인마!"

"비싼 몸이다, 이놈아!"

팔콘스 홈 팬들이 야유를 쏟아 냈다.

다행히 한유민은 괜찮다는 제스처.

팔콘스 선수들이 안도의 한숨을 내쉬었다.

구강혁도 그랬고.

"휴우."

좋은 피칭 와중의 뜬금없는 사구.

사이드암 특유의 좌우 제구 문제가 터진 것.

브레이브스 홍수혁 투수코치가 그대로 마운드로 올라가 김두현과 짧은 이야기를 나누었다.

'흔들리지 말라는 거겠지, 뭐.'

한 타이밍 끊고 간 것이다.

'여차하면 교체할 생각도 있겠고.'

이번에는 페레즈의 타석.

슈욱!

따아악!

"아, 악? 아! 됐다!"

"그치!"

좌타석에서 결대로 받아친 타구가…….

3, 유간을 빠르게 뚫어 냈다.

워낙 빠른 타구에, 한유민은 2루에서 멈춤 지시.

적극성보다 안정성을 추구하는 주루였다.

'김 감독님 의사인가?'

상대 투수가 흔들린다.

위험을 감수할 필요는 없다는 판단이었다.

무사 1, 2루.

오늘 경기 팔콘스의 첫 득점권 찬스.

거기에 4번 노재완의 타석.

브레이브스가 투수 교체를 단행했다.

[……김두현은 여기까지네요.]

[다음 투수는 문창진일 확률이 높죠? 올 시즌 우타자를 상대로 특히 좋은 모습을 보이고 있고, 노재완과는 3번이나 만나서 3번 모두 범타로 돌려세웠어요.]

바뀐 투수는 문창진.

노재완을 상대로 정규시즌 전적이 좋았다.

슈욱!

따악!

타석의 결과도 땅볼.

"으악! 호구냐!"

"아오, 뛰어!"

"겁나 뛰어!"

2루수가 잡아 유격수에게로.

병살타성 타구였으나…….

"절었다!"

"아, 살았다!"

유격수가 공을 한 번 더듬었다.

뒤늦은 송구에도 타자 주자는 세이프.

[……지금은 조금 아쉬운 수비네요.]

[유격수가 공을 제대로 못 뺐네요. 이 장면은 유격수도 아쉽지만 2루수 토스도 살짝 아쉬웠습니다. 잘 잡은 것까지는 좋았는데요.]

실책에서 이어진 1사 1, 3루의 찬스.

안태홍이 타석에 들어섰고…….

슈욱!

따아악!

[……5구 타격! 유격수 키를 넘기는 안타! 3루 주자 득점! 1루 주자 2루 돌았고!]

우전안타를 때려냈다.

"뜨아아아!"

"역시 안쌤!"

"야구가 하고 싶어요! 가을야구가! 계속!"

한유민의 득점, 1타점을 선취하는 적시타.

[……대전 팔콘스가 상대 선발 강판에 이어 준플레이오프 첫 득점까지 가져옵니다! 안태홍의 1타점 적시타!]

게다가 1사 1, 3루의 찬스도 이어졌다.

6번 타자는 채연승.

슈욱!

따아아악!

인상을 찌푸린 문창진의 초구를 받아쳤고…….

타구가 외야로 떠올랐다.

"왔다, 고오급 야구!"

"드가자! 드가자!"

"이 정도면 걸어서도 들어오지!"

중견수 함창현이 뒤로 물러나며 잡아낸 타구.

[……3루 주자 페레즈의 태그업! 승부는 어려울 듯, 그대로, 그대로 들어옵니다! 0대 2!]

홈 승부는 애초에 불가능했고…….
공은 2루로 향했다.
페레즈가 홈을 지나 더그아웃으로 돌아왔다.
구강혁도 신을 내며 페레즈의 넓은 등을 때려댔다.
그 모습을 보던 류영준이 물었다.
"푸하, 2점. 어떤데?"
구강혁이 대답했다.
"아직 목이 마른데요."
"얼씨구?"
"한 3점은 더 내줘야 저도 편하게……."
"미친놈, 헛소리는."
"악, 왜 때리십니까."
0:2.
팔콘스가 리드를 잡았다.
단 2점.
그러나 브레이브스에는…….
절망적인 점수차나 마찬가지였다.

      * * *

이어지는 2사 1루 상황, 박상구의 타석.
따아악!
타구는 제대로 맞아 나갔지만…….
결과는 3루수 직선타.

[……다이빙 캐치, 아웃! 오현곤의 좋은 수비!]
오현곤의 몸을 날리는 호수비였다.
"아이고."
"저런."
"아까비."
팔콘스 더그아웃에서 탄식이 터져 나왔다.
구강혁도 눈을 질끈 감으며 발을 굴렸고.
"아오, 저거 진짜!"
김용문 감독도 아쉽다는 듯 눈썹을 구겼다.
"쯧."
그 모습을 지켜보던 구태성이 말했다.
"상대 3루수, 저 녀석, 반응보다는 안정성으로 살아남은 놈인데. 오랜만에 제대로 한 건 했네요."
"별 수 없지."
"그래도 1차전은 꽤 넘어왔죠?"
"아직은 몰라."
"어느 정도로 보십니까?"
김용문이 지그시 눈을 감았다.
"강혁이가 다 던진다면…… 9할 이상."
"그 정도면 다 넘어온 거죠. 뭐, 내리시게?"
"더 벌어진다면야."
구태성이 고개를 끄덕였다.
구강혁의 경기 운영은 대범했다.
'자제력이 있다고 해야 할까.'

구속이 다소 올라온 건 정규시즌 직후의 일.
그 사실을 모르는 이야……
최소한 팔콘스 코치진에는 없었다.
하지만 브레이브스에는?
생경할 수밖에 없다.
'뻥뻥 던지고도 싶을 텐데 말이지.'
그런데도 구강혁은 그 강속구를 아끼고 있다.
아낀다뿐이랴.
'보여만 주고 봉인해 둔 셈이야.'
1회 이후로는 아예 안 던지고 있다.
'능구렁이처럼.'
그건 뒤를 보는 선택이다.
포스트시즌 데뷔 무대에서…….
전력을 감춘 것이다.
왜?
'더 높은 곳까지 생각한다는 거지.'
아직 넘어야 할 산이 많으니까.
대전 팔콘스의 목표는…….
구강혁의 목표는 플레이오프 진출이 아니다.
한국시리즈 우승이지.
물론 어지간한 투수라면?
구태성이든, 김재상이든.
나서서 한 마디 쏘아붙일 만도 한 상황이었다.
그럴 만한 상황이 아니라고.

상대 타선의 최근 흐름을 모르느냐고.

'게다가 지금까지의 결과도 좋고……'

하지만 어쩌겠는가.

당장 마운드에서 증명하고 있는데.

1회, 단 2구의 강속구로도 충분했다고.

'상대 타선의 기세가 제대로 꺾였으니 남은 이닝도 얼마든지 해먹을 수 있겠지.'

브레이브스 타자들은…….

구강혁의 강속구를 염두에 둘 수밖에 없다.

이미 자신들의 눈으로 똑똑히 봤으니까.

타이밍을 잘 잡는 양태현마저 그랬다.

거기에 함창현과 오현곤마저 속절없이 물러났다.

좋았던 흐름을 잃을 수밖에.

'이대로 우리가 플레이오프까지 올라간다면 재규어스 타자들도 머릿속이 복잡해질 거다.'

강속구를 아낀 것은 일종의 장난질이다.

이미 구태성은 안다.

구강혁은 계속해서 던질 수 있다.

70구, 80구…….

어쩌면 100구, 그 이상까지도.

157km/h의 강속구를.

'정말 구속이 저만큼 올라온 건지, 만약 그렇다면 그런 강속구를 얼마나 던질 수 있는 건지, 제대로 던지기 시작한다면 이닝 소화력에는 어떤 영향이 있는지.'

하지만 상대는 모른다.
오른 구속을 활용하면서도…….
그 변수만큼은 남기는 피칭.
'이기겠거니 싶기는 했는데 말이지.'
구태성이 그렇게 생각하며 쓴웃음을 지었다.
구강혁은 정규시즌 30승 투수.
통계와 지표를 보나, 실제 구위와 커맨드를 보나.
오늘 경기를 충분히 가져올 만한 에이스.
하지만 이런 능수능란한 호투까지 기대하지는 않았다.
'재규어스는 물론이고 가디언스도 까다롭게 생각할 거다. 나라면 오히려 재규어스가 올라오기를 바랄 터.'
26시즌의 팔콘스는 강하다.
그래서 3위를 기록한 것이기도 하고.
하지만 재규어스와 가디언스에 비하면…….
종합적인 전력은 떨어지는 게 사실.
두 팀은 모두 투타의 밸런스가 상당한 팀이고, 점수를 매긴다면 가디언스가 앞선다.
'투타의 밸런스가 좋고, 큰 단점이 없다는 게 장점. 두 팀은 그 점에서 비슷해. 하지만 우위는 어디까지나 가디언스에 있다. 비슷한 팀끼리의 전력차는 쉽게 뒤집을 수 없어.'
팔콘스는?
타격 지표는 두 팀에 비해 떨어진다.
투수진 또한 4선발까지의 구성과 불펜의 전력을 종합

적으로 고려한다면, 잘 쳐줘도 재규어스와 비슷한 레벨.

가디언스 상대로는 역시나 부족했다.

'하지만 우리는 달라.'

그러나 최고 수준의 선발.

원투펀치에서는 이야기가 달라진다.

'에이스급에서는 오히려 우위다.'

구강혁과 류영준.

리그 최고의 원투펀치다.

'물론 영준이는 올 시즌의 부상이 아니어도 투수로서는 변명의 여지가 없는 황혼기. 활약은 내 기대마저 넘어섰지만 불안감은 지우기 어려워. 선제적인 투구 수 관리와 컨디션 조절이 필수적이지.'

그나마 류영준에게는 불안요소가 있지만…….

'그러나 강혁이는 달라.'

구강혁은?

타의 추종을 불허한다.

리그를 대표하는 슈퍼에이스인 것이다.

'윌리엄스와 함께 올 시즌 최고 외인으로 꼽히는 재규어스의 파워피쳐 로이스, 가디언스 선발진의 주축이자 작년 한국시리즈 MVP인 윤대준.'

로이스도, 윤대준도.

어디에 내놓아도 손색이 없는 에이스지만…….

'이 잘난 녀석들도 승리를 장담할 수 없어.'

단 한 명.

구강혁을 상대로는 아쉽다.

'오늘 경기를 이대로 가져온다면…….'

단기결전인 포스트시즌.

준플레이오프부터는 5차전, 한국시리즈는 무려 7차전으로 치러진다.

'준플레이오프는 잡은 거나 마찬가지다. 하지만 이후로는 우리가 도전자 입장이고, 어려운 싸움이 되겠지.'

갈수록 강팀의 승리가 더욱 용이해지는 구조.

'어깨가 무겁겠지만…….'

구태성이 마운드를 바라봤다.

이닝 교체 후, 다시 구강혁이 선 마운드를.

'해내야 한다.'

아주 드물지만.

때로는 그런 구조와 평가를 모두 뒤집고…….

전설이 되는 선수도 나온다.

'그리고 할 수 있을 거다.'

무쇠와도 같은 어깨로 팀에 우승컵을 안긴 레전드가, KBO의 역사에 이미 한 명은 있잖은가.

'저 당돌한 녀석이라면.'

* * *

5회초, 오현곤의 빗맞은 타구.

유격수와 중견수, 우익수 사이에 떨어진 행운의 안타

가, 7회까지 브레이브스의 유일한 출루였다.

어떤 면에서는 다행스러운 일이었다.

포스트시즌 결전이라지만…….

퍼펙트 페이스가 유지됐다면, 김용문 감독도 구강혁을 쉽게 내릴 수는 없었을 테니까.

하지만 그건 그저 위안에 불과했다.

대기록만큼은 피했다는 위안에.

7이닝 1피안타 무볼넷 무실점.

11개의 탈삼진을 뽑아낸 압도적인 피칭.

경기를 지켜보던 이들도 혀를 내둘렀다.

→ 드) 진짜 잘 던지기는 하네

→ 가) 괜히 30승 투수겠냐고

→ 팔) 11K 너무 맛있고

→ 재) 아 쟤를 어쩌면 좋냐

→ 재) 힘을 내라 브레이브스

→ 팔) ㅎㅎ

→ 브) 쟤 좀 이제 내려라 좀

→ 팔) ㅎㅎ;

→ 팔) 2점차는 좀 그렇고 점수 더 나면 내릴듯

→ 브) 그건 좀

누군가는 볼멘소리도 냈다.

→ 탄) 아니 157은 언제 던짐 그래서

→ 울) ㄹㅇ구속 올라왔대서 보러왔구만

→ 팔) 다시보기나 하이라이트 봐 바보냐

→ 가) 그냥 스피드건 고장이었나?
→ 팔) 에이 소리가 다르던데 포구음이
→ 재) 그래서 157이여 154여 딱 말해
→ 팔) 1574입니다 선생님
→ 재) ???
지난 일을 되짚는 호사가도 있었고.
→ 팔) 트레이드 승패는 딱 가려졌네
→ 드) 2:2 트레이드? 진작 가려진 거 아님?
→ 팔) ㅋㅋㅎㅎ
→ 가) 애저녁에 끝났지 뭐
→ 스) 나는 팔콘스 프린트기 오히려 대단하더라 구강혁 이만큼 잘 거라고 생각하고 드레이드했을 리는 없는데 대체 어떻게 원 나우를 선택함? 도라이들임?
→ 브) ㄹㅇ 원민준 내년 FA인데
→ 울) 한유민도 내년 FA임 돌아와잉
→ 탄) 꼴칙놈들 빠가배팅인데 운이 좋았지
→ 팔) 어허 운명입니다
→ 탄) 낭만파 났네
→ 팔) 빠른중계: 황현민 홈런
→ 팔) 구라 좀 치지 마
→ 탄) 시즌 홈런 3개던데ㅋㅋ
그리고 그러던 7회말……
통산 정규시즌 홈런이 11개.
올 시즌 홈런이 3개에 불과한 황현민의 배트가…….

오랜만에 제대로 불을 뿜었다.

[……2구, 타격! 아, 타구 큽니다!]

[넘어가나요! 커요!]

[이 타구는 쭉, 쭈욱 뻗어서, 담장, 담장을! 담장을! 넘어갑니다! 두 명의 주자를 함께 불러들이는 황현민의 쓰리런! 본인의 커리어 첫 포스트시즌 홈런!]

각각 볼넷과 안타로 나간 두 명의 주자, 7번 타자 박상구와 9번 타자 정윤성을 홈으로 이끄는…….

1번 타자 황현민의 홈런.

오현곤과 양태현은 물론, 전체를 합쳐도 빗맞은 안타 하나에 그친 브레이브스 타선에 대조되는 시원한 타구였다.

[……황현민도 홈으로! 박상구의 볼넷에서 시작된 득점권 찬스를 놓치지 않는 대전 팔콘스! 스코어는 0대 5, 오늘의 황현민은 그야말로 예상할 수 없었던 해결사입니다!]

따라잡기는커녕…….

이제는 5점의 차이.

→ 팔) 아니 이게 왜 진짜임

→ 탄) 뭐여 이거

→ 팔) 황현민이 믿고 있었다구 젠장

→ 팔) 이게 스타지 스타

→ 브) 이건 솔직히 갔네

→ 브) 쩝 그러게

→ 브) 이래서는 졌잘싸도 아닌데
→ 팔) 상대가 구잖아ㅋㅋ
→ 팔) 졌잘싸가 아니고 싸졌
→ 브) 뭔데 그게
→ 팔) 싸워서 졌다? 싸웠는데 졌다!
→ 브) 싸대기 졌나 후려치고 싶네
→ 팔) 헉

준플레이오프 1차전, 그 승리의 저울이…….
팔콘스를 향해 제대로 기울었다.

* * *

역전은 없었다.
와일드카드전과는 달랐다.
팔콘스는 브레이브스에…….
업셋 드라마를 허용할 생각이 없었다.
구강혁의 7이닝 호투.
슈욱!
부우웅!
퍼어엉!
[……헛스윙, 삼진! 경기 끝! 이대한은 오늘 경기 2탈삼진! 대전 팔콘스가 단 두 명의 투수로 준플레이오프 1차전을 승리로 가져옵니다!]
[이야, 팔콘스! 이겼습니다! 이대한도 역시 한국시리즈

우승반지 보유자예요! 흔들릴 법도 했는데요. 오히려 정규시즌보다 더 안정적이죠?]

거기에 이대한의 멀티이닝 무실점까지.

"고생하셨습니다, 선배님!"

"내가 했냐, 네가 했지."

"에이, 역시 다르던데요?"

"ㅎㅎㅎ."

준플레이오프 1차전, 대전 팔콘스의 승리.

선발인 구강혁의 체력을 아끼면서도…….

불펜의 부담도 크지 않은, 완벽한 1차전이었다.

이 1승이 단순한 1승도 아니었다.

오랜 암흑기를 지나온 대전 팔콘스.

18시즌에 가을야구를 치르기야 했다지만, 홈에서의 승리는 무려 07시즌 이후 19년 만의 일이었으니까.

그것만으로도 대사건인 데다…….

신축구장인 네오 팔콘스 파크.

이곳에서의 가을야구 승리는 또 처음이었다.

특히나 직관에 나선 팬들에게는…….

그 희열이 너무나도 강력했다.

"으어엉, 이겼다!"

"현민이! 내일도 하나 넘겨야지!"

"안쌤이 적시타로 잘 풀었잖어!"

"아무튼 역시 구강혁이다!"

"강혁아, 그냥 종신계약 하자!"

"그래, 무슨 메이저여!"

경기가 끝난 뒤로도…….

대부분의 홈 팬들이 경기장을 떠나지 않았다.

희열을 만끽했던 것이다.

[7이닝 1피안타 11K, 구강혁 PS 첫 승 신고]

[이대한 멀티이닝 소화까지 완벽… 9회말은 없었다]

[8년 전과는 다르다, 팔콘스, 준PO 1승 선취!]

[……대전 팔콘스가 드디어 이겼다. 이들의 마지막 가을야구는 18시즌, 무려 8년 전. 당시 홈에서의 2경기를 모두 내주며 1승 3패로 업셋을 허용한 바 있다. 가을야구에 기뻐하던 팬들도 실망할 수밖에 없는 결과였다.

……대전 팔콘스의 포스트시즌 홈에서의 마지막 승리를 꼽자면 2007년까지 거슬러 올라가야 한다. 20년에 가까운 세월을 지나 드디어 팔콘스가 홈 팬들에게 승리를 선사한 것이다.

……0:5의 승리. 승리투수는 7이닝 무실점 피칭으로 브레이브스 타선을 압도한 구강혁. 정규시즌 30승의 기세가 전혀 식지 않은 에이스다운 활약이었다. 특유의 다양한 레퍼토리를 모두 활용해 11탈삼진을 뽑아내며 탈삼진 부문 타이틀에 걸맞은 모습까지 보였다.

……특히 1회에는 전광판에 본인의 정규시즌 최고 구속을 크게 상회하는 157이라는 숫자를 새기며 최근 타격감이 좋던 브레이브스 리드오프 함창현을 무너뜨렸다. 다만 해당 승부 이후로는 정규시즌의 구속으로 돌아온

모습. 이에 온라인 커뮤니티에서는 다양한 갑론을박이 벌어지고 있다.

……팔콘스 타선은 8회말까지 장단 5안타에 그쳤음에도 탁월한 응집력으로 5점을 지원하며 구강혁의 호투에 응답했다. 7회말 2사 1, 2루 상황에서 쐐기포를 때려낸 황현민의 집중력은 그야말로 백미.

……한편 팔콘스 김용문 감독은 내일 2차전에 류영준, 브레이브스 송용민 감독은 차베스를 선발로 예고했다. 강력한 원투펀치를 그대로 가동한 팔콘스가 연이은 승리를 가져올 수 있을지, 브레이브스가 승부를 원점으로 돌리고 역전 드라마의 후속편을 쓸 수 있을지. 와일드카드전 명승부에 이어 더욱 흥미를 더하는 올 시즌 가을야구다.]

승리와 함께 수많은 기사들도 올라왔다.

승리투수이자, 이론의 여지가 없는 수훈선수.

구강혁이 팬들을 멀리 돌아보며 손을 흔들었다.

"구강혁! 구강혁!"

"일단 여권부터 뺏어!"

"아오, 좀 참읍시다!"

"잘생겼다, 잘생겼어!"

"오늘은 더 잘생겼네!"

뜨거운 박수가 쏟아졌다.

'……짜릿하구만. 그래, 이대로 가는 거다.'

구강혁이 환하게 웃었다.

'한국시리즈까지.'

* * *

다전제에서의 1승, 특히 1차전에서의 승리.
그 이점은 이루 말할 수가 없다.
KBO 준플레이오프의 역대 통계만 봐도 그렇다.
05시즌 처음 5전제로 개편된 후, 그 직후인 06, 07시즌과 코로나 확산으로 리그 일정 축소가 불가피했던 20, 21시즌을 제외하면…….
5전제로는 총 17번 치러진 준플레이오프.
1차전 승리 팀이 플레이오프에 진출한 사례는?
무려 그 가운데 13회다.
당장 직전 시즌에도 그랬다.
정규시즌 3위를 기록한 재규어스는 드래곤즈에 1승을 선취, 파죽지세로 3연승을 거두었다.
시리즈 스윕은 가장 긴 휴식을 의미.
꼬박 나흘을 쉰 재규어스는 정규시즌 2위를 기록한 스타즈를 상대로 사실상 만전의 전력으로 임했고…….
업셋을 거두며 한국시리즈에 진출했다.
'지금의 우리에게는 최고의 롤 모델이야.'
선발 등판 이틀날.
구강혁이 작년 포스트시즌 전적을 다시금 살피며 천천히 고개를 끄덕였다.

'생각해보면 작년 이맘때는 말년휴가만 기다리고 있었나? 정말 많은 게 달라지기는 했다.'

홀로 웃음도 지었고.

군생활 중이기야 했으나…….

엄연히 브레이브스 소속이었던 구강혁.

팀의 탈락을 멀리서 지켜볼 수밖에 없었다.

이후의 포스트시즌도 제3자로서 바라봐야 했고.

지금은 다르다.

팀도 달라졌고, 공도 달라졌지만.

무엇보다 역할이 달라졌다.

'작년 포스트시즌의 재규어스도 정말 살벌한 팀이었지만, 결국 가디언스에. 특히 윤대준의 제대로 물이 오른 호투에 크게 무너지며 준우승에 그쳤지. 따라가야 할 발걸음은 딱 플레이오프 진출까지만.'

승리는 기뻐해 마땅한 일.

확실히 유리해졌다.

그러나 아직은 단 1승.

진정한 시리즈의 승리까지는 2승이 더 남았다.

'그래도 영준 선배가 돌아오셔서 정말 다행이야.'

그럼에도…….

2차전 또한 유리한 건 사실이었다.

'상대는 차베스. 확실히 앞선다.'

선발 카드부터가 차원이 달랐다.

류영준은 류영준이다.

구강혁과 비교할 만한 소수의 선발 가운데 하나.

게다가 팀의 리빙 레전드, 정신적 지주다.

구태성의 합류가 결정되고 구강혁이 예상했듯······.

류영준까지 돌아온 뒤로는, 팀의 두 레전드가 선수단과 함께한다는 것만으로도 투수들은 물론 야수들까지 큰 안정감을 받았다.

'부상이 아쉬웠지만 회복은 잘 이루어졌고, 정규시즌 막판 두 번의 등판에서 그 점이 증명도 됐지.'

부상의 재발만 억제된다면······.

여전히 김용문 감독에게, 팔콘스에게.

류영준은 부러시지 않은 칼이다.

브레이브스의 차베스는?

'브레이브스 팬들로서는 하고 싶은 말이 적지 않을 거야. 만족할 만한 성적이 아니지.'

어떻게 봐도 아쉽다.

국내 선수들이 포지션을 막론하고 다방면으로 약진하며, 외인이 전력의 절반이라는 표현은 다소 사그라들었다지만.

그들이 팀의 중요 전력이라는 데는 변함이 없다.

하지만 모두가 투자에 성공할 수는 없다.

재규어스의 로이스, 타이탄스의 윌리엄스처럼 리그 최상위 레벨의 에이스가 있는가 하면······.

팔콘스의 도미닉처럼 압도적인 모습은 다소 부족하더라도 특유의 스태미너와 기복이 덜한 성적으로 재계약을 이어 가는 투수도 있다.

차베스는 그 두 축에 모두 들지 않는 투수다.

4점 중반대의 평균자책점.

기대치에 따라 교체되어도 이상하지 않은 성적.

그럼에도 브레이브스가 차베스와 계속 함께한 이유는 다양했다.

'일단 자금 문제.'

먼저 상황. 안 그래도 투자에 적극성이 떨어졌던 모기업 태홍이 시즌 후의 매각을 천명한 상황.

'양홍철 문제는 해결했어도 당장의 시즌 운영은 쉽지가 않았을 거야. 후반기에는 몇몇 선수의 현금 트레이드 이야기까지 나왔을 정도니까.'

그 방향성에 따라서는 내년부터 지금까지와는 달리 시장에서 적극적인 구단이 될 수도 있을 터.

하지만 올 시즌은 어쩔 수가 없다.

안고 갈 수 있는 전력은 최대한 안고 가야 했다.

'그리고 자책점이나 승률이 기대 이하인 데 비해······ 이닝 소화력만큼은 나쁘지 않단 말이지, 차베스도. 우리랑 비교한다면 도미닉의 하위호환 같은 느낌.'

게다가 차베스에게도 장점은 있었다.

이닝 소화력.

맞을 때는 맞고, 그 경우가 기대보다 잦았지만, 그러면서도 또 어떻게든 막는 투수였던 것이다.

'필승카드는 못 되지만 불펜의 부담을 가중시키다 2군

으로 내려가거나 하는 최악의 카드까지도 아니었지. 이따금 태업까지 하는 외인들도 나오는 점을 감안하면…….'

교체하기에는 여의치 않다.

하지만 만족할 수도 없다.

2차전 선발 선택도 이와 결이 같았다.

브레이브스는 정규시즌 막판 총력전과 와일드카드전의 여파가 아직 남았던 것이다.

'송용민 감독님 입장을 생각한다면, 차베스는 요행을 바랐다기보다는 어쩔 수 없는 선택이다.'

투수가 없다.

하지만…….

'그렇지만 이동일을 지나서는 이야기가 달라져. 원투펀치인 램버트와 오한결 선배의 등판이 가능해. 3차전부터는 선발에서 아주 크게 앞선다고 볼 수가 없다.'

3차전부터는 브레이브스에게도 희망이 있다.

그렇기 때문에 2차전이 더욱 중요했다.

* * *

그 2차전을 앞둔 시점.

브레이브스 팬들은 물론 간절히 바랐다.

시리즈가 원점으로 돌아가기를.

→ 브) 제발 2연패는 안 된다

→ 브) 3차전부터는 진짜 할 만 해

3장 〈199〉

→ 브) 그래 시바 드라마 또 쓰자고!
2차전을 앞두고 응원 물결은 확실히 거세졌다.
→ 재) 브레이브스 드가자
→ 재) 류영준이 별 거냐
→ 재) 그래 구강혁도 아니고
→ 브) 뭐여 왜 이렇게 응원 댓글 많음?
→ 브) 재규어스 팬들 잔뜩 몰려옴ㅋㅋ
→ 재) 어허 우리는 형제입니다
→ 브) ㅋㅋ어이없네
그건 브레이브스의 연이은 드라마 같은 서사.
그에 대한 호의 덕분이기도 했지만…….
재규어스 팬들의 응원이 겹친 덕분이기도 했다.
재규어스가 어떤 팀인가.
구태여 리그 최고의 인기팀을 꼽는다면…….
그 답이 바로 재규어스다.
그 재규어스가, 팬들이 바라는 것이다.
→ 팔) 속보: 입니다 재규어스 님들
→ 재) 그게 무슨 소리니 꼴칙꼴칙아
→ 브) 좀 짜치긴 해
→ 재) 응원해 줘도 지랄이네
→ 브) 도움도 안 되고 의미도 없잖어
→ 재) 아 그래도 응원한다고ㅋㅋ
어떤 팀이 플레이오프로 올라오든.
전력을 쏟아내고 지친 채로, 더 구체적으로는 5차전을

모조리 치르고 올라오기를.

무엇보다도 5차전, 벼랑 끝 승부가 되면 아무리 팔콘스라도 구강혁을 내보내는 것 말고는 선택지가 없다.

그럼 팔콘스가 이길 확률이 아주 높아진다.

그리고 재규어스는 플레이오프 1차전에서 구강혁을 피한다는 최고의 어드밴티지를 확보하게 된다.

→ 팔) 자 드가자 류

→ 브) 갓베스 드가자 드가자 믿는다

→ 브) 아니 뭘 믿어ㅋㅋ

→ 브) 갓을 붙일 수가 없는데 아무리 생각해도

→ 팔) 재규어스 분탕이지 뭐ㅋㅋ

→ 팔) 류도 화이팅

→ 브) 차베스 피칭의 신 드가자

→ 브) 애 좀 어떻게 해봐 분탕

시리즈 당사자인 두 팀의 팬들은 물론.

재규어스 팬들의 관심마저 집중된 2차전.

그 경기가 끝났을 때.

[······타구, 높게! 그대로, 그대로, 그대로! 우익수의 글러브로 빨려듭니다! 경기 끝! 주먹을 불끈 쥐며 포효하는 팔콘스의 수호신 주민상! 대전 팔콘스의 0대 3 승리, 이제는 플레이오프 진출이 코앞까지 왔습니다!]

기뻐한 건 팔콘스의 팬들뿐이었다.

→ 팔) ㅋㅋㅋㅋㅋㅋㅋㅋㅋㅋㅋㅋ

→ 팔) ㅋㅋㅋㅋㅋㅋㅋㅋ2승

→ 팔) 재규어스 놈들 다 빠져나갔네
→ 브) 에휴
→ 팔) 힘을 내 친구
→ 팔) 힘이 안 나…….
→ 브) 차베스 그래도 잘 던졌는데
→ 팔) 상대가 류잖아ㅋㅋ

0:3의 승리.

과연 류영준이 경기를 승리로 이끌었다.

탈삼진은 4개에 불과했고, 4안타를 허용했음에도 볼넷을 아예 내주지 않는 침착한 피칭으로 무실점.

타선 또한 4회까지는 상대와 마찬가지로 산발적 안타에 그쳤으나, 타순이 완전히 새로 시작한 6회.

황현민과 한유민의 연속 안타에, 번트 시도가 연이은 파울에 무위로 돌아가며, 페레즈가 허무한 삼진을 당했음에도 불구.

노재완이 담장까지 가는 2루타를 터뜨렸다.

이 적시 2타점에 안태홍의 땅볼에 3루까지 밟았다가, 채연승의 타석에는 차베스의 폭투를 놓치지 않고 그대로 홈플레이트를 밟으며 추가 득점까지.

3점 모두에 관여한 노재완의 활약이 탁월했다.

6회까지 투구 수가 71개에 불과했던 류영준이 7회 등판까지 자처하며 7이닝 82구 무실점 투구를 마친 가운데…….

김용문 감독은 원민준과 주민상의 필승조를 가동, 9회

까지를 무실점으로 틀어막는 데 성공했다.
 차베스의 퀄리티스타트 피칭 분전에도 불구, 팔콘스가 브레이브스를 단 2경기로 벼랑 끝에 밀어넣은 것이다.

*　*　*

'다들 더 긴장하는 느낌이네.'
 이동일을 지난 준플레이오프 3차전 당일.
 팔콘스 선수단의 분위기가 어디서든 차분했다.
 브레이브스 파크로의 이동 직전에는……
 "어떻세들 지렇게 착 가라앉았어?"
 원민준이 이렇게 물어왔을 정도로.
 "경기 끝나고는 거의 미친놈들 같더니."
 "형도 지금은 차분하잖아."
 "나야 뭐 다들 그러니까."
 야구는 결국 멘탈 싸움.
 그 점에서 팔콘스 선수단은 꽤 잘 해내고 있었다.
 '긴장한다는 건 너무 부정적인 표현 같네. 그런 나쁜 분위기는 아니야. 긴장의 끈을 바짝 조이는 느낌, 그 정도지.'
 승리를 만끽하되 안주하지 않고……
 2승이라는 상황에 안심하지 않으며.
 구강혁이 다시 말했다.
 "원정은 또 분위기가 다르기도 하고."

"그런가, 작년까지는 홈이었는데."
"이제 옛날 얘기지."
3차전부터는 원정 경기다.
작년까지 브레이브스 선수였던 둘에게도 마찬가지.
아무리 수도권에도 팔콘스 팬들이 많다지만…….
또 선수단을 따라 원정에 나서는 팬들도 있다지만.
브레이브스 파크는 적지다.
홈에서의 응원열기 그대로를 기대할 수는 없다.
"그래도 이기지 않을까? 타자들도 좋고."
"그런 마인드가 아니라서 잘들 하고 있는 거야."
"음."
"타선도…… 엄청 좋은 흐름까지는 아니야."
"그래?"
"어."
"어떡해, 그럼?"
"내가 어떻게 할 수는 없지. 그리고 오히려 좋을 수도 있어. 알잖아, 사이클. 안타 자체는 좀 부족해도 집중력 있게 점수를 뽑아내는 게 단기결전에서는 더 중요한 것도 같고."
"오오."
3경기 선발 매치업은…….
양팀의 외인.
브레이브스는 많은 이의 예상 그대로, 와일드카드전 1차전 등판 후 5일의 휴식을 취한 램비트를 선택했다.

'램버트는 지난 와일드카드전 6이닝 2실점. 꽤 좋았고, 경기도 이겼지. 정규시즌에도 중반까지는 차베스보다 조금 나았던 정도지만 후반기에는 점점 더 좋아지는 모습이었어. 평균자책점도 4점대 극초반이고.'

팔콘스는 이미 내부에서 결정했듯 브라운.

램버트와는 달리 휴식이 아주 길었다.

'그래도 브라운이 제 컨디션대로 던질 수만 있다면 의외로 쉬운 싸움이 될 수도 있어. 2차전도 그랬듯이. 로건에게는 미안하지만 팔콘스의 이번 시즌 외인 교체는 정말 탁월한 선택이었어.'

브레이브스 파크로의 이동 후, 원정팀의 웜업.

'메이저리그 경험도 적잖은 신수잖아. 충분히 기대 이상을 해 줄 거다.'

구강혁이 브라운의 롱토스 파트너를 자처했다.

"롱 토스, 오케이?"

브라운이 아주 낯을 가리는 편은 아니었지만…….

그렇다고 대단히 사교적이지도 않았고, 사실 그리 접점이 많지는 않았다.

그럼에도 등판 3일차 루틴에 맞기도 했고, 설령 오늘 경기를 패배한다고 해도 내일 등판은 도미닉의 몫.

"Oh, 진차?"

브라운도 고개를 끄덕였다.

슈욱!

퍼어엉!

"오!"

"캬!"

"제일 좋네, 내가 본 브라운 공 중에!"

물론 고작 롱토스였지만…….

공끝이 제법 매서웠다.

지켜보던 다른 선수들도 감탄할 정도로.

슈욱!

퍼어엉!

'정말 꽤 좋은데?'

짧은 롱토스를 마치고…….

구강혁이 웃으면서 브라운의 등을 두들겼다.

"유 알 인 굿 컨디션, 롸잇?"

브라운이 눈을 크게 뜨고는 말했다.

"Yeah, I'll give you a break."

지켜보던 브라운의 통역이 나서려던 차.

구강혁이 다시 입을 열었다.

"이 정도는 알아듣죠."

"아, 그렇죠?"

브라운이 왼손으로 주먹을 쥐어 내밀자…….

구강혁이 오른주먹을 툭 가져다대며 답했다.

"이기겠다는 거잖아요."

1경기를 내준 것과 2경기를 내준 것.

5전제에서는 특히나 완전히 다른 상황이다.

세트 스코어의 단순한 치이 이상으로.

남은 경기가 모두 엘리미네이션 게임······.
단 1패가 탈락으로 이어지는 경기가 되니까.
선수들에게도, 코치진에게도 마찬가지.
이 상황의 부담감은 이루 말할 수가 없다.
그런 측면에서 보자면 브레이브스는 꽤 의연했다.
팔콘스와는 대척점에서 최대한 멘탈을 붙잡았다.
3차전을 앞두고······.
누군가는 아무렇지 않은 듯 말했다.
이렇게 될 가능성은 어차피 높았다고.
또 누군가는 대답했다.
이제 시작이나 다름없다고.
누군가는 열기 가득한 목소리로 외쳤다.
 3승이 다음 라운드 진출의 조건이라는 점은 시리즈 시작 시점과 전혀 다르지 않다고.
 오현곤도······.
"맞습니다, 3승이면 되잖아요."
주먹을 불끈 쥐며 말했다.
"3연승이면 2패는 없던 일이라고요."
없던 일뿐일까.
후반기의 기세만큼은 리그 최고였던 브레이브스.
스타즈를 잡아 역전 5위, 와일드카드전 업셋.
그리고 지금은 비록 벼랑 끝으로 몰렸다지만······.
리버스 스윕까지 성공한다면?
'거기서부터는 이제 단순한 기세도 아니야.'

이야기는 얼마든지 달라질 수 있다.
'우주의 기운이 한데 모인 팀이 된다고.'
야구는 멘탈의 스포츠인 동시에…….
흐름의 스포츠.
게다가 3차전부터는 전력차도 줄어든다.
'못 할 건 없다. 3차전부터는 비벼볼 수 있어.'
무엇보다 선발 매치업에서.
'모르는 사람이 있었겠냐고, 구강혁, 류영준. 리그 최고의 원투펀치를 상대로 1승을 따내는 게 정말 어려운 일이라는 걸. 하지만 지금부터는 달라.'
브레이브스의 선발은 램버트.
'차베스에게는 미안하지만, 램버트가 확실히 더 높은 수준의 투수다. 안정성이 훨씬 좋지. 평균자책점도 아주 나쁘지는 않고, 그마저도 따지고 보면 몇 경기의 대량실점이 끼친 영향이 컸잖아.'
팔콘스의 브라운도 나쁜 투수는 아니지만…….
얼마든지 나란히 설 수 있는 수준의 선수다.
'타선도 최악의 사이클인 건 아니야. 2차전도 무득점에 그치기는 했지만, 정상의 컨디션을 회복한 류영준 선배를 상대로도 3안타. 필승조 둘을 상대로도 1안타씩을 때려냈어. 민준이 형 공은 평소보다 좋았는데도!'
타선도 마찬가지.
비록 득점력은 떨어졌지만, 정규시즌 막판부터 이어져 온 집중력만 되찾는다면?

절대 열위가 아니다.

'그리고 이제부터는 홈 경기······.'

게다가 홈 어드밴티지까지.

'1경기, 딱 오늘 1경기만 가져오면 돼. 내일은 오한결 선배다, 오늘 경기 이상으로 가능성이 있어!'

4차전으로 끌고 갈 희망도······.

'강혁이는 3일 휴식 후 등판도 얼마든지 가능한 괴물이 됐지만, 팔콘스도 리드를 잃지 않은 상황에 내보낼 이유는 없으니까. 도미닉이 나올 테고, 그럼 다시 해볼 만도 해.'

4차전에서의 희망도 있다.

그마저도 잡아낸다면 승부는 원점.

'4차전도 잡아내면 원 오어 고 홈.'

상호 엘리미네이션 게임.

'그렇게 되면 구강혁의 선발은 물론 팔콘스도 모든 전력을 쏟아부을 수밖에 없겠지만······.'

5차전만이 남는다.

'그거야말로 그 시점에 생각할 일이다.'

벼랑 끝.

혹은 배수의 진.

5차전은 브레이브스에는 너무 먼 뒷일이다.

애초에 모든 순간을 전력으로······.

오늘만을 살며 달려온 팀이 브레이브스이기도 했고.

그 절실함이야말로 지금까지의 드라마의 원동력.

'야구, 끝날 때까지 끝난 게 아니다.'
단두대 매치까지만 가면.
그 승자는 누구도 예상할 수 없다.

* * *

3, 4차전의 승리.
마지막 5차전에서의 진검승부.
그건 오현곤이, 브레이브스 구성원들이, 팬들이.
또 넓게 보자면 플레이오프에 선착해 상대가 정해지기를 기다리는 광주 재규어스와 그 팬들까지 원하는…….
가장 이상적인 시나리오였다.
그리고 팔콘스는 그들에게 알려 주었다.
[……뜬공으로 물러나는 안태홍. 잔루 없이 대전 팔콘스의 9회초, 정규이닝 마지막 공격이 마무리됩니다.]
이상과 현실의 괴리가 얼마나 큰지를.
구강혁이 짧게 신음했다.
"음."
3차전, 어느덧 경기는 9회초.
스코어는…….
5:1.
"장난 아니네요, 오늘. 한유민 선배."
마치 혼잣말처럼 내뱉은 구강혁의 목소리.
바로 옆에 앉은 류영준이 고개를 끄덕였다.

팔콘스의 5점.

그 가운데 4타점을 한유민이 홀로 책임졌다.

"1회부터 좋다 싶기는 했는데요."

류영준이 피식 웃었다.

"흐, 거의 날았지."

시작은 1회.

타점이 아닌 득점부터였다.

램버트를 상대로 좌전안타를 때려 포문을 열고는, 페레즈의 안타에 빠른 스타트를 끊어 단숨에 홈을 밟았다.

3회에는 9번 타자 정윤성의 볼넷과 도루로 만들어진 득점권 찬스를 놓치지 않으며 선취 타점을 뽑아냈고…….

5회에는 본인이 볼넷으로 출루.

이 출루가 득점으로 이어지지는 않았지만, 7회에는 2사 1, 2루 찬스에서 또 한 번의 안타로 1타점을 추가했다.

류영준이 다시 입을 열었다.

"시리즈 MVP는 정해진 거 같다."

그리고 백미는 바로 방금, 9회초.

정윤성은 삼진으로 물러났으나…….

황현민의 볼넷으로 만들어진 1사 1루 상황.

초구에 시원하게 배트를 돌리며 브레이브스 파크의 우측 담장을 한껏 넘겼다.

쐐기 투런 홈런.

4타수 4안타 1홈런 1볼넷 4타점 2득점.

말 그대로 미친 활약이었다.

"브라운은요?"

"홈런만 안 맞았으면 둘이 비슷했겠어…… 아니지, 그냥 봐도 비슷한가?"

선발인 브라운의 피칭도 만만찮았다.

"하하, 오늘 좋다고는 생각했는데요. 경기 전에 잠깐 이야기도 좀 했는데, 저한테 그러더라고요. 쉽게 해 주겠다고."

구강혁도 경기를 앞두고 느끼기는 했다.

브라운의 컨디션이 좋다고.

선수 본인의 자신감도 충만했다.

때문에 기대했다.

잘 던질 것이라고.

하지만 그런 수준이 아니었다.

충분한 게 아니라…….

오히려 차고도 넘쳤다.

류영준이 말했다.

"그래, 좋기는 하더라. 감독님이 3차전에 내보내신 이유를 제대로 증명했지. 아무리 이동일이 있었다지만 두 경기 연달아 좌완이었는데도."

차고도 넘쳐서, 증명했다.

본인이 포스트시즌 3선발로 선택된 이유를.

"나보다 낫던데?"

"에이, 선배님."

"너보다도?"

"앗, 헉."

타선에서 한유민이 미친 활약을 보였다면…….

투수진에서는 브라운이 그랬다.

8이닝 1실점 9탈삼진.

각자 7이닝을 소화한 원투펀치.

구강혁과 류영준보다 1이닝을 더 소화했다.

마지막 등판으로부터 2주가 넘는 휴식.

휴식이라기보다 짧은 공백기에 가까운 기간을 지나고서도, 당연한 듯 더욱 좋아진 모습.

오현곤의 홈런 한 방을 제외하면…….

정말 완봉끼지도 가능한 페이스였다.

구강혁이 말했다.

"아직 끝은 안 났으니까요."

류영준이 어깨를 으쓱였다.

"글쎄."

9회말.

두 사람이 이야기를 나누는 사이, 어느덧 팔콘스 선수들이 마지막 수비 이닝의 준비를 마쳤다.

5:1, 4점의 리드를 안고 마운드에 오른 투수는 또 한 명의 필승조, 박창현.

"아무리 타순이 좋아도 지금 창현이가 4점을 줄 것 같지는 않네. 요즘은 멘탈까지 좋아졌고."

흔들리기에는 큰 점수차인 데다…….

팔콘스의 불펜에는 다른 자원도 적지 않다.

슈욱!

부우웅!

퍼어엉!

[……4구 헛스윙! 삼진! 박창현의 포크볼이 강지수를 무너뜨립니다! 팔콘스의 플레이오프 진출까지 남은 아웃 카운트는 단 둘!]

헛스윙 삼진, 1아웃.

슈욱!

따악!

[……잘 맞은 타구가 좌익수 글러브로 그대로 빨려듭니다. 페레즈의 깔끔한 포구로 2아웃!]

좌익수 뜬공, 2아웃.

마지막으로 타석에는…….

오현곤이 들어섰다.

[……낙관하기는 어려운 상황, 그러나 타석에 들어선 선수는 바로 오현곤입니다. 스타즈를 무너뜨리고, 드래곤즈를 무너뜨린 그 드라마의 주인공. 오늘 경기 쉽지 않은 와중에도 나홀로 3안타, 거기에 홈런까지 때려낸 고군분투.]

브레이브스가 뽑아낸 단 하나의 점수.

그건 오현곤이 그 브라운을 공략해 낸 결과였다.

"하나, 딱 한 명!"

"가자, 박창현!"

"가운데로 꽂아, 그냥! 맞으면 어떻다고!"

원정 팬들의 뜨거운 함성.
그와 대조되는, 조용한 팔콘스 원정 더그아웃.
구강혁은 물론.
"……"
모두가 이 승부에 신경을 쏟았다.
슈욱!
박창현과 최대훈 배터리.
그들의 선택은 포심 패스트볼.
오현곤의 배트가 빠르게 돌았다.
따아악!
시원한 타격음.
[……초구부터 밀어쳤어요! 적극적인 타격!]
[잘 맞았는데요! 큽니다!]
그러나.
[……우익수, 우익수 한유민이 달려요! 오현곤의 타구가 담장을, 담장을! 담장을…… 아, 넘어갈 수 없어요! 워닝 트랙 앞에서 타구를 잡아내는 한유민!]
[으, 이게 잡히나요!]
모든 순간이 드라마일 수는 없었다.
언제까지고 뻗어갈 듯하던 공은…….
힘을 잃고 담장 앞에서 잡히고 말았다.
타선을 완벽하게 이끈 한유민이, 마지막 아웃카운트까지 본인의 손으로 잡아낸 뒤.
양팔을 번쩍 치켜들었다.

[경기 끝! 대전 팔콘스의 5대 1 승리! 브레이브스와의 준플레이오프 3차전을 모두 승리로 장식한 팔콘스가 플레이오프에 진출합니다!]

* * *

"와아아아아아아!"
"뜨아아아아아아악!"
"박창현! 아아아아아악!"
"브라아아아아아아운!"
"한유민! 한유민!"
"한유민 수갑 채워!"
홈이라는 착각이 들 정도의 열기.
선수들이 죄다 그라운드로 뛰쳐나가…….
그 열기를 만끽하는 가운데.
구강혁이 멍하니 더그아웃에 남았다.
이겼다.
브레이브스를 상대로 이겼다.
브레이브스를…….
함창현과 오현곤을 떨어뜨렸다.
그것이 슬펐던가?
'슬픈 건 아니다.'
아니었다.
그럼 미안했던가?

'딱히 미안한 감정도 아니야.'
그렇지도 않았다.
'그냥 이상하다.'
그런 강렬한 감정은 아니었고…….
그렇기에 딱 떨어지는 감정도 아니었다.
'기분이 묘해.'
여전히 뜨거운 열기 속에…….
선수단이 팬들에게 인사를 준비했다.
구강혁도 뒤늦게 그라운드로 나섰다.
"야, 어디 갔나 했네!"
"그래, 우리 강혁이!"
"너무 기뻐하기는 좀 그런가?"
"아, 전 소속팀이라서? 뭐 어때!"
나란히 서서는…….
채연승을 따라 모든 선수단이 허리를 숙였다.
"고생했어요, 진짜!"
"진짜 자랑스럽다! 전부 다!"
"광주행 KTX 이미 끊어놨다!"
또 한 번 팔콘스 팬들이 박수를 쏟아 냈다.

그렇게 분위기가 조금은 진정되고, 오늘 경기 수훈선수로 뽑힌 브라운과 한유민의 인터뷰가 진행되는 가운데.

구강혁이 브레이브스 홈 더그아웃을 바라봤다.

패자의 인사는 빠르다.

일찌감치 홈 팬들에게 착잡한 표정으로 인사를 마치

고, 브레이브스 파크 내부로 사라져간 선수들.

그러나 그 한구석에서…….

몇몇 선수만큼하게 허망하게 그라운드를, 승자인 팔콘스의 셀레브레이션을 바라보고 있었다.

함창현과 오현곤도 그랬다.

구강혁이 숨을 들이켰다.

'어쩌면…….'

그 트레이드가 아니었다면.

구강혁도, 원민준도.

저 둘과 함께 올 시즌을 치렀으리라.

수많은 브레이브스 팬들이 아쉬움을 토로하듯…….

시즌 순위도, 운명도 달라졌을 수 있다.

하지만 그 가능성은 지워졌다.

'……아니야, 만약은 없지.'

야구에…….

만약은 없다.

그러나 묘한 감정은 충동으로 이어졌다.

당장이라도 저 두 옛 동료에게.

가까운 친구들에게 달려가고 싶은 충동으로.

"강혁아."

그런 구강혁의 어깨에…….

누군가가 손을 올렸다.

구강혁이 뒤를 돌아보았다.

구태성도, 김재상도 아니었다.

류영준도 아니었고 원민준도 아니었다.

"……."

김용문 감독이었다.

"올해의 여러 사건들을 생각하면 잘했다느니, 와일드 카드전 업셋으로 역사를 썼다느니, 저 3루수는 그래도 홈런으로 팬들에게 위안을 줬다느니……."

"감독님."

"뭐든 그만둬라."

단호한 목소리였고.

"별 위로가 되지 않을 게다."

단호한 얼굴이었다.

이제는 손에 꼽히는 긴 경력에도 불구.

한국시리즈 우승 타이틀이 없는 김용문.

그만큼 패자의 설움을 이해하는 감독은 없으리라.

"……네."

구강혁이 긴 숨을 뱉었다.

"아직 갈 길이 멀다. 그나마 저치들을 위로할 방법이 단 하나 있다면, 그것도 역시 지지 않는 것일 테지."

김용문이 그렇게 말하고는…….

천천히 멀어졌다.

옛 동료들에게 조금 더 시선을 던지던 구강혁도 곧 다른 선수들의 뒤를 따라 움직였다.

'그래, 피할 수 없는 결말이었지.'

이미 각오는 했었다.

이기겠다고, 패배를 안기겠다고.
그 각오대로 된 것이다.
이후에 휘몰아친 감정이 생각보다 강했을 뿐.
'감독님 말씀대로다.'
누군가가 이기면 누군가는 진다.
'어쭙잖은 위로보다는……'
그게 야구고, 승부다.
'남은 포스트시즌을 통해 증명하는 거다.'
이번 승부에는 팔콘스가 이겼다.
'팔콘스가 브레이브스를 압도해 마땅한 강팀이었음을.'
그리고 이제는…….
광주 재규어스라는 거산을 넘을 때였다.

4장

정규시즌에서는 역전 3위라는 돌풍.

포스트시즌에서도 업셋은커녕…….

단 한 번의 패배조차 허용하지 않으며, 브레이브스라는 또다른 돌풍을 잠재운 스윕승.

올 시즌 팔콘스가 이뤄낸 성과였다.

그 결과는 물론 플레이오프 진출.

하지만 팔콘스 팬들에게는?

이 당연한 결과가 너무도 기뻤다.

→ 팔) 칙 풍 당 당

→ 팔) 칙 칙 폭 폭

→ 팔) 재규어스 나와! 가디언스 나와!

→ 팔) 로이스 나와! 윤대준도 나와!

→ 가) 신났네 얘들

→ 재) 냅둬 짠하잖아
→ 드) 세상 요지경이다 진짜
→ 팔) 브밑드 말은 안 들리는데?
→ 드) ?
몇몇 팬들이 야구 커뮤니티는 물론이고…….
→ 팔) 드가자! 드가자! 드가자!
→ 버섯에 대한 글을 올려주세요
→ 나팔버섯을 좋아하시나봐요
→ 팔) 여러분은 팔콘스가 두렵습니까?
→ 미스터리 커뮤니티입니다
→ 왜 이러나 미스터리이기는 함
엉뚱한 곳에서도 기쁨을 표현할 정도로.
작은 사회현상이나 다름이 없었다.
그만큼 팔콘스의 암흑기는 길었던 것이다.
→ 팔) 부장님 프로필 사진 칠풍당당으로 바뀜
→ 울) 내 사수도 ㅋㅋ 맨날 프사 없었는데
→ 팔) 숨은 팔콘스 팬 은근히 많더라
→ 팔) 우리 아빠도 끊었던 야구 다시 봄
→ 브) 강혁아 할 만큼 했으니 돌아와다오
→ 팔) 어딜 돌아갑니까
→ 가) 돌아갈 게 아니라 더 멀리 가야지
→ 재) 너네 에이스 미국 갔어!
→ 팔) 어 아직 멀었어
야구는 끊어도 팀은 못 끊는다는 말처럼…….

다시 돌아오는 팬들도 적지 않았다.
그만큼 강렬하고 또 귀한 이슈였던 것이다.
그도 그럴 것이.
[대전 팔콘스, 광주로 간다!]
[대전 팔콘스, 19년 만의 PO 진출 성공]
팔콘스의 플레이오프 진출은······.
무려 19년 전이 마지막이었다.
이런 이슈를 기자들이 놓칠 리도 없었다.
안 그래도 플레이오프는 한국시리즈 진출전.
게다가 두 인기팀의 맞대결이다.
그야말로 엄청난 수의 기사가 쏟아졌다.
경기 당일은 물론, 이튿날인 오늘까지도.
[큰 경기에 강하다? 브라운, 포스트시즌 첫 승]
[팔콘스 '방긋', 재규어스 '씁쓸', 가디언스 '씨익']
[팔콘스 휴식은 충분, PO는 영부터 시작이다]
[······대전 팔콘스가 3차전을 내리 가져오며 스윕승을 거둔 것. 세트 스코어만 놓고 보자면 손쉬운 승리였다. 승부는 시리즈를 앞두고 많은 전문가가 예상했듯 선발진의 퀄리티에서 갈렸다는 평가다.

······팔콘스의 플레이오프 진출은 무려 2007년 이후 19시즌 만의 일. 팬들의 반응은 뜨겁다. 3차전 당일 고척에서는 물론, 온라인 커뮤니티나 SNS에도 엄청난 반응이 쏟아졌다. 팔콘스 팬으로 알려진 몇몇 연예인의 눈물이 큰 주목을 받기도 했다.

……1차전에는 구강혁이 7이닝 무실점 피칭으로 기선을 잡았고, 2차전에 나선 류영준 또한 7이닝 무실점 피칭으로 부상 재발 우려를 지워냈다. 3차전에는 브라운이 이 기세를 완벽하게 넘겨받았다. 8이닝 1실점의 역투였다.

　……시리즈 스윕 이상의 승리다. 팔콘스 마운드에서 준플레이오프 내내 등판한 투수는 단 7명에 불과하다. 3선발이 총 22이닝을, 불펜에서는 이태양이 2이닝, 원민준, 주민상, 박창현이 각각 1이닝씩을 막았다. 사실상 만전에 가까운 상태로 플레이오프 승부에 나설 것으로 보인다.

　……광주 재규어스로서는 아쉬울 수밖에 없다. 어느 팀이 올라오든 혈전을 거친 뒤이기를 바랐기 때문. 물론 홈 어드밴티지와 전력상의 근소 우위에는 변함이 없다. 두 팀의 포스트시즌 플레이오프는 이달 20일 광주 재규어스 필드에서의 1차전으로 시작된다.]

[한유민 제대로 터졌다, 타선 전체는 글쎄]

[……3명의 선발이 모두 잘 던졌다. 하지만 오히려 그렇기 때문일까. 준플레이오프 MVP는 한유민에게로 돌아갔다. 61표 가운데 39표가 몰렸다. 한유민은 시리즈 내내 총 6개의 안타, 3차전에는 특히 4안타 1홈런 4타점을 기록하며 말 그대로 원맨쇼를 펼쳤다.

　……3차전 브레이브스의 선발로 나선 램버트의 컨디션은 결코 나쁘지 않았다. 한유민이 잘 친 것이다. 하지만 한유민의 탁월한 활약의 이면에는 팔콘스 타선에 대한 물음표가 따라붙는다.

……탁월한 응집력은 좋았다. 그럼에도 시리즈 내내 이어진 안타 수 부족을 의식하지 않을 수가 없다. 1, 2차전에서 각각 5안타, 3차전에서는 6안타다. 심지어 그 가운데 6개의 안타는 한유민이 홀로 쳐냈다.

……안타의 숫자로 승부가 갈리지는 않는다. 중요한 건 점수인 것도 맞다. 하지만 그 안타들은 브레이브스의 지친 선발진을 상대한 결과다. 올 시즌 좋은 활약을 보인 오한결이 등판이 무위로 돌아갔다는 점도 계산해야 한다.

……이제부터 팔콘스는 도전자가 되고, 상대는 광주 재규어스다. 무수진의 짜임새에서 브레이브스를 크게 앞선다. 지쳤을 리도 없다. 팔콘스가 준플레이오프에서 까다로운 승부를 잘 쓸어담았다지만 플레이오프부터는 어려운 싸움이다.

……타선의 사이클이 올라와야 하는 이유다. 지금까지는 아주 나쁘지는 않았고, 결과는 좋았다. 하지만 그 정도로는 부족하다. 투타의 조화가 제대로 맞아떨어져야 재규어스를 상대로도 승리할 수 있다.

……다행히도 팔콘스에게는 조금의 여유가 있다. 준플레이오프 3차전 직후 대전으로 이동한 팔콘스 선수단은 3일의 휴식을 취한 뒤 광주로 이동한다. 스윕으로 얻은 단물이다. 선발진에는 무엇보다 달콤한 휴식이다.

……플레이오프 미디어데이도 이날 열린다. 각 팀의 에이스로 꼽히는 로이스와 구강혁의 매치업이 기대되는

가운데, 진짜 승부의 관건은 팔콘스 타선이 남은 여유를 얼마나 잘 활용하느냐에 달린 것으로 보인다.]

준플레이오프 3차전이 끝난 밤.

팔콘스 선수단은 곧바로 대전으로 복귀했다.

그러고도 다시 하루가 지났다.

'플레이오프에 대한 기사들, 그 숫자도 그렇지만 페이지뷰나 댓글 수도 정규시즌 때랑은 단위가 다르네. 준플레이오프랑 비교해도 훨씬 많고. 상대가 재규어스인 영향도 있겠지만, 팔콘스도 인기로는 어디 가서 빠지지 않아서겠지.'

정규시즌을 3위로 마쳤을 때와는 달리, 구강혁도 딱히 따로 자리를 만들어 축하를 하지는 않았다.

그저 집에 돌아와서 푹 잤고…….

'타선에 대한 기사도 틀린 말은 아니야. 브레이브스 선발진의 상태도 감안해야 하니까. 김두현, 차베스. 두 투수가 모두 선발로 나서서 생각보다 잘 던졌다는 건, 반대로 우리 타선이 기대치만큼을 못 했다는 의미다.'

눈을 뜬 지금은 짧은 여유를 즐기고 있었다.

'포스트시즌인 만큼 더 엄정한 잣대를 들이미는 것도 이해가 가고 말이지. 그렇지만…… 역시 타선은 까보기 전에는 모른다. 민준이 형이랑 잠깐 이야기했던 것처럼 더 상승세에 접어들 수도 있지. 절실한 건 모두가 마찬가지니까.'

* * *

플레이오프까지의 휴식은 이동일을 빼도 3일.

정규시즌을 마친 후에 그랬듯…….

김용문 감독은 이번에도 하루의 휴가를 주었다.

"오호."

많은 선수들이 자발적으로 구장에 일찌감치 출근한 것 또한 지난 정규시즌 직후의 휴가 때와 비슷했다.

'주전 라인업만 따져도 안 보이는 선수가 더 적겠네. 감독님이 콕 찝어서 쉬라고 하신 선배들만 제외하면 타자들은 거의 다 나온 기 같은데?'

라커룸에 들러 가벼운 러닝 준비를 마친 후.

구강혁이 그라운드로 나와 여기저기를 눈짓했다.

"누구 찾냐?"

"아."

한유민이었다.

"선배님 찾았죠."

"응? 왜? 안 나오면 혼이라도 내게?"

"설마요. 휴가잖아요. 그냥 해본 말이에요."

준플레이오프 MVP도 휴가를 반납했다.

한유민이 가볍게 어깨를 풀며 말을 이었다.

"쯧, 말이 휴가지, 쉰다고 편하지도 않고, 정규시즌 끝나고도 많이 쉬었고, 딱히 집에서 할 것도 없고. 애써 올라온 타격감이니 붙잡아둬서 나쁠 것도 없잖냐."

"하하, 아주 살벌하셨죠."
"덕분에."
"제가요?"
"뭐, 여러모로."
"으음, 야수진 분위기는 어때요?"
한유민이 그라운드로 시선을 두었다.
"좋게 말하니 응집력이지…… 3차전에는 전체적으로 타격감이 영 아니었잖아? 에이스급 선발을 상대한 것도 아닌데. 그나마 결과는 좋았으니 지금부터는 다시 정신들 차려야지."
솔직하고도 신랄한 표현.
"그래도 자극들을 좀 받았는지 내가 보기에 분위기가 아주 나쁘지는 않네."
한유민이기에 할 수 있는 말이기도 했다.
구강혁이 고개를 끄덕였다.
"그래도 희소식이네요."
"분위기만으로는 희소식이 아니야."
"선배님이 멱살 한 번 또 잡으시죠?"
"그러고도 싶은데……."
한유민이 씨익 웃었다.
"나눠서 잡고 가는 게 더 좋더라고. 간다."
그러고는 다른 야수들을 향해 멀어졌다.
구강혁의 입꼬리도 슬쩍 올라갔다.
'너무 걱정할 필요는 없을 것도 같네. 영준 선배는 안

계시고, 브라운도 어제 등판했으니 이미 마사지 정도만 받고 돌아갔거나 이따가 받으러 오거나…… 그래도 투수들도 꽤 많이 나왔네. 아, 도미닉도 있고.'

투수들도 여기저기서 구슬땀을 흘렸다.

도미닉도 그랬다.

우측 폴대를 향해 느릿하게 걸어가고 있었다.

'뭘 생각인가? 사실 아주 흔한 일은 아닌데, 외인이 휴가를 받고도 자발적으로 나와서 다른 선수들이랑 훈련을 한다는 게. 나만 해도 단순한 폴 앤 폴에도 거부감을 드러내는 투수도 본 적이 있으니까.'

외인과 코치진, 또 선수단의 갈등.

그 가장 흔한 양상은 훈련에서 비롯된다.

시간이 흐르며 어느 정도 비슷해진 경향이 있다지만, 메이저리그와 KBO의 분위기는 여전히 다르기 때문이다.

외인들은 대체로 자율적인 훈련을 원한다.

코치들도 웬만해서는 그들을 존중하고.

하지만 그 자율이 선을 넘으면 팀 케미를 망치기 마련에, 타 리그 적응이 말처럼 쉽지도 않다.

모든 외인이 성공할 수는 없다.

하지만 실패도 등판 몇 번으로 갈리지 않는다.

첫 등판이 아쉬웠다면 다음 기회를.

그래도 아쉬웠다면 몇 번의 기회를 더.

여전히 개선의 여지가 보이지 않을 때는?

코치들도 어쩔 수가 없다.

뭐라도 할 생각에 손을 대게 되는 것이다.

그게 최악으로 치달으면 갈등이 되고.

그나마 선수가 먼저 도움을 청한다면 다행이다.

실제로 도움을 줄 수 있다면 더 좋고.

'도미닉도 KBO 데뷔 초기 몇 경기에는 영 아니었지. 교체 이야기도 나왔다는 거 같고. 하지만 코치들의 도움으로 적응에 성공했고, 이제는 연차도 제법 쌓였다.'

의지가 있는 선수는 어떻게든 달라지고, 그런 선수를 구단 또한 조금이라도 더 기다리기 마련이다.

도미닉이 바로 그런 케이스였다.

조금 늦어졌지만, 결국 적응해 냈다.

그렇게 올해로 3년차를 맞았다.

성적 또한 점점 좋아졌고, 스태미너는 특장점.

'타이탄스 윌리엄스나 재규어스 로이스에 비해 세부 지표는 다소 아쉽지만, 이닝 소화력만큼은 리그 최상위권이다. 올해도 내가 아니었다면 도미닉이 소화한 이닝이 훨씬 더 많았을 거야.'

구강혁이 그런 도미닉에게로 다가갔다.

"헤이."

"Yeah, 쿠."

"워텁 브로."

"Haha, 크냥 그래."

"진짜 한국말 잘 배웠다니까."

"I'm genius, 한국말 천재."

"그 정도는 아니고. 낫 이너프 레벨."
"What? 뭐라고?"
도미닉과도 접점이 많지는 않았다.
그나마 브라운보다는 함께한 기간이 길기에, 이따금 이야기를 나누는 빈도가 살짝 높기는 했고.
지금처럼 구강혁은 엉성한 영어로……
도미닉은 그보다는 조금 나은 한국어로.
"아무튼, 캔 아이 비 위드 유? 뤄닝?"
"Ah, 크럼."
어차피 일단 달릴 생각이었다.
그래서 잠시 몸을 풀고, 함께 달렸다.
5분, 10분……
그보다도 조금 더 길게.
평소의 템포보다는 살짝 빠르게.
'꽤 빠르게 뛰는데…… 호흡이 영.'
먼저 멈춰선 건 도미닉이었다.
"Woo, I'm 끝!"
"끝? 던? 피니시? 오케이, 오케이."
팔콘스에서 가장 빠른 선수는 황현민이다.
가장 오래 달릴 수 있는 선수는?
구강혁이다.
'1년 전까지만 해도 부대 내에서 거의 매일 빼먹지 않고 달렸고, 팔콘스로 트레이드된 후에도 짬짬이 러닝에 시간을 투자했으니까 말이지.'

어떤 면에서는 최고의······.
또 어떤 면에서는 최악의 러닝 파트너였던 셈이다.
급기야 도미닉은 외야 한구석에 드러누웠다.
"얼씨구."
구강혁이 쓴웃음을 지으며 다시 움직였고, 이온음료를 가져와서는 도미닉에게 휙 던졌다.
"나이스 캐치, 누워서도 잘 받네. 심폐지구······ 이건 도저히 모르겠는데. 그, 어엄, 뭐냐. 평소에도 좀 뛰어, 도미닉. 런, 런 모어. 런 올웨이즈. 오케이?"
"아라써······."
도미닉이 상반신만 일으키고는 음료를 마셨다.
"키야!"
구강혁이 다시 웃었다.
"푸하, 굿 리액션."
도미닉이 엄지를 들어보였다.
'도미닉도 웃고는 있는데.'
외인답지 않게 휴가를 반납했다.
'사실 오늘 출근한 것부터가 어떤 어필일 수도 있을 거야. 눈은 어디에나 있으니까.'
평소에는 잘 뛰지 않는 선수가 뛰었다.
지쳐서 드러누울 정도로.
'그런데 정작 일찌감치 나와서는 본인한테 어울리지도, 평소에 잘 하지도 않던 폴 앤 폴. 왜?'
문제가 있기는 있는 것이다.

구강혁의 눈빛이 진지해졌다.
'대강은 알 것 같네.'

* * *

김용문 감독의 3차전 선발 카드.
그건 도미닉이 아닌 브라운이었다.
'준플레이오프까지는 여유가 있었다. 감독님께서도 그간 두 외인의 컨디션에도 많은 신경을 쓰셨을 테고, 선택에도 수많은 고민이 있었겠지. 브라운 역시 그 선택의 이유를 증명했어.'
그리고 그 선택은 적중했다.
선발승이라는 결과로.
게다가 브라운은 무려 8이닝을 소화했다.
구강혁과 류영준보다도 긴 이닝.
도미닉의 장점으로 꼽히는 이닝 소화력에서, 본인 또한 밀리지 않는다는 사실을 분명히 했던 것이다.
그렇게 이루어진 스윕승.
도미닉은 등판 기회를 잃었다.
'정규시즌에는 워낙 로테이션에 변경점이 많았지만, 포스트시즌부터는 확실히 드러난 거다. 감독님께서 둘 가운데 누구에게 3선발 역할을 맡기시는지가.'
기회를 받고 증명했다면…….
자리를 잡는 것이 당연한 수순.

'아직 등판 순서는 정해지지 않았지만.'

특별한 승부수가 나온다면 모를까.

'아마도 브라운이 다시 3선발로 나서겠지.'

플레이오프 3차전에도 브라운이 나설 가능성이 높았다.

'그게 심란한 거다, 도미닉은.'

작년까지는 2선발이었던 도미닉이다.

정규시즌에는 구강혁에게…….

포스트시즌에는 브라운에게 밀리는 구도.

물론 내부 경쟁은 팀을 더 강하게 만든다.

'야구계, 아니지. 어디서나 흔한 딜레마야.'

하지만 도미닉 본인에게는?

'누군가가 이기면 누군가가 지듯, 누군가가 자리를 잡으면 누군가는 그 자리를 내줄 수밖에 없다. 그리고 도미닉은 윌리엄스처럼 다년 계약을 한 것도 아니야. 올 시즌 연봉은 조금 올랐다지만 결국 1년 단위의 계약.'

미래가 불투명해지는 그림이다.

'프런트의 의중은 알 수가 없지만, 올 시즌의 성적 반등은 내년의 기대치 상승으로도 이어지겠지. 위험을 감수하고 새로운 외인을 알아볼 가능성도 존재한다는 거다. 도미닉도 그 점을 잘 알고 있을 거고.'

그래서 증명해야 한다.

하지만 그것이 쉽지 않다.

'플레이오프부터는 우리가 언더독. 물론 다들 이길 각

선발 로테이션은 이미 정해졌다.

'나, 영준 선배, 브라운…… 그리고 도미닉, 여차하면 영후. 정공법으로도 충분히 이길 수 있는 전력이다. 특히 도미닉에게는 걱정보다 기대를 걸자고, 내 말 덕분은 아니겠지만 조금은 마음도 편해진 거 같으니까.'

다들 예상한 그대로의 순서.

'다른 투수들도 그래. 준플레이오프에서 투수 운용이 워낙 깔끔해서 오히려 대부분 등판 기회가 없었는데, 나름대로 전의들을 불태우고 있어. 내 눈에는 영후와 지환이가 특히 컨디션이 좋았고.'

숙소에는 정오를 전후해 도착했다.

선수들은 각자 점심을 먹고 여기저기에 모여들었다.

플레이오프 미디어데이가 시작될 시각.

지난 미디어데이에는 구강혁과 채연승이 나섰듯 투수조와 야수조에서 한 명씩이 나서는 게 일반적인 구도.

이번에 팔콘스 선수단에서는 류영준과 한유민이 김용문 감독을 따라 재규어스 필드 기자회견장으로 향했다.

"야, 2시다!"

"틀자고!"

구강혁과 원민준의 방에서도 TV를 켰다.

원민준이 말했다.

"어이고, 로이스가 나왔네?"

외인이 미디어데이에 나서는 건 아주 흔한 일은 아니다.

한국어를 꽤 하는 선수라도 행사 자체가 소통이 중요한

만큼 통역 대동이 필수적이기도 하고…….

 보통은 투수조 조장이나 국내 1선발이 나서니까.

 가만히 듣던 박상구가 말했다.

 "로이스가 확실히 잘 던지지."

 구강혁이 피식 웃었다.

 "홈런 쳤다고 어필?"

 "크흠. 그런 건 아니고……."

 원민준도 웃으면서 말했다.

 "푸하, 일단 듣자."

 마이크는 이병호 감독이 먼저 잡았다.

 [……팔콘스가 올라올 거라는 예상은 우리도 했죠. 힘을 덜 빼서 아쉽잖냐고 묻는 사람도 많은데…… 어차피 전반적으로는 우리가 앞서는 전력이라고 생각합니다.]

 김용문 감독도 대꾸했다.

 [2위는 했으니까 말이지요.]

 [하하…… 네, 뭐. 우리 김 감독님 말씀대로 정규시즌에도 우리가 성적이 나왔고요.]

 [그래도 단기결전에서의 전력차? 그거야 나라가 뒤집어질 수준만 아니면 큰 의미가 없다고 봅니다. 그리고 전력을 따진다면 포스트시즌에 가장 중요한 선발 면에서는 우리가 낫지 않나.]

 [그거야말로 정규시즌 때의 이야기죠.]

 [우리 이 감독님이 준플레이오프는 안 보셨나.]

 [하하…….]

선수들도 한 마디씩을 더했다.

류영준이 말하면…….

[이병호 선배, 아니지. 이 감독님이 괜찮은 척을 하시는데, 지금 머리가 아주 복잡하실 겁니다. 강혁이 구속도 그렇고.]

김도현이 대꾸했다.

[어깨가 무거운 팔콘스 투수진보다는 우리 투수들이 더 마음은 편하겠죠. 두 분 감독님께서 모두 말씀하셨지만 특히 구강혁 선배, 정규시즌 생각하고 재규어스 필드 마운드에 올라오셨다가는 고생 좀 하실 겁니다.]

구강혁이 어깨를 으쓱였다.

"전의를 아주 제대로 불태우네."

원민준이 대답했다.

"그럴 만도 하지, 쟤는. 시원하게 털렸잖냐."

박상구도 거들었다.

"김도현, 나성진만 털어먹은 경기? 제대로였죠. 쟤는 억울하기도 할 거예요. 강혁이만 아니었으면 시즌 MVP까지 노려 볼 수 있었을 텐데."

구강혁이 고개를 저었다.

"아직 발표도 안 됐는데 무슨."

"안 봐도 비디오여."

물론 설전도 설전이지만…….

가장 중요한 건 역시나 1차전 선발.

[팔콘스 1차전 선발은 구강혁입니다.]

김용문 감독의 말에…….
이병호 감독이 눈을 지그시 감았다.
그러고는 다시 입을 열었다.
[재규어스에서는 로이스가 나갑니다.]
로이스의 어깨를 가볍게 두드리면서.
'……피할 생각은 없다, 이거네.'
리그 최고의 에이스.
구강혁을 상대로 에이스 카드를 쓰는 정면승부.
'존중할 만한 선택이고, 재규어스에도 나름의 이유가 있었겠지만…… 그게 맞는 선택이라는 생각은 잘 안 드네.'
로이스가 마이크를 잡았다.
[재규어스의 목표는 리그의 최정상입니다. 하지만 그렇다고 이번 시리즈에 전력을 다하지 않을 이유는 없습니다. 팔콘스가 브레이브스의 드라마를 끝냈듯, 우리는 팔콘스의 드라마를 끝내고 가디언스를 만나러 갈 겁니다.]
통역의 평이한 목소리가 무색한…….
'화끈하네.'
본인의 강속구처럼 화끈한 도발.
여기에는 별 말이 없던 한유민이 응했다.
[……김도현 선수 말씀만 듣자면 강혁이가 무섭지 않은 것 같은데, 그게 진심이면 좋겠네요. 구강혁을 정말로 두려워하지 않는다면 애초에 제대로 상대할 수가 없을 테니까.]

나긋나긋하지만 마찬가지로 공격적인 말.

김도현이 눈에 한껏 힘을 줬다.

구강혁이 혀를 차며 헛웃음을 지었다.

"쯧. 살벌하다, 살벌해."

곧 여섯 명이 나란히 카메라를 향해 인사하며, 플레이오프 미디어데이가 종료되었다.

* * *

26시즌 한국시리즈를 향한 마지막 관문.

플레이오프 1차진이 벌어지는 10월 20일.

[……지난 시즌과 달리 홈에서의 플레이오프 1차전을 앞둔 재규어스의 팬들. 그리고 원정길을 마다하지 않고 달려온 팔콘스의 팬들. 당연한 매진세례입니다. 26시즌 KBO 플레이오프 1차전, 광주 재규어스 필드에서 보내드립니다.]

[안녕하십니까.]

[아직 사라지지 않은 돌풍, 작년 10위를 기록한 팔콘스의 약진은 또 한 번의 리그 천만 관중 돌파의 요인이기도 했습니다. 하지만 김용문 감독이 이끄는 선수단은 여기서 멈출 생각이 없습니다.]

[어제 미디어데이에도 그런 각오를 단단히 드러냈죠? 하지만 재규어스의 동기도 절대 만만치 않아요. 지금 한국시리즈에서 기다리는 팀이 다름아닌 가디언스예요. 작년

에 당한 패배를 다시 한국시리즈에서 갚아주고 싶겠죠.]

[그 기회를 위해 필요한 게 바로 플레이오프에서의 승리입니다. 결코 이번 시리즈를 끝이라고 생각하지는 않을 두 팀, 그러나 한국시리즈를 감안하며 경기를 운영하기에는 서로가 서로에게 까다로운 상대인데요.]

[그래서 그런 말도 나왔죠, 팔콘스의 준플레이오프 스윕에 가장 웃는 팀은 한국시리즈에서 기다리는 가디언스라고.]

하나둘 자리를 잡아가는 관중들.

모두가 승리에 대한 갈망과…….

경기에 대한 기대로 웅성거렸다.

다름아닌 로이스와 구강혁.

에이스로 꼽히는 두 선수의 맞대결이었으니까.

"로이스 화이팅! 완투 가자!"

"그래, 팔콘스 뭐 별 거 아니지!"

"오늘 구강혁인데요?"

"완투는 우리가 해야지!"

"완투가 문제냐, 완봉이 문제지!"

"재규어스는 어떻게 강팀이 되었나!"

"야 이 비겁한! 주문 걸지 마라 인마!"

재규어스와 팔콘스 선수단이 웜업을 마치고…….

그라운드 키핑이 이루어졌다.

경기 전 행사도 하나둘 차례로 진행된 후.

재규어스의 1차전 선발이자 명실상부한 에이스, 로이

스가 마운드에 올라왔다.

'오늘따라 더 위풍당당하시구만.'

구강혁도 그라운드 한켠에서 그 모습을 지켜봤다.

'피지컬 하나는 정말 제대로란 말이야.'

리그에서 가장 높은 릴리스 포인트.

선발 가운데 최고인 평균 구속.

슈욱!

퍼어어어엉!

"와, 155!"

"워, 진정해, 로이스! 캄 다운!"

"재규어스는 어떻게 강팀이 되었나!"

"누가 저 자식 좀 잡아와!"

그 위력은 연습투구로도 충분히 드러났다.

[……이야, 로이스. 어제 미디어데이에서도 자신감이 대단했는데, 그럴 만도 했어요. 지금 연습투구만 봐도 오늘 컨디션이 정말 좋은 것 같습니다.]

[어제도, 오늘도 자신감이 대단한 로이스. 괜한 자신감이 아니었다는 걸 저 가벼운 투구와 그에 맞지 않는 구속으로 여실히 보여주고 있습니다. 가볍게 던지는 것처럼 보이는데도 전광판에 155, 156이 쉽게 찍혀요.]

'쉴 만큼 쉬었다는 건가. 역시 정규시즌 때처럼 수월하게 풀리지는 않겠는데. 우리 타선에서도 단단히 준비들을 했겠지만 공략하기가 쉽지는 않겠어. 특히 첫 타순에는.'

구강혁과 로이스의 시즌 맞대결은 1번.

경기 결과는 팔콘스의 승리였다.

당시 팔콘스 타선은 박상구의 투런 홈런을 시작으로 구강혁의 어깨를 가볍게 한 바 있었다.

구강혁은?

김도현과 나성진을 집중적으로 괴롭히며…….

재규어스 타선을 완벽하게 무너뜨렸고.

그러나 정규시즌과 포스트시즌은 다르다.

특히 로이스를 1차전에 내보냈다는 건…….

재규어스도 처음부터 승부수를 걸었다는 의미.

[……황현민이 타석에 들어섭니다.]

[자, 지금부터 진짜 시작이죠? 정말 기대가 됩니다!]

곧 로이스의 연습투구가 마무리되고…….

팔콘스 1번 타자 황현민이 나섰다.

"플레이볼!"

1회초.

슈욱!

퍼어어어엉!

"스트라이크!"

[……초구 스트라이크! 158킬로미터를 찍은 빠른 공에 황현민이 얼어붙습니다!]

[지금은 거의 한복판이었는데…… 마냥 아쉽다는 말도 못 하겠는데요? 정말 구위가 대단합니다!]

초구부터 158km/h의 포심 패스트볼.

심지어 존 한가운데로 꽂혔다.
그러나 황현민이 얼어붙었다.
'……그럴 만한 공이지.'
휴식이 무색하지 않은 탁월한 구위.
정규시즌 후반과는 또 궤가 달랐다.
승부의 결과는…….
"스트라이크, 배터 아웃!"
[……5구째, 루킹 삼진!]
'한 번은 잘 걷어 냈는데.'
5구째 루킹 스트라이크로 삼진.
2번 타자는 한유민.
'유민 선배는 그래도 타격감이 좋은데…….'
슈욱!
부우웅!
따아악!
구강혁이 기대했듯 잘 맞은 타구.
[……3구, 당겨쳤어요! 아! 그러나 그대로 1루수 미트로 빨려들었어요! 변우성의 좋은 수비!]
그러나 결과는 1루수 직선타였다.
"아오!"
"변우성이, 저 놈 저거!"
"수비 많이 늘었네 저거…….'
팔콘스 출신 변우성의 몸을 날리는 수비.
슈욱!

부우웅!

퍼어어엉!

그리고 페레즈마저 삼진으로 물러나며…….

"스윙, 스트라이크! 배터 아우우웃!"

[……페레즈가 헛스윙 삼진으로 물러납니다. 로이스의 1회 피칭은 그야말로 압도! 재규어스 필드에서 승리를 내줄 생각이 전혀 없음을 똑똑하게 보여주는 로이스, 그리고 재규어스 야수진!]

삼자범퇴.

팔콘스의 1회초가 허무하게 종료되었다.

"……."

구강혁이 눈을 가늘게 떴다.

'그래, 예상은 했다.'

그러고는 가볍게 심호흡을 하고…….

마운드로 향했다.

'쉬운 경기일 리가 없었지.'

이번에는 구강혁이 연습투구를 할 차례.

'내가 잘 하는 것부터가 승리의 전제조건이다.'

슈욱!

퍼어엉!

"에이, 별 거 아니네!"

"너무 느린데! 에이스가 저게 뭐야!"

"140대가 뭐여, 140대가!"

"역시 스피드건 고장이었네!"

"재규어스는 어떻게 강팀이 되었나!"

"야 이 새기야!"

재규어스 홈 팬들의 기세가 등등했다.

몇 마디는 구강혁의 귀에도 꽂혔고.

구강혁이 쓴웃음을 지었다.

'선수들한테 바란 모습인데 말이지.'

지난 준플레이오프 등판에서 강속구를 아낀 건 오늘 재규어스 타자들에게 최대한 혼란을 주기 위해서였다.

그 밑작업의 결과는?

지금부터 증명될 터였다.

재규어스의 1번 타자는 이창와.

'자, 어떻게들 준비를 했나.'

빈센트는 물론…….

모든 재규어스 타자가 각오했을 것이다.

이미 본인들을 수 차례 무너뜨린 뱀직구에는 물론.

어쩌면 구강혁의 의도를 꿰뚫어보고 150대 후반의 빠른 구속에까지도.

'……준비를 할 수나 있었을까 모르겠지만.'

구강혁이 입꼬리를 올렸다.

[……지금 봐서는 구강혁 투수의 컨디션도 나쁜 것 같지는 않아요. 원래 연습투구에 전력을 다하는 투수가 아니기도 하고, 일단 누가 뭐래도 30승 투수거든요. 올 시즌 재규어스를 상대로도 강했어요.]

[구강혁의 재규어스 상대 시즌 전적은 3경기 3승. 마지

막 등판은 9월 초, 7이닝을 던지며 단 2안타를 허용, 11탈삼진을 기록한 바 있습니다. 이 정도면 천적에 가깝다고 볼 수도 있지 않겠습니까?]

 [뿐만 아니라 지난 준플레이오프에는 기존 최고 구속을 가볍게 넘어서는 포심 패스트볼까지 보여 줬거든요? 그런 공을 계속 던질 수는 없으니 안 던졌을 것이라는 게 제 판단이기도 한데…… 과연 오늘 경기에는 어떨지.]

 [말씀드리는 순간, 재규어스의 1번 타자, 이창완이 타석에 들어섰습니다. 올해 재규어스의 포스트시즌 첫 타석.]

 [정규시즌에는 빈센트가 주로 1번 타순에 나왔지만, 오늘은 이병호 감독이 은근한 변주를 줬죠? 이창완이 우타자임을 감안하면 이 또한 나름의 승부수예요.]

 [네. 구강혁의 초구!]

그리고.

슈욱!

구강혁의 오른팔이 초구를 쏘아 냈다.

로이스의 초구가 그랬듯…….

존 한가운데로 찔러넣는 듯한 첫 궤적.

그러나 그 궤적은 급격히 달라졌다.

변화하기 시작했다.

하필이면 피치 터널을 아슬아슬하게 지나…….

이창완이 그 궤적을 겨우 인지한 순간.

"!"

갑작스레 몸쪽으로 찔러 들어오는 뱀 같은 궤적.

〈250〉 역대급 뱀직구로 슈퍼에이스! 5

머리로는 알고 있었다.
당연히 수 차례 경험도 했다.
그렇기에 단단히 준비도 했다.
그러나.
'지, 진짜 맞는다, 이건!'
알고 있던 것보다도 위협적이고…….
동시에 더욱 빠른 공이었다.
'아, 맞을 생각이었는데…….'
이창완의 판단보다 몸이 더 빠르게 움직였다.
본능적인 반응이었다.
엉덩이를 급하게 뺄 수밖에 없었던 것이다.
퍼어어어엉!
그리고 다음 순간.
"스, 스트으라이크!"
이창완은 들어야만 했다.
너무도 부조리한 스트라이크 콜을.
올 시즌 수많은 타자들이 그래야 했듯이.
"윽……."
간신히 균형을 잡아낸 이창완이…….
전광판으로 눈을 돌렸다.
[157.1]
"……아, 씨."
157대의 강속구.
그것도 예상은 했다.

던질 수 있다면…….
그리고 경기가 중반을 지나기 전이라면.
구체적으로는 4회, 어쩌면 5회까지도.
중요한 순간에는 던질 거라고.
'이딴 건 절대 150대 공이 아니야…….'
예상은 어느 정도 맞아떨어졌다.
하지만 진짜 문제는, 그 예상에도 불구하고.
'로이스 포심보다도 빠른 거 같다고!'
전혀 대응이 안 된다는 점이었다.

* * *

24시즌 ABS 도입이 결정되던 당시.
이에 대한 논란이 만만치는 않았다.
예상되는 문제가 너무도 많았기 때문이다.
투수는 투수대로, 타자는 타자대로…….
완전히 새로운 개념의 판정에 적응해야 했다.
야구의 전통을 침해하는, 판정의 가치 자체를 폄훼하는 선택이라는 비난도 흘러나왔다.
오심도 야구의 일부라는 논리였다.
기계가 오작동할 가능성도 존재했다.
해킹 따위의 문제도 일어날 수 있었고.
그럼에도 불구하고…….
KBO는 가장 선제적으로 ABS를 도입했다.

예의 논란들?
물론 단숨에 해결되지는 않았다.
현장에서부터 그랬다.
선수 개개인은 물론 팀을 이끄는 감독들까지.
대놓고 불만을 표출하는 상황이었다.
기계의 오작동과 심판진의 끔찍한 대응이 어우러지며 대형사고가 터지기도 했고…….
그러나 시간이 지난 지금은?
탁월한 선택이었다는 의견이 대세에 가까워졌다.
이유는 단순했다.
문제점보다 장점이 더 많았다.
ABS의 효율이 전통의 가치를 넘어선 것이다.
기계의 일관적인 판정은…….
스포츠의 가장 기본적인 조건.
공정성 유지의 측면에서 너무도 유리하다.
소위 퇴근 존으로 대표되는 부조리한 판정.
또는 불만을 제기했다는 이유로 공공연하게 이루어지던 편파적인 판정, 직전의 오심에 대응하는 보상 판정…….
사건으로부터 시간이야 좀 지났다지만 팀과 심판 간의 금품 수수 논란이 있었을 정도의 문제들이, ABS의 판정에는 끼어들 여지가 없다.
꼭 그런 문제가 아니더라도 마찬가지다.
인간의 눈에는 한계가 있다.
매번 정확한 판정을 내릴 수는 없다.

심판의 눈을 속이는 프레이밍이 포수의 수많은 가치 가운데 하나로 꼽힌 것도 바로 그 때문이다.

볼 판정에 오심은 애석하지만 필연적.

그러나 선수들은 그 필연적인 사건에도 예민하게 반응하기 마련이다.

공 하나하나의 결과가, 카운트가 어떻게 바뀌느냐가 너무나도 중요하니까.

심지어 그 판정이 우리에게는 불리하고, 상대에게는 유리한 것처럼 느껴진다면.

구체적으로는 서로의 존이 다르게 느껴진다면?

분노를 터뜨리는 것도 당연했다.

수십 년 동안 수많은 이들이 부르짖지 않았던가.

매 경기 존이 달라지는 것까지는 이해한다고.

하지만 이닝마다 달라지는 건 대체 뭐냐고.

게다가 때로는 오심으로 이득을 보기도 했겠지만, 더 기억에 남는 건 피해를 입은 순간일 수밖에 없다.

팬들에게도 그렇다.

팬들의 입장에서 야구는 결국 컨텐츠다.

선수들과 심판이 실랑이를 벌이는 모습을 보기 위해 야구를 보는 이가 얼마나 되었겠는가.

ABS는 그런 단점을 모두 지워내며…….

판정의 공정성을 되찾았다.

물론 변화가 으레 그렇듯, 잘하고 있던 이에게는 긁어 부스럼이 되지 않으면 다행.

즉, 누군가는 피해자가 될 수밖에 없었다.

프레이밍이 장점이었던 이들은 장점을 잃었다.

누군가는 여전히 프레이밍에 가치가 있음을 역설하지만, 그를 정량화한다면 이전보다는 역시 수치가 떨어질 수밖에 없는 것이다.

그런 면에서 특정 포수의 가치 하락은…….

몇몇 팀의 안방마님 세대교체의 시발점이 되기도 했다.

재규어스의 오늘 포수인 한준구도 그러한 흐름에 조금씩 더 출전 횟수를 늘려온 케이스라고 볼 수 있었다.

피해자도 있었지만 수혜자도 있었던 셈.

그리고 그 가운데 가장 손에 꼽히는 선수,

그게 바로 구강혁이었다.

물론 처음에는 구강혁에게도 생소한 시스템이었다.

ABS가 도입되던 시즌 직전에 부상을 입었으니까.

하지만 다행히도 시즌 전부터 구 팔콘스 파크에 따로 설치한 유사 ABS 시스템을 활용해 적응의 기회를 얻었고, 그 기회를 아주 착실하게 잘 살렸다.

적응에는 전혀 문제가 없었다.

아니, 문제가 없다느니 할 수준이 아니었다.

너무도 빠르게 적응하고는…….

탁월하게 이용하기 시작했으니까.

그건 KBO의 타자들, 구체적으로는 팔콘스를 제외한 나머지 9개 팀의 타자들에게는 재앙이나 마찬가지였다.

ABS의 좌우 판정에는 기본적인 규정 상의 기준, 홈플레이트가 아닌 좌우 각각 2cm씩의 여유가 주어진다.

기존의 존과의 괴리를 최소화하기 위한 방책이었고, 이는 26시즌 현재까지도 유지되고 있다.

좌우를 합치면 4cm의 폭, 바꿔 말하면 여유.

구강혁에게는 지나친 여유였다.

이번 정규시즌을 치르며 구강혁이 활용한 공은 한둘이 아니지만, 그 근간과도 같은 특유의 뱀직구.

또 브레이브스 시절부터 던져온 슬라이더.

수평 무브먼트가 큰 두 공에 구속 상승, 특유의 제구력까지 더해지며 엄청난 위력이 만들어졌던 것이다.

때문에 타자들은 수도 없이 허리를 빼면서도, 곧바로 루킹 스트라이크 선언을 들어야만 했다.

방금 이창완이 구강혁의 초구에 그랬듯이.

그런 순간이 쌓이고 쌓여 시즌 30승이라는 대기록으로 이어졌다고 해도 과언은 아니었다.

물론 그러한 와중에도 누군가는······.

구강혁의 공을 때려냈다.

홈런까지 때려낸 타자도 있었다.

올 시즌의 구강혁은 정말 대단한 투수였고, 수많은 역사를 새로 썼으며, 포스팅 요건만 갖춘다면 메이저리그 진출이 당연시되는 그런 선수지만······.

그럼에도 완전무결하지는 않았던 것이다.

아직 구속이 140대에 머물던 시즌 초반에만 그런 것도 아니었다.

구강혁의 구속이 150을 넘어선 이후로도 안타를 쳤고, 볼넷을 얻어 냈다.

그 수가 적기는 했지만 말이다.

너무도, 너무나도 까다로운.

정신이 나갈 것만 같은 공이지만……

그러나 정말 작정하고 공략한다면.

황기준이 그랬듯.

함창현과 오현곤과 양태현이 마음을 먹었듯.

내줄 것은 내주겠다는 마인드로 타석에 들어선다면, 죽어도 쳐낼 수 없는 수준의 그런 공은 아니었던 것이다.

'……못 쳐, 못 쳐.'

그러니까…….

'못 치겠다고, 시발!'

지금까지는.

아니, 정확히는 정규시즌까지는.

더 정확히는 정규시즌 마지막 등판.

20탈삼진으로 뱀 문신이 또 한 번 성장하기 전.

그러니까 구강혁의 구속이…….

이 정도로 올라오기 전까지는 그랬다.

'구속만 따져도 이미 로이스 레벨을 넘어섰다고. 내 눈에는 160대나 마찬가지야! 익스텐션이 좋은 거야 알고 있었지만 이 정도의 차이는…….'

이창완의 얼굴이 하얗게 질렸다.

'체감 구속이 이 정도만 나와도 까다롭고, 무브먼트만

이 정도 수준이어도 머리가 아파 오는데······.'

화면을 통해서도 알 수 있는 명백한 표정.

'그 두 가지가 공 하나에 겹치면.'

그건 8일 전, 준플레이오프 1차전.

'······진짜 마구잖아.'

1회초 네오 팔콘스 파크의 타석에 들어섰던 함창현이 느낀 것과 아주 비슷한 감정이었다.

하지만 조금은 달랐다.

함창현은 아예 예상치 못한 구속 상승에 좌절했다면, 이창완은 어느 정도 예상하고도, 각오하고도 좌절을 맛봤으니까.

둘의 감정 가운데 무엇이 더 쓴가.

그건 말할 필요도 없는 문제였다.

2구.

슈욱!

퍼어어어엉!

"스트으으라이크!"

[······2, 2구도 스트라이크! 또 한 번 지켜보는 이창완, 전광판에는 또 한 번 157이라는 숫자가 찍힙니다! 준플레이오프 1차전에서의 구속 상승이 측정상의 오류가 아니었음을 여실히 증명해 내는 구강혁 투수!]

3구.

슈욱!

퍼어어어엉!

"스트으으으라이크, 배터 아웃!"

[……루킹 삼진! 삼구삼진! 빈센트와 위치를 바꿔 리드오프로 출장한 이창완을 단 세 개의 공, 그것도 모두 보더라인을 칼같이 찌르는 포심 패스트볼만으로 돌려세우는 구강혁, 이창완은 선 채로 아웃카운트를 헌납!]

[스윙, 스윙 타이밍을 전혀 잡아낼 수 없다, 그런 인상이거든요? 하지만 다음…… 빈센트 타자부터도 또 주목해야 합니다. 말씀을 주셨지만 지난 브레이브스전에도 지금 같은 빠른 구속을 보여 줬던 구강혁, 하지만 그 구사율은 굉장히 제한적이었거든요!]

삼구삼진.

이창완이 허무하게 물러났고…….

타석에는 빈센트가 올라왔다.

재규어스 이병호 감독은 1차전 타선의 라인업을 정규 시즌 주전 라인업과 거의 비슷하게 가져왔다.

그나마 눈에 띄는 변화가 기존 좌타 1번이었던 빈센트와 우타 2번이었던 이창완의 타순 체인지.

김도현과 나성진을 집중적으로 공략하는 팔콘스 배터리의 전략에 타선 전체가 무너져내렸던 경기 당시.

유난히 불쾌감을 드러내던 빈센트보다 이창완이 어떤 상황에든 더 침착하게 대응하리라는 생각에 내린 판단이었다.

틀린 판단이었고, 두 가지 측면에서 그랬다.

먼저 이창완.

그리 침착하게 대응하지 못했다.

아니, 그거야 누구라도 그랬을 터.

하지만 그 다혈질인 빈센트도 마찬가지였다.

슈욱!

퍼어어어엉!

"스트으라이크!"

슈욱!

부우우웅!

퍼어어어엉!

"스윙, 스트으으라이크!"

슈욱!

퍼어어어엉!

"스트라이크! 배터 아우우우우웃!"

[또 한 번의 삼진! 두 타자 연속 삼구삼진! 그리고 두 타자 연속 루킹 삼진입니다! 좌타자인 빈센트에게도 연이은 포심 패스트볼, 그것도 지난 준플레이오프전과는 달리 강속구를 아끼지 않는 압도적인 피칭!]

[오늘, 오늘 두 팀의 선발이 정말 대단합니다! 하지만 구강혁의 이런 구위는 제가 봐온 어떤 공보다도 위력적이에요, 빈센트 타자도 2구째의 헛스윙에서 느낀 겁니다! 한두 번 본다고 칠 수 있는 그런 공이 아니에요!]

빈센트의 뜨거운 피조차…….

차갑게 식어 버릴 정도의 압도적인 공.

"……Fuck."

빈센트가 한 마디를 남기고 물러났다.

[……그러나 다릅니다, 이 타자는 달라요. 올 시즌 재규어스의 타선을 이끈 쌍두마차 중 하나, 선수 경력을 언급하는 게 무의미할 정도의, 그야말로 시즌 MVP급 활약. 올 시즌 최고의 타자 가운데 한 명, 김도현이 타석에 들어섭니다.]

[그렇죠. 안 그래도 지금 앞선 두 타자가 너무 허무하게 물러난 감이 있어요. 일단 기록을 좀 찾아봐야겠습니다만, 제가 알기로 포스트시즌에서 무결점 이닝을 기록한 투수는 없거든요?]

[그렇군요. 뜻밖의 기록이 플레이오프 1차전 1회부터 나올 수도 있는 상황. 얄궂게도 구강혁은 성규시즌 초반 부산 타이탄스를 상대로 1회부터 무결점 이닝을 달성한 바 있습니다.]

[그래도 말씀 주셨듯…… 김도현은 김도현이죠.]

[하하, 네.]

다음 타자는 김도현.

시즌 홈런 타이틀은 결국 스타즈 강대호에게 돌아갔지만, 타율, 최다안타, 타점의 3개 부문에서 1위를 기록.

그야말로 시즌 MVP급 활약을 선보인 타자다.

[……시즌 마지막 월간 MVP까지 구강혁이 가져가며 무려 3번의 월간 MVP를 수상하는 놀라운 기록을 세웠습니다만, 김도현이 아니었다면 그 숫자가 3번이 아닌 4번이 되었으리라는 평가가 많습니다.]

[그러니까요. 올 시즌 최고의 투수가 구강혁이었다면 김도현은 강대호와 함께 최고의 타자였다, 그렇게 표현해도 영 틀린 말은 아니에요.]

객관적인 시선으로 보더라도…….

→ 울) 최고 타자랑 최고 투수 맞대결이네
→ 재) 역대 최고라고 봐도 되지 않나?
→ 브) 강혁이는 그쯤 되는데 김도현이는 좀
→ 팔) 둘 다 잘난 거 맞음
→ 팔) 하지만 시즌 맞대결에서 구강혁이 아주아주아주 우위라는 거
→ 팔) ㄹㅇㅋㅋ
→ 재) 지금이 정규시즌이냐
→ 스) 팩트: 강대호는 구강혁한테 홈런을 쳤다
→ 재) 님들 아직도 마무리훈련 안 감?
→ 스) 시발
→ 팔) 아무튼 기대가 되네
→ 가) 경기 초반은 이게 분수령인 듯

팬들의 관심 넘치는 시선으로 보더라도.
최고의 타자와 최고의 투수.
둘의 맞대결이었다.
김도현이 아랫입술을 살짝 물었다.
'저 정도 강속구를 던질 줄은 알았지만…….'
경기 첫 타석.
'기껏해야 나나 성진 선배한테나 던지겠거니 했다. 더

대상을 늘린다고 해도 형재 선배 정도.'

타자에게 유리한 싸움은 아니다.

'우리 생각보다 더 많이 던질 수 있다는 거겠지, 어쩌면 7회, 8회까지도…… 하지만 괜찮아. 어떻게든 쳐 내면 된다. 내가 2루까지만 나가면 성진 선배가 해 주시면 돼.'

하지만…….

'최소한 3번의 타석. 그 안에만 승부를 보면 돼. 로이스를 믿는 거다. 그리고 아무리 그래도 저 정도 공을 뿌리면서는 마지막에는 힘이 빠질 수밖에 없으니…….'

타석은 다시 돌아오기 마련이다.

'마지막 타석에 승부를 본다.'

김도현이 지그시 마운드를 노려보았다.

'그 타석까지 어떻게든 적응하는 거다. 할 수 있다. 나라면, 성진 선배라면 할 수 있어. 저 괴물 같은 뱀직구에도 적응할 수 있다고.'

곧 구강혁이…….

초구를 쏘아 냈다.

슈욱!

"!"

김도현이 눈을 크게 떴다.

* * *

팔콘스 배터리의 피칭 전략은…….

사실 정규시즌과 궤가 다르지 않았다.

재규어스 강타선의 중심, 김도현과 나성진.

이 두 명의 타자를 공략한다는 의도에서.

경기를 앞두고 박상구와 이야기를 나눌 때.

"딱 하나만 반대로 갈 거야."

구강혁은 확실히 마음을 정했다.

"반대?"

"지금까지처럼 속구가 아니라 변화구 위주로 가자는 거야, 김도현한테…… 나성진 선배한테도. 물론 웬만해서는 포심을 느리고 들어올 테니 진짜 오프스피드 피칭 같은 느낌이 아니라, 아예 구속을 확 떨어뜨려서."

박상구는 의구심을 표했다.

"그럴 필요까지 있나?"

"왜?"

"그야…… 브레이브스 상대로야 우리가 우위였지만, 지금부터는 객관적인 전력에서 밀리잖아. 전략적으로 들어가는 건 좋지만 괜히 역으로 말리면 걷잡을 수 없을걸?"

구강혁도 진지하게 되물었다.

다름아닌 박상구의 말이었으니까.

"장난질을 치지 말자?"

"나쁘게 표현한다면야 그렇지. 하지만 그것도 그거고…… 지금 네 포심을 누가 치겠냐. 어지간한 타자들은 몇 번을 뚫어져라 보고도 아예 비슷하게도 못 휘두를 텐데."

"무슨 말인지는 알겠어."
"으음."
"솔직히 김도현만 아니었으면 나도 그냥 시원하게 때려박는 게 더 낫겠다고 생각해. 하지만…… 나성진 선배도 그렇지만, 김도현은 차원이 달라. 오히려 아직 어리니까 매 순간마다 성장할 수도 있겠지."

스타즈 강대호에 대해서도 그렇지만…….

자격요건만 갖춘다면 해외 진출이 당연시되는 타자가 바로 김도현이었다.

올 시즌 내내 적잖은 스카우트들이 구강혁의 등판에 맞춰 직관에 나섰듯, 김도현에게도 많은 눈이 달라붙었다.

정규시즌의 여러 타이틀도 그렇지만, 전문가들의 객관적인 시선으로도 김도현의 재능은 빛났던 것이다.

'나성진 선배가 마지막일 수 있을 전성기를 화려하게 불태우는 것도 김도현과의 연이은 타순 덕분이라는 이야기까지 나올 정도니까.'

베테랑은 무서운 상대다.

하지만 그들에게 성장의 여지는 적다.

이미 너무도 많은 경력을 쌓아왔으니까.

때문에…….

아직 신인급인데도 베테랑만큼의, 혹은 그 이상의 능력을 보이는 선수가 있다면?

'정규시즌에는 김도현과의 승부도 그리 어렵게 풀어가지는 않았지만…… 포스트시즌에서는 또 다를 거다. 물

론 웬만한 선수들이라면 다 그렇겠지. 그래도 김도현만큼 성장 기대치가 높은 선수는 잘 없어.'

할 수 있다면 매 순간을 견제해야 한다.

'심지어 작년에도 김도현은 포스트시즌 타율이 정규시즌 타율보다 높았다. 1차전은 무슨 일이 있어도 이겨야 하는 경기고, 어쩌면 이번 시리즈 등판은 오늘 경기가 끝이 아닐 수도 있어. 그러니 안타 하나도 허투루 내줄 수 없다.'

그게 구강혁의 생각이었다.

"네 말대로 오늘 경기에서는…… 김도현도 못 칠 수도 있어, 포심만 주구장창 던져도. 아무리 150 후반대의 강속구까지 대비를 했어도 실전이랑은 다를 테고, 심리적으로도 나한테는 말리는 면이 있겠지."

"그렇지?"

"하지만 어쨌든 김도현 본인은 자신감이 있을 거야. 두서너 번만 타석에 들어오고 나면 아무리 빠른 공이라도 칠 수 있다, 그렇게 생각할 거라고."

"그 정도인가?"

"그 정도지. 내가 보기에는 그래."

"그래서 더 아낄 필요가 있다?"

"어, 아꼈다가……."

"정말 중요한 순간에 써먹는다?"

"그렇지."

박상구도 천천히 수긍했다.

"그럼 힘이 빠진 척하다가 던지면 더 좋겠네. 아무리 네 체력이 좋아도 경기 내내 정규시즌에는 안 던지던 강속구를 던질 거라고는 생각하지 않을 테니까…… 그런 식의 페이스 분배가 가능하다면 말이야."

구강혁이 피식 웃었다.

"이제 마음이 제대로 맞네."

그리고…….

그 김도현과의 오늘 경기 첫 승부.

슈욱!

퍼이엉!

팔콘스 배터리의 선택은 체인지업.

"스트으으라이크!"

결과는 루킹 스트라이크.

[……초구는 스트라이크! 낙차가 크기는 했지만 이 정도면 존을 거의 스친 게 아닌가 싶은 컨트롤, 구강혁이 초구 체인지업을 던지며 김도현을 상대로 유리한 승부를 시작합니다, 카운트는 원 스트라이크!]

[이야…… 이거는, 방금의 승부는 정말 과감했어요. 앞선 공을 전부 포심으로 던져놓고 허를 찔렀죠. 고작 1구 승부였지만 이 정도 되는 선수들 레벨에서는 그 공 하나하나가 너무 중요하거든요.]

[그렇습니다. 거기에 더해 무결점 이닝의 가능성은 그대로! 양 팀 선발의 1회가 정말 매섭습니다!]

130대까지 구속을 떨어뜨려…….

존 아래 라인을 지나는 체인지업이었다.
다음 순간, 구강혁은 똑똑히 볼 수 있었다.
가볍게 좁아지는 김도현의 미간을.
위험부담은 있었다.
박상구가 걱정했던 것처럼.
때문에 앞선 두 타자와의 승부에…….
포심만을 던지며 일종의 셋업을 감행했다.
'통했다.'
이어서 박상구에게서 공이 돌아왔다.
피치컴의 사인에는 곧바로 고개를 끄덕였다.
2구.
슈욱!
부우웅!
그럼에도 김도현의 배트는 매섭게 돌았다.
돌았고…….
[……2구는 타격!]
컨택에도 성공했다.
틱!
그게 전부였을 뿐.
배트 끝에 맞고 힘없이 정면으로 구르는 타구.
구강혁이 지체 없이 한 걸음을 달려나갔고…….
[……그러나 투수 정면으로 향하는 타구, 곧바로 잡아내는 구강혁이 1루로!]
[잡혔죠?]

완벽하게 채연승을 향해 송구.

퍼어엉!

[……아웃, 쓰리아웃! 삼자범퇴로 이닝 체인지! 비록 무결점 이닝은 아닙니다만 단 8구로 1회말을 지워내는 구강혁!]

[지금은…… 김도현 타자가 아예 포심을 노리고 들어갔다, 그런 느낌이 들거든요? 그런데 보세요. 마지막에 아주 살짝 가라앉아요.]

[네, 전광판에는 152킬로미터가 기록된 투심 패스트볼, 오늘 경기 구강혁의 레퍼토리는 결코 단순하지 않습니다!]

삼자범퇴.

구강혁이 주먹을 불끈 쥐며 마운드를 내려왔다.

　　　　　　　　＊　＊　＊

구강혁의 정규시즌 30번의 선발승.

KBO의 역사를 통틀어 전무한 기록이었다.

그리고 수많은 이들이 후무하리라고도 말했다.

현행 144경기 체제가 유지된다면 더더욱.

그건 바로 다음 시즌까지 감안한 의견이었다.

구강혁이 포스팅 요건을 갖추지 못하고 1년을 더 KBO에서 활약한다고 해도 깨지지 않을 가능성이 높다는 의미다.

물론 내년의 구강혁은 이번 시즌만큼이나…….

아니, 그 이상으로 무서운 투수일 것이다.

올 시즌이 선발 1년차에 불과했고, 심지어 정규시즌 초반과 지금의 구속을 비교하면 적잖은 차이가 나니까.

하지만 선발승은 특별하다.

처음부터 '승리'가 조건이다.

혼자서 달성할 수 있는 기록이 아니다.

혹자는 올 시즌 구강혁이 패전을 치른 한 경기나 노 디시전으로 마무리된 두 경기에서도 충분한 호투를 했다며 타선을 탓하기도 하지만…….

그건 현실성이 없는 이야기다.

오히려 33경기 가운데 30경기에서 1점이든, 10점이든, 그보다 더 많은 점수든.

꾸준한 득점 지원으로 고승률을 지켜 준 타선.

팔콘스 야수진 동료들의, 에이스의 등판에 흐름을 같이한 집중력을 칭찬해 마땅한 것이다.

타석에라도 들어가지 않는 한.

즉, 아무리 뛰어난 투수라도, 구강혁보다도 더 뛰어난 투수가 마운드에 올라온다고 가정해도.

그조차도 자신만의 힘으로 얻어 낼 수 있는 최선의 결과가 고작 무승부다.

야구는 점수를 내지 않으면 이길 수 없다.

그리고 지금은 정규시즌이 아닌 포스트시즌.

더군다나 서로의 타선이 모두 점수를 뽑아내기 어려운

에이스 간의 맞대결이다.

서로가 득점을 하지 못한 채 경기가 길어진다면?

12회가 아니라 무려 15회까지 치러야 무승부다.

이러한 규정 자체가 역사에 남은 장기전, 04시즌 한국시리즈의 9차전 혈전에 영향을 받아 만들어진…….

무승부를 최대한 막기 위한 규정이다.

15회 무승부는 현실성이 떨어진다.

그러나 무승부가 나지 않는다고 해도…….

경기가 연장 승부로 치닫는다면, 재규어스도 팔콘스도 불펜 운용을 비롯한 여러 측면에서 시리즈에 전체적인 악영향을 받을 수밖에 없다.

[……5회말이 끝난 현재, 재규어스와 팔콘스. 두 팀의 타선에서는 그 누구도 홈으로 돌아올 수 없었습니다. 그야말로 에이스 간의 맞대결, 그 표현에 걸맞은 투수전입니다.]

[정규시즌에도 손에 꼽힐 만한 투수전이 몇 차례 있었고, 오늘 두 선발 모두 몇 번은 그 주인공이 됐습니다만…… 오늘은 정말 놀랍습니다. 일단 두 선수 모두 구속부터가 너무 좋아요.]

[로이스야 워낙 강속구 투수로 이름이 높고, 그게 본인의 가장 큰 장점이기도 합니다만…… 구강혁 투수가 오늘 경기에서 5회까지도 시속 155, 156킬로미터에 이르는 강속구를 때려넣는다. 이건 시사하는 바가 정말 큰데요.]

[오늘 경기 전까지만 해도 이 정도일 줄은 몰랐죠. 물

론 아무리 그래도 조금씩, 아주 조금씩 구속이 떨어지는 모습은 있습니다만…… 무브먼트까지 감안하면 재규어스 타자들의 당황하는 것도 이해가 가요.]

그러나 5회말이 끝난 시점.

남은 정규이닝이 적지 않은데도…….

관중석에서는 그에 대한 걱정이 새어 나오고 있었다.

"……진짜 무승부 나오는 거 아니야? 가디언스만 신나겠네. 1차전이라서 그나마 나을 거 같기도 한데……."

"에이, 설마. 15회까지 가야 무승부라는데."

"다 못 치잖아."

"선발이 둘 다 너무 좋기는 하네."

"무승부는 몰라도, 이대로라면 불펜까지 가서야 승부가 갈리겠는데? 아무리 구강혁이 스태미너가 좋아도 10이닝, 11이닝씩 던지지는 않을 거 아냐, 최동훈도 아니고."

그만큼 두 선발투수의 공이 좋았다.

서로가 퍼펙트 페이스까지는 아니었지만…….

타자들이 한눈에도 좀처럼 힘을 쓰지 못했다.

클리닝 타임 직전까지 1루를 밟은 선수는 두 팀을 통틀어 단 세 명에 불과했을 정도.

먼저 포문을 연 건 재규어스였다.

2회말, 구강혁의 투심에 빗맞은 나성진의 타구가 직전 김도현의 타구와는 달리 투수 바로 옆을 절묘하게 빠져나가며 선두타자 안타가 됐다.

그러나 5번 타자 최형재의 장타력과 작전수행능력을

의식한 이병호 감독은 강공을 선택했고, 결과는 실패.

팔콘스는 3회까지 로이스에 퍼펙트로 막혔으나 4회 한유민이 본인의 타격감을 증명하듯 깔끔한 우전안타를 기록했고, 무득점이라는 결과는 마찬가지였다.

바로 직전 이닝, 5회말에도 박상구가 7구째 스플리터를 골라내며 볼넷으로 출루했지만 2사 후 상황이었고, 역시 2루까지도 가지 못한 채 잔루로 남았다.

그렇게 그라운드가 정리되는 동안······.

구강혁도 한켠에서 가볍게 어깨를 풀었다.

원정 응원석에서도 팬들이 이야기를 나누었다.

"출루가 없으니 진행 자체는 빠른데, 왠지 길어질 것 같은 그런 느낌이 드네. 이득?"

"오래 봐서 이득인 건 모르겠는데 투수들 퀄리티가 워낙 좋으니 보는 재미는 있네. 아무튼 뭐, 승부는 불펜에서 갈릴 거 같애."

"불펜은 우리가 좀 낫지 않냐? 타선은 팀 타율로 보나 홈런으로 보나 재규어스가 앞선다고 해도 말이야."

"그렇지? 그래도 연장까지 가면 집중력 싸움이야. 생각지도 못하게 선발 자원을 써야 할 수도 있고······."

"크흠, 달감께서 어떤 선택을······.'

구강혁이 그 목소리들에 슬쩍 웃었다.

'객관적인 판단이네. 당연하다면 당연한 소리지만, 흐름을 그 정도로는 읽었다는 거니까. 아무튼 팬들도 점점 야잘알이 되신다니까. 하지만······.'

그때 옆에 서 있던 김재상 코치가 물었다.
"그래, 상태는?"
"아, 너무 좋죠."
"7회로 끊어가면 좋을 텐데. 8회라도……."
"그건 그렇지만요. 상대 선발도 워낙."
"쟤도 오늘 인생투야."
구강혁이 눈을 가늘게 떴다.
"언제까지 던질 거 같으십니까?"
김재상이 숨을 한 번 들이켰다.
"짧으면 6회만 던지고 내려올 거고……."
"길면 7회요?"
"어."
구강혁이 씨익 입꼬리를 올렸다.
"저랑 생각이 비슷하십니다."
"영준이도 그럴 거 같다더라. 정규시즌 지표를 봐도 그래. 8이닝을 채운 경기가 딱 한 번이다. 태성 선배…… 구 코치님은 무조건 7회라시던데."
"아, 그럼 구 코치님이 더 비슷하네요."
"뭐? 어쭈."
아무리 시로가 충분한 휴식을 취했다지만, 매 공 하나하나에 전력을 담아내는 포스트시즌에서의 승부라면…….
시즌 완봉을 4차례나 기록한 구강혁의 스태미너를, 데뷔 후 단 한 번의 완투조차 없는 로이스가 따라갈 수는 없다.

곧 그라운드가 정리되고, 재규어스 야수들이 그라운드로 하나둘 뛰쳐나갔다.

그들의 뒤를 따라 로이스도 마운드에 올랐다.

'확실히 힘이 빠지는 모양이네.'

5회말부터 클리닝 타임까지, 단물 같은 휴식을 취했을 텐데도······.

또 이제는 서늘해진 날씨, 저녁 경기임에도 불구하고.

로이스의 관자놀이께로 한 줄기 땀방울이 흘러내리고 있었다.

* * *

선발투수는 아주 특별한 보직이다.

모든 투수가 한 번쯤은 선발을 꿈꿀 정도로.

그만큼 갖춰야 할 요소도 적지 않다.

최소한의 구속과 컨트롤, 같은 손 타자는 물론 반대 손 타자까지 상대할 수 있는 수준의 변화구 레퍼토리, 포수와의 소통 능력, 철저한 자기관리 등.

하지만 가장 중요한 요소를 꼽는다면?

역시 이닝 소화력이다.

최소 5이닝, 일반적으로는 6이닝.

투구 수를 따져도 최소 80구에서 100구가량을 소화해 낼 수 없다면, 애초에 선발로 나서는 것 자체가 불가능하다.

선발 1년차를 맞은 구강혁.

그가 명실상부한 리그 최고의 에이스로 손꼽히는 이유 역시 평균자책점, WHIP, 승률 등으로 다양하지만…….

무엇보다 이닝 소화 자체가 압도적이었다.

33경기 235이닝, 평균 약 7.1이닝.

일정 기간 휴식일을 3일로 줄여가며 등판했던 점까지 계산한다면 내구성 면에서도 완전히 레벨이 다르다.

물론 같은 측면에서 로이스가 뒤떨어지냐고 묻는다면, 그렇다고 대답할 수는 없을 것이다.

이닝 소화력이란 공을 얼마나 던질 수 있느냐에 따라서만 평가되지도 않는다.

아무리 잔뜩 휴식을 취하고 만전의 상태로 마운드에 오른 선발이라도, 1회부터 대량실점을 허용한다면 더그아웃에서도 움직일 수밖에 없다.

대량실점의 기준이야 팀마다, 또 경우에 따라 다를 수 있겠지만, 아웃카운트는 잡아내지 못한 채 5점, 6점을 연이어 내주는 상황이라면 내리지 않는 게 이상한 것이다.

120구, 130구를 던질 수 있어도…….

죄다 배팅볼이어서는 의미가 없다.

매 경기가 프로끼리의 싸움이니까.

바꿔 말해 이닝 소화력의 전제조건은 아예 출루를 허용하지 않거나 실점을 하지 않는 것이 아니다.

물론 출루를 허용한다면 그 자체만으로도 투구 수가 늘고, 결국 소화 가능한 이닝도 줄어들게 되겠지만……

그건 결과론에 가까운 이야기.

출루를 아예 허용하지 않는 투수는 없다.

실점을 매 경기 억제할 수 있는 투수도 없고.

그러나 1루를 허용하고, 2루를 내주더라도.

상대 주자가 기어코 동료의 적시타에 맞춰 홈을 밟거나, 시원하게 담장을 넘겨 단숨에 타점을 올리더라도…….

그게 연이은 일이 되어서는 안 된다.

때문에 필요한 것이 바로 결정구다.

어떤 순간이든.

주자가 어디에 있고, 상대 타자가 누구든.

자기 자신을 믿고 꽂아 넣을 수 있는…….

투수가 가진 최고의 공.

그런 면에서 로이스에게는 자격이 있었다.

광주 재규어스의 에이스라 불릴 자격이.

리그 최고 수준의 구속, 159km/h의 포심 패스트볼을, 만루 위기에도 한복판에 찔러 넣을 수 있는 선발이니까.

그렇다고 구속만 빠른 것도 아니었다.

2미터에 가까운 신장과 긴 팔에서 나오는 높은 릴리스 포인트도 타자들에게는 매 순간 애로사항이다.

구강혁의 포심 패스트볼이 수평 무브먼트라는 큰 장점을 가진다면, 로이스는 그 타점에서 차별성을 가졌다.

특히나 경기 초반에는 안타를 맞더라도 굴하지 않고 포심 패스트볼을 찔러 넣으며…….

말 그대로 힘으로 타자들을 압도해 왔다.

오늘 경기에도 마찬가지였고.
하지만 등판이 길어진다면…….
선발승의 최소 요건인 5이닝.
그리고 6이닝, 7이닝까지도 던지게 되면?
심지어 포스트시즌에서의 등판이라면?
이야기는 달라질 수밖에 없다.
어쨌든 6회초.
로이스는 여전히 마운드에 올랐다.
그러나.
"……들어는 왔네. 153."
"힘이 확실히 빠지네. 그러고도 저 구속을 찍는 것도 대단하기는 한데, 제구도 조금씩 흔들리는 느낌이고."
"그래도 여전히 스트라이크 비율은 좋아. 그래서 아직 내릴 생각이 없는 건가?"
"일단 불펜에서는 몸들 푸는 듯."
구속은 조금씩, 분명하게 떨어지고 있다.
로이스는 강한 어깨는 타고났을지언정…….
소위 고무팔의 재능까지 갖지는 못했다.
더그아웃에서 가볍게 어깨를 움직이며 동료들의 이야기를 듣던 구강혁도, 고개를 끄덕이며 수긍했다.
"교체 타이밍도 곧 잡겠죠."
"으음."
"그럴 거 같기는 해."
그건 로이스의 문제는 아니었다.

50개, 60개, 70개······.

투구 수가 늘어날수록 어깨에는 데미지가 쌓인다.

구속이 떨어지는 건 지극히 당연한 현상.

오히려 경기 내내 평균 구속에 큰 차이가 없는 구강혁이 너무도 이례적인 경우라고 봐야 했다.

그 구강혁이 아무렇지 않게 물었다.

"몇 개나 던졌죠?"

주장 채연승이 대답했다.

"70구 좀 넘어. 아주 많은 건 아닌데."

"너무 달렸죠, 초반부터."

박상구가 끼어들었다.

"연장 가도 후달릴 거 없잖아, 우리는?"

구강혁이 피식 웃었다.

"공은 조상님이 던져 주시냐?"

"강혁 님이 던져 주시잖아."

"10회에도 나가라고?"

"어음, 크흠. 그런 말이 아니라."

"뭐, 못 그럴 건 없는데."

"으흠······."

채연승이 웃으면서 말했다.

"하하, 이기는 게 중요하지만 기왕이면 긴 싸움은 안 하는 게 좋지. 재규어스 불펜이 그렇게 나쁘지도 않아, 나빴다면 2위씩이나 할 수도 없었을 거고. 그래도 7회에는 바꿀 것도 같은데?"

"일단 이번 이닝 결과에 따라서……."

슈욱!

따악!

선두타자 정윤성의 배트가 돌았다.

타구가 내야 높은 곳으로 솟구치고는…….

3루수 방면으로 떨어졌다.

파울 라인 밖에서 잡히며 그대로 1아웃.

채연승이 혀를 찼다.

"쯧, 이런."

구강혁이 쓴웃음을 지으며 말했다.

"로이스가 공만 빠른 투수는 아니었죠."

"그러게나 말이다."

1번 타자 황현민이 타석에 들어섰다.

구강혁이 다시 말했다.

"선배님 말씀대로 갈 가능성이 높겠네요. 그래도 분위기를 보면 7회에 바로 불펜이 나오지는 않을 거 같고…… 은근히 승부욕이 있더라고요, 로이스가."

"투수들이 다 그렇지."

슈욱!

따아악!

"오오."

"캬."

"갓현민!"

황현민의 초구 공략.

타구가 유격수 키를 가볍게 넘어갔다.

우전안타, 오늘 경기 팔콘스의 3번째 출루.

그러나…….

슈욱!

퍼어어엉!

"스윙, 스트라이크! 배터 아웃!"

한유민에게는 8구 승부 끝에 스플리터로 헛스윙 삼진을, 페레즈에게는 4구째 하이 패스트볼을 던져 중견수 뜬공을 이끌어 내며…….

로이스가 또 한 번의 무실점 이닝을 기록했다.

구강혁이 아쉬운 듯 말했다.

"잘 던지네요, 역시."

채연승도 쓴웃음으로 답했다.

팔콘스 선수들이 그라운드로 향했다.

'기회를 못 살린 건 아쉽지만 투구 수를 늘렸다는 점에서 의미가 있었어. 정말 길게 봐도 로이스는 7회까지다.'

앞서나가던 채연승이 문득 뒤를 돌아보았다.

"뭐, 오늘은 타자들한테 해 줄 말 없어?"

구강혁이 눈을 동그랗게 뜨며 되물었다.

"제가요?"

"왜, 상구한테는 가끔 한마디씩 해 준다면서."

"그거야 감이 확 올 때 가끔씩이죠, 뭐."

"오늘은 뭐 없어?"

구강혁이 골똘히 생각에 잠겼다.

"……바뀐 투수의 초구를 공략해라?"

채연승이 크게 웃었다.

"푸하! 그래, 좋다, 좋아. 진짜 바뀔지, 바뀐다면 누구 앞에서 바뀔지까지는 모르겠지만."

* * *

로이스의 투구 수는 6회초까지 86구.

이미 한계 투구 수가 다가오고 있었다.

5회까지는 나쁘지 않게 투구 수를 관리했으나…….

6회초에 특히나 투구 수가 많았다.

오늘 강속구를 던진 비율이 높았던 점까지 계산한다면, 7회부터는 사실상 전력을 내기는 어렵다고 봐야 했다.

그리고 구강혁과 팔콘스 야수진은…….

[……헛스윙, 삼진! 삼구삼진! 오늘 경기 구강혁의 탈삼진은 11개째! 6회말, 단 8개의 공으로 또 한 번의 삼자범퇴 이닝을 만들어 내는 구강혁! 지칠 줄 모르는 어깨, 이제 너무도 당연한 150중반대의 포심 패스트볼이 춤을 춥니다!]

[능수능란해요, 오늘 구강혁 투수. 나란히 무실점이라지만 로이스에 비해 투구 수가 20개가량 적거든요. 물론 투수의 체력에는 다양한 요소가 영향을 끼칩니다만, 한눈에도 지금 구강혁과 로이스의 표정이 차이가 납니다.]

로이스에게 긴 휴식을 줄 생각이 없었다.

단 8구.

땅볼, 땅볼, 삼진의 삼자범퇴.

구강혁이 순식간에 6회말을 지워 냈다.

그리고 구강혁은 똑똑히 볼 수 있었다.

눈을 질끈 감는 로이스의 얼굴을.

'어쨌든 또 나오는 거네.'

역시나 로이스는 7회초에도 마운드에 올랐다.

[……7회, 재규어스의 마운드에는 여전히 로이스.]

[지금 체력적으로 아주 좋은 컨디션은 아닌 것처럼 보이지만, 그래도 로이스가 이닝 소화력에서 크게 떨어지는 선수는 절대 아닙니다. 올 시즌에도 28경기에서 180이닝을 넘게 소화했거든요.]

[일반적으로 6이닝에서 7이닝을 소화해온 로이스. 다만 오늘 경기 페이스 조절에서 다소 계획대로 가지 못하는 느낌이다, 그렇게 읽히는데요. 어떻습니까?]

[살짝은요. 포스트시즌의 중압감이라는 게 또 있거든요. 더군다나 상대가 구강혁…… 정규시즌에도 본인에게 패전을 안긴 바 있고, 무엇보다 올 시즌은 물론 KBO의 역사를 통틀어도 최고의 퍼포먼스를 보이고 있거든요.]

[상대 선발 구강혁을 로이스로서도 의식할 수밖에 없다, 그런 말씀이실까요?]

[지금까지의 결과를 놓고 보면 그렇다는 겁니다. 그래도 로이스, 직전 이닝에도 150킬로 중반대의 강속구를 던져 줬어요. 이번 7회까지만 잘 막아 낸다면 재규어스

도 경기 후반 승부수를 걸 수 있을 겁니다.]

 상대 투수가 눈에 띄게 지쳤다면…….

 타자의 공략법은 단순해진다.

 슈욱!

 퍼어엉!

 [……초구, 낮은 공. 볼로 판정이 됩니다.]

 [스플리터를 잘 골라냈어요.]

 노재완이 투구 수 싸움에 들어갔다.

 2구, 3구, 4구…….

 [……2볼 2스트라이크의 카운트. 여기서 5구!]

 슈욱!

 따아악!

 [노재완의 타격! 잘 맞은 타구가…… 우익수에게 잡히고 마는군요. 7회 첫 아웃카운트를 잡아내는 로이스!]

 5번 안태홍은 더군다나 베테랑.

 슈욱!

 퍼어엉!

 …….

 슈욱!

 틱!

 [……또 한 번 로이스의 공을 커트해 내는 안태홍, 집중력이 대단합니다!]

 승부를 길게 끌었다.

 '확실히 구속이 떨어지니 커트되는 비율도 늘었네. 경

기 초반이었으면 한가운데로 때려 넣어도 헛스윙이 심심 찮게 나왔을 텐데…… 3, 4킬로 차이가 만만하지 않은 거지. 지금 태홍 선배는 작정하고 걸어 내는 느낌까지 나는데?'

게다가.

슈웃!

퍼어엉!

[……볼넷. 볼넷입니다! 9구 승부 끝에 볼넷! 안태홍은 오늘 경기 본인의 첫 출루! 아웃카운트를 하나 잡아낸 로이스가 결국 출루를 허용하고 맙니다.]

[이건…… 좋지 않네요. 이병호 감독이 바로 직접 나오네요. 교체할 의사가 있는 것처럼 보입니다.]

볼넷까지.

투수로서는 최악의 결과였다.

'여기까지겠구만.'

이병호 감독과 재규어스 통역이 마운드로 향했다.

내야수들도 몰려들었고.

모두의 시선이 한곳에 집중되었다.

하지만…….

이병호 감독의 말에 로이스가 고개를 저었다.

[……괜찮다, 이번 이닝까지는 가고 싶다. 로이스 투수가 그런 의사를 표현하고 있는 것으로 보입니다.]

[강판을 반기는 투수야 당연히 없겠지만…… 아쉬울 만도 하죠. 지금까지 잘 던졌고, 힘은 좀 빠졌어도 충분히

상대할 수 있다, 그런 생각일 거거든요.]

 [아, 결국 그대로 더그아웃으로 돌아가는 이병호 감독입니다. 로이스의 등판은 아직 끝나지 않았습니다!]

 [오늘 경기의 분수령이 될 수도 있는 그런 장면이 아니었나 싶네요. 과연 이 선택이 어떤 결과로 이어질지……]

 결론은 강판이 아니었다.

 '믿고 가는 건가?'

 구강혁의 눈썹이 꿈틀거렸다.

 '생각할 게 많기야 했겠지만…….'

 다른 투수도 아닌 로이스다.

 팀의 에이스이자 1선발.

 본인의 의지가 강력하다면 강판은 쉽지 않았을 터.

 물론 모든 결정은 감독의 몫.

 이병호 감독은 믿고 맡긴다는 선택을 한 것이다.

 감독의 마운드 방문이 끝나고, 재규어스 내야진도 제각기 자리를 찾아 돌아가는 사이.

 채연승이 얼른 박상구에게로 다가갔다.

 '음?'

 그러고는 몇 마디 이야기를 나누었다.

 '하하, 혹시 또 모른다는 생각이신가.'

 구강혁과 나눈 이야기를 전달한 것이다.

 그리 대단한 이야기가 아니었는데도.

 [……이번 선택은 믿음의 야구. 제가 기억하기로 로이스가 등판했을 때 마운드 방문이 아주 잦지도 않았습니다

만, 오늘 경기에서는 로이스의 의사를 존중하는 이병호 감독. 타석에는 팔콘스의 베테랑 채연승이 들어섭니다.]

그리고, 초구.

슈욱!

퍼억!

"윽!"

최악의 볼넷에 이은…….

또 한 번의 최악의 결과.

사구였다.

로이스의 공이 채연승의 엉덩이로 향하고 말았다.

"아!"

"선배님!"

팔콘스 더그아웃에서도 비명이 터져 나왔다.

"허……."

구강혁도 탄식을 뱉었다.

"괘, 괜찮으신가?"

"방금도 포심이었는데……."

한순간에 강한 긴장이 그라운드를 감돌았다.

물론 상황이 더 커지지는 않았다.

잠시 주저앉았던 채연승이…….

손을 들어 보이며 천천히 일어났기 때문.

[……다시 일어나는 채연승, 괜찮다는 제스처. 관중석에서 박수가 쏟아집니다. 다행입니다. 이게 참, 사구를 맞고 안 아픈 부위는 없겠습니다만, 지금은 어떨까요.]

[방금은 채연승 타자가 잘 맞았다, 그렇게 표현을 할 수 있을 것 같습니다. 물론 좋은 일이라는 의미는 아니고요. 베테랑답게 몸을 홱 돌리면서 그나마 둔부로 공을 받아 냈다고 할까요?]

[그렇군요…… 1루로 걸어 나가는 채연승. 자연스럽게 1사 1, 2루 상황이 됩니다. 그리고 바로 다시 이병호 감독이 마운드로 오르네요.]

[어쩔 수가 없어요. 오히려 방금은 힘이 더 들어갔던 거 같은데요. 아쉽지만 로이스, 오늘은 여기까지입니다. 이어지는 결과를 지켜봐야겠지만 일단은 교체를 하지 않고 넘어간 게 악수가 되고 말았습니다.]

결국 그대로 강판 수순.

1사 1, 2루, 경기 첫 득점권 위기를 맞이한 재규어스의 다음 투수는…….

정통파 우투수, 필승조 정세영.

당연히 막아 내겠다는 의지를 드러냈다.

바뀐 투수의 연습투구가 이어지는 동안, 박상구가 구강혁에게로 시선을 던져왔다.

'음?'

마치 이렇게 말하는 것처럼.

'진짜 간다? 초구에?'

구강혁이 웃으면서 어깨만 으쓱였다.

'그래, 시원하게 한번 때려라.'

5장

1사 1, 2루의 득점권.

그것도 안타 하나 없이 만들어진 찬스.

재규어스의 마운드에는 바뀐 투수 정세영.

그리고 팔콘스의 타석은……

7번 타자, 박상구의 차례였다.

[……로이스의 호투에 타선이 얼어붙었으나 기어코 7회, 오늘 경기 첫 득점권 찬스를 맞이하는 팔콘스. 박상구 타자가 이 기회를 맞이합니다. 이번 시즌 내내 구강혁의 전담 포수이자 팀의 2옵션으로 활약한 바 있습니다.]

[워낙 구강혁의 활약이 눈부셨던 탓에 잘 조명되지 않은 감이 있지만, 박상구의 이번 정규시즌도 본인의 커리어하이였죠. 파워 툴 측면에서는 이미 몇 년 전부터 팔콘스 포수진에서 가장 낫다는 평가를 받고 있었고요.]

[이번 시즌 박상구는 정규시즌 총 69경기에 출장해 2할 7푼대의 타율을 기록했습니다. 전담하는 투수가 있고, 그 선수가 다름 아닌 에이스 구강혁이었다지만 엄연히 팀의 2옵션이었다고 봐야 할 것 같은데요.]

 [네, 그랬죠. 여전히 기회 자체는 제한적이었는데, 그런 와중에도 한 방씩을 쳐 내며 본인의 시즌 최다인 8개의 홈런을 기록했고요. 가끔은 지명타자로도 경기에 나섰어요. 그만큼 더그아웃의 기대치가 높았다는 겁니다.]

 [오늘 경기에도 박상구는 5회초 로이스를 상대로 볼넷을 얻어 내며 출루에 성공한 바 있습니다.]

 [정말 아슬아슬하게 존을 벗어난 스플리터를 기가 막히게 골라냈죠. 출루가 득점으로 이어지지는 않았습니다만, 이번에는 바뀐 투수 정세영을 상대로 선제 타점을 기록할 찬스가 왔습니다.]

 8개의 홈런, 2할 7푼대의 타율.

 박상구 또한 커리어하이 시즌을 치렀다.

 '과연……'

 정세영이 깊게 숨을 들이쉬었다.

 '쉬운 투수는 아니다. 그런 투수를 이런 상황에 내보낼 리도 없고. 키도 나랑 비슷하지만 익스텐션이 긴 점도 같아. 그나마 상대 선발이 강속구 투수였으니 타이밍 싸움이 아주 어렵지는 않을 것도 같은데.'

 이닝이 시작되기 직전.

 구강혁은 채연승에게 지나가듯 말했다.

바뀐 투수의 초구를 공략하라고.

그 말은 박상구에게도 전해졌고…….

득점권 찬스가 온 것이다.

'정말 초구를 공략한다면…….'

초구를 공략하는 타자.

팬들에게는 애증의 존재다.

결과가 나온다면야 더 말할 여지가 없지만, 범타로 물러난다면 그야말로 최악의 상황이기 때문.

'잘 쳐도 본전.'

심지어 1, 2루 상황이다.

병살타가 나온다면 이닝은 그대로 끝난다.

'……까지는 아니지, 안타가 나오면 높은 확률로 선세점을 얻을 수 있을 테니. 하지만 못 치면 나가리라는 건 확실해. 그런 부담감을 떨쳐내고 정말 초구를 공략할 수 있느냐.'

하지만.

그냥 초구가 아닌 바뀐 투수의 초구라면…….

피안타율은 비약적으로 올라간다.

포심을 던지는 높은 경향성 때문이다.

'그리고 상대 배터리가 초구에 어떤 선택을 하느냐. 상구는 선구안이 아주 좋지는 않지만 초구에 그리 적극적인 타자는 아니었다…….'

게다가 박상구는 오늘 볼넷을 얻어 냈다.

초구를 빼는 선택은 쉽지 않을 터.

1, 2루와 만루는 차원이 다르다.

"……!"
다음 순간, 정세영이 고개를 끄덕였다.
그리고 초구를 뿌렸다.
'상구야!'
슈욱!
2루 주자 안태홍, 1루 주자 채연승이 슬금슬금 움직이기 시작했고…….
부우웅!
박상구의 배트가 돌았다.
'역시 포심!'
따아악!
[……초구부터 타격!]
타구가 낮은 궤적으로 뻗어 나갔다.
투수 오른편에서 바운드되고는…….
3루수와 유격수 사이로.
'3루수는 못 잡아, 빠져나갔…….'
유격수의 다이빙도…….
타구를 잡아내기에는 역부족이었다.
"됐다!"
"홈, 홈!"
"홈으로!"
[……3유간을 빠져나가는 안타! 좌익수 앞까지 굴러가는 타구, 그 사이 2루 주자는 이미 3루를 돌았고, 당연히 돌려요!]

[들어가야죠!]

[홈 승부는 어려울 듯, 그리고 1루 주자도 계속해서 뜁니다! 좌익수는 3루를 선택! 채연승의 슬라이딩…… 세이프! 세이프입니다! 타자 주자는 1루까지만!]

[드디어 점수가 났네요! 박상구, 정말 좋았습니다! 바뀐 투수의 초구를 공략하라는 격언대로 과감하게 승부에 들어갔고 그게 주효했습니다! 존 아래로 떨어지는 포심이었죠, 지금은?]

[그렇군요! 로이스도 얼굴을 일그러뜨립니다, 승계주자를 지워 내지 못한 1타점 적시타!]

"카!"

"빡상구!"

"천재타자다, 천재타자!"

길고 길었던 0의 균형을 깨는 안타였다.

박상구가 주먹을 높이 들어 보이며…….

구강혁에게 눈을 맞추었다.

'봤냐?'

그렇게 말하는 것처럼.

구강혁이 웃으면서 박수를 쳤다.

'봤다, 인마.'

* * *

그러나 정세영은 역시 좋은 투수였다.

1사 1, 3루의 연이은 위기에도 불구, 8번 타자 정윤성에게 병살타를 이끌어 내며 그대로 이닝을 마무리했다.

'아쉽네. 그래도 리드는 잡았어.'

이어지는 7회말.

구강혁이 다시 마운드에 올랐다.

'선발 맞대결은 판정승인가?'

단 1점.

그럼에도 결코 적지 않은 점수다.

하지만 투수의 상대는 상대 투수가 아닌…….

어디까지나 상대 타선.

'이번 이닝이 승부처겠지.'

6회까지 1안타로 묶인 재규어스는, 7회말에는 2번 타자 빈센트부터 시작되는 타순.

김도현과 나성진.

두 강타자와의 3번째 승부가 기다리고 있다.

지금까지는 좋다.

나성진이 그나마 1안타로 체면치레를 했을 뿐, 구강혁은 둘을 포함한 상대 타선을 그야말로 압도하고 있었으니까.

그 결과는…….

선두타자 빈센트를 상대로도 마찬가지였다.

슈욱!

따악!

[……3구 타격! 그러나 내야를 벗어날 수 없는 타구.

유격수가 그대로 잡아 1루로, 아웃됩니다. 너무도 쉽게 아웃카운트를 잡아내는 구강혁!]

2구의 포심으로 카운트를 잡고…….

3구째로 투심을 던져 방망이를 끌어냈다.

유격수 땅볼, 1아웃.

"후우."

구강혁이 가벼운 한숨을 내뱉었다.

[……타석에는 재규어스의 3번 타자 김도현, 오늘 경기 2타수 무안타. 정규시즌에도 구강혁을 상대로는 쉽지 않은 승부를 벌였던 김도현.]

[앞선 두 타석도 그랬죠. 팔콘스 배터리가 김도현과 나성진의 두 타자, 특히 김도현을 상대로는 굉장히 배합에 신경을 들이는 모습이에요.]

[말씀 주신 두 선수를 상대로는 강속구보다 변화구 위주의 피칭을 하고 있지 않습니까?]

[네, 그렇죠. 하지만 이제 타순도 세 바퀴…… 김도현 정도 되는 타자라면 어떻게든 공략법을 찾아내야죠. 구강혁도 사실 포스트시즌에 들어와서야 구속을 더 끌어올리는 굉장히 이례적인 모습을 보여 줬잖아요?]

[그렇습니다.]

[강철 같은 팔이든, 고무 같은 팔이든. 150 후반대까지 구속이 올라가면 아무리 그래도 데미지가 쌓일 수밖에 없죠. 방금도 154, 155에 이르는 포심 패스트볼을 던졌고, 그것도 충분히 타자 입장에서는 까다롭겠습니다만…….]

[1회부터 뿌리던 157, 구강혁 투수의 최고 구속과 비교하자면 타자로서는 조금이나마 나은 상황에서 승부를 할 수 있다, 그런 말씀이시군요.]

피치컴을 통한 사인은…….

바깥쪽 슬라이더.

'……셋업, 좋아.'

구강혁이 고개를 끄덕였다.

초구.

슈욱!

부우웅!

틱!

[……초구는 파울!]

[슬라이더였죠?]

[그렇습니다. 초구 스트라이크존 구사율이 굉장히 높은 구강혁이 이번 김도현과의 승부에서는 바깥쪽으로 공을 빼는 모습. 이 점이 지금까지와는 좀 다르게 느껴지는데요.]

[말씀드렸다시피 타순이 세 바퀴째를 돌고 있으니까요. 김도현 타자도 초구를 적극적으로 노리고 들어왔는데…….]

[그러나 카운트는 원 스트라이크.]

[네, 일단 하나 내주고 시작이에요.]

1루 방면으로 향하는 파울.

'이쯤 되면 잘 따라오네.'

구강혁이 내심 감탄했다.

'처음부터 변화구 타이밍을 노린 것도 아니고, 마지막에 무릎을 살짝 굽히면서 가져다 댄 느낌. 애매하게 존 안에 넣으려고 했다면 오히려 위험했을 수도 있겠는데?'

MVP급 타자다운 집중력이었다.

다시 2구.

슈욱!

부우웅!

틱!

[……이번에도 파울, 카운트는 투 스트라이크! 지금은 체인지업인가요? 공이 굉장히 크게 떨어졌는데요.]

[네, 체인지업이었죠. 여전히 속구를 아끼는 구강혁입니다. 구속이 좀 떨어졌어도 가장 위력적인 공임에는 변함이 없을 텐데…….]

다시 파울, 타구는 포수 뒤편으로 굴렀다.

'비슷한 공은 어지간하면 잘라먹겠다는 거지.'

3구째 사인은 포심 패스트볼.

높은 코스.

슈욱!

퍼어어엉!

[……3구는 볼! 존 위를 지나는 속구! 김도현의 배트는 미동조차 하지 않습니다!]

[구속은 153킬로, 빈센트에게 던졌을 때보다도 살짝 느린 공이네요.]

이번 판정은 볼.

'안 비슷하면 참아 낸다. 결국 이쪽에서도 승부를 걸어야 한다는 거다.'

3구를 모두 존 밖으로 던졌다.

구강혁에게는 꽤 드문 일이었고…….

'역시 포스트시즌에서는 집중력의 차원이 달라.'

그렇기에 셋업 피칭으로서의 가치가 더욱 컸다.

뒤이어 4구.

슈욱!

구강혁의 오른팔이 공을 쏘아 냈다.

이번에는 다시금 전력을 실어서.

부우웅!

김도현의 두 눈이 한순간 커지는 듯했고…….

그대로 배트가 나왔다.

따아악!

[……4구, 제대로 받아쳤어요!]

[아, 지금은 좋은데요!]

그러나…….

타이밍이 살짝 밀렸다.

[……아, 하지만 우익수가 잡아냅니다. 그다지 멀리 뻗어가지는 못한 타구. 뜬공이 되고 마네요.]

우측 담장을 향해 쭉 뻗어가던 타구가, 마지막에 힘이 빠진 듯 떨어지며 그대로 한유민의 글러브에 빨려들었다.

[타구음도 제법 시원했는데. 타이밍이 아주 살짝 밀렸

어요. 방금 공은 156, 저희 장비로는 156.8이 기록됐나요? 이야, 구강혁 투수도 정말…… 어떻게 이럴 수가 있는지 모르겠습니다. 말도 안 되는 스태미너예요!]

MVP급 투수와 MVP급 타자의 승부.

김도현도 분전했으나…….

결과는 3타수 무안타였다.

'작정하고 준비를 했으니 망정이지, 저 정도까지 받아칠 줄은 몰랐네. 아무리 시달리고 또 시달렸어도 최상위 레벨의 타자라는 건가.'

구강혁이 모자를 벗고 소매로 땀을 한 번 훔쳤다.

'메이저리그까지 가면 죄다 저런 인간들인 건가?'

그러고는…….

가볍게 웃었다.

* * *

나성진과의 승부에서는 연이은 패스트볼로 카운트를 잡아낸 후, 4구째 체인지업으로 헛스윙을 유도.

여전히 무실점 행진을 이어간 구강혁은…….

8회말에도 마운드에 올랐고, 또 한 번의 삼자범퇴 이닝을 기록하며 8이닝 1피안타 13탈삼진 무실점 피칭을 마쳤다.

김용문 감독은 하위 타선으로 시작되는 재규어스의 9회말을 마무리 주민상에게 맡겼다.

결과는 2탈삼진 1볼넷 무실점, 세이브.

팔콘스 타선 또한 추가적인 득점 지원에는 실패했으나, 경기는 그대로 마무리되었다.

1:0, 팔콘스의 승리였다.

[대전 팔콘스, PO 1차전 1점차 신승!]

[팔콘스 매직, 재규어스마저 무너뜨리나]

[8이닝 1피안타 구강혁, 이것이 에이스의 품격]

→ 팔) 어 형이야

→ 팔) 형은 그냥 8이닝 던져버려

→ 팔) 내 나이 19세 플레이오프 승리를 보다니

→ 팔) ?

→ 팔) 어 로이스가 니네 에이스야? 너무 달다

→ 팔) 생초콜릿처럼 달다ㅋㅋ

→ 재) ㅡㅡ

→ 재) 겨우 2안타 쳐서 이긴 새끼들이

팔콘스 팬들의 반응은 격렬했다.

재규어스 필드를 찾은 원정 팬들은 물론이고, 온라인 커뮤니티에서도 그야말로 반응이 폭발했던 것.

19년 전이 마지막 플레이오프라면?

플레이오프에서의 승리도 19년 만인 것이다.

재규어스 팬들의 반응도 격렬했다.

물론 방향성은 좀 달랐지만.

[로이스도 역부족…… 교체 타이밍에도 뭇매]

→ 재) 볼넷 줬을 때 안 내린 이유 설명 좀?

→ 재) 7회에 내보낸 것부터가 잘못임
　→ 재) ㅇㅇ힘 빠진 거 빤히 보였는데
　→ 재) 돌병호는 왜 아직도 로이스 사용법을 모르냐
　→ 재) ㄹㅇ전력투구로 6이닝 막아줬으면 됐지 로이스가 꼴칠 놈들한테 생초콜릿 소리나 들어야겠냐?
　→ 재) 경기 본 거 맞음? 로이스가 강판 거부하고 바로 채연승한테 사구 내줬잖아
　→ 재) 뭐 그럼 돌병호가 잘했다고?
　→ 팔) 재어강 형님들 싸우지 마십쇼
　→ 재) 넌 좀 꺼져 야 내가 딱 정리해 준다 구강혁 상대로 에이스를 낸 것부터가 잘못임 ㅇㅋ?
　→ 재) 와 이거는 인정ㅋㅋ

왜 7회에도 올렸느냐, 첫 마운드 방문에 교체했어야 했다, 처음부터 구강혁을 피할 생각을 하는 게 맞았다…….
결과론적인 이야기가 수도 없이 쏟아졌다.
그 모든 상황의 주역은 물론…….
구강혁과 박상구의 배터리였다.

　　　　　＊　＊　＊

대전 팔콘스가 승리를 거둔 이튿날.
어제는 1차전 결과에 대한 기사가 주를 이뤘다면, 오늘은 새벽 이른 시각부터 2차전에 대한 기사가 쏟아졌다.
[류영준 대 알버트… 재규어스, 연이은 정면돌파]

[……두 팀의 선택이 모두 예상을 벗어나지 않았다. 대전 팔콘스는 류영준, 광주 재규어스는 알버트를 플레이오프 2차전 선발로 내세웠다. 정규시즌에도 팀의 2선발로 활약한 두 선수의 맞대결이다.

……좌투수라는 점에서 시작해 비슷한 면이 많은 두 투수다. 팀을 대표하는 피네스 피쳐에, 류영준의 부상 이후로는 둘의 최고 구속도 비슷해졌다. 1차전이 스터프 넘치는 둘의 맞대결이었다면 2차전은 두 아티스트의 승부인 셈.

……이름값 면에서는 물론 류영준이 앞선다. 부상 이슈가 걸리지만 이미 준플레이오프에서 7이닝 무실점의 좋은 피칭을 선보이기도 했다. 경험에 대해서는 말할 필요가 없을 정도. 명실상부한 대한민국 최고의 투수 가운데 하나다.

……알버트도 대기만성형 투수라는 평가. 성적 또한 등판이 많아질수록 조금씩 나아지는 그래프를 그렸다. 원투펀치로 꼽히는 로이스에 비해 안정성이 떨어진다던 평가도 후반기 막판에는 거의 떨쳐냈다.

……이미 1차전을 팔콘스에 내준 재규어스다. 2차전까지 패배한다면 시리즈를 내줄 가능성이 기하급수적으로 올라간다. 한국시리즈 진출은 물론 우승을 목표로 천명한 이상 2차전에는 모든 전력을 쏟아부어도 이상하지 않다.

……플레이오프 2차전은 오늘 저녁 다시 광주 재규어스 필드에서 열린다. 팔콘스가 원정길에서 최고의 결과를 안고 돌아갈지, 재규어스가 시리즈를 원점으로 돌리

고 대전 원정에 나설지 귀추가 주목된다.]

팬들의 반응도 여전히 뜨거웠다.

재규어스와 팔콘스는 물론, 다른 팀의 팬들까지.

리그 전반적인 관심도 자체가 커졌다.

→ 스) 팔콘스 선발진이 살벌하긴 해

→ 울) 리그 최고지 뭐

→ 탄) 에이 포스트시즌이라 4선발까지만 본다고 쳐도 가디언스가 낫지 않음?

→ 재) 1선발이 문제임

→ 팔) ㅇㅇ? 류영준 선생님이 만만해?

→ 재) 어 부상이죠? 덜 낳았죠?

→ 팔) 낳긴 뭘 낳아 멍청아

→ 재) 오늘 로이스였으면 얼마나 든든하냐

→ 팔) 어 안 피했죠? 알고도 처맞았죠?

→ 재) 뭘 피해 그딴 마인드로 우승이 되겠냐

→ 재) 그럼 1선발 쓰고 개털리면 우승이 되냐?

→ 재) 뭘 털려? 겨우 1자책인데

→ 재) 어 그래도 졌죠?

→ 팔) 미안한데 얘는 재규어스팬 아닌 듯?

→ 가) 포시에서 에이스가 중요하기는 해

→ 드) 그래서 팔콘스가 무서운 거지 뭐

→ 가) 누가 올라올라나?

→ 탄) 그래도 재규어스지

→ 브) 팔콘스에 전재산 걸었음

→ 팔) 어어 걸지 마라

→ 가) 난 팔콘스는 좀 그렇다

→ 팔) 쫄?

→ 가) ?

2차전을 앞둔 재규어스 필드는…….

조금은 무거운 분위기였다.

쓰디쓴 패배를 맛본 홈 팬들의 기세가, 여러 어드밴티지를 안고 도전자를 받아들이던 어제와는 사뭇 달랐던 것.

반면 원정 응원에 나선 팔콘스 팬들은 여기저기서 오늘도 경기를 잡아내리라는 기대를 숨기지 않았다.

더군다나 상황도 나쁘지 않았다.

아니, 오히려 여러 측면에서 좋았다.

기존의 에이스이자 팀의 정신적 지주 류영준의 등판에, 어제 구강혁을 상대로 고작 1안타로 묶인 재규어스 타선.

스타즈의 사이드암 에이스 박해준과 비교해도 무브먼트가 너무도 극심한 구강혁의 독특한 뱀직구는…….

이튿날, 때로는 그다음 경기까지도 타자들을 난조에 시달리게 만든다.

시즌 초반 어느 칼럼니스트가 짚고 넘어간 기현상이 이제는 통계적으로도 드러나고 있었던 것이다.

'알버트도 좋은 투수다. 하지만…… 부상 이슈만 재발하지 않는다면, 선발 전력에서는 우리가 나아. 그래도 영준 선배님이신데. 불펜도 밀릴 거 없어, 앞서면 앞섰지.'

구강혁이 생각하기에도 그랬다.

류영준이 나서는 선발은 물론, 어제 그리 소모가 크지 않았던 불펜에서도 밀리지 않는다.

'하지만 문제는 타선.'

하지만 타선의 흐름에는…….

'어제는 상구가 적시타를 때려준 덕분에 경기를 가져왔지만, 지난 시리즈 이상으로 흐름이 나빠. 경기 초반에는 로이스의 구위가 워낙 좋았다고는 해도…….'

어쩔 수 없이 물음표가 붙었다.

'알버트는 구속 면에서야 로이스보다 한참 뒤떨어지는 투수지만, 그렇기 때문에 말리기 시작하면 오히려 우리 타선이 이어지는 경기에도 더 걷잡을 수 없는 나쁜 흐름으로 빠질 위험이 있어.'

* * *

그리고 경기가 진행될수록…….

구강혁의 우려는 현실이 되어 갔다.

'……역시 좀 안 좋은데.'

류영준의 등판이 엉망이었는가?

그렇지는 않았다.

1회, 2번 타순으로 돌아간 이창완에게 안타를 허용하는 등 경기 초반부터 공이 조금씩 맞아 나가기는 했다.

다행히 김도현의 잘 맞은 타구가 장수혁의 호수비에 막

했고, 나성진에게 첫 삼진을 잡아내며 위기를 탈출.

2, 3회는 모두 삼자범퇴로 마무리했다.

문제는 타순이 한 바퀴를 돈 이후였다.

'확실히 집중력들이 좋아, 재규어스 타자들.'

1회 이미 안타를 기록한 이창완과의 승부가 계획보다 길어졌고, 8구 승부 끝에 경기 첫 볼넷을 내주고 말았다.

'어제 투수 교체 타이밍에는 아쉬운 목소리가 많았던 것 같지만, 무사 1루에서 김도현을 믿고 간 재규어스 더그아웃의 선택도 주효했고.'

무사 1루 상황.

재규어스는 강공을 선택했다.

'김도현은 역시 김도현이었지.'

여기서 어제는 무안타로 묶인 김도현이 그 믿음에 응답하듯 낮은 체인지업을 밀어치며 우전안타를 기록, 1, 3루의 찬스를 만들었고…….

'나성진 선배도 해 줘야 할 타격을 해 줬다.'

그리고 4번 타자 나성진이 외야 멀찍이 타구를 날려 보냈고, 뜬공에 이어지는 태그업으로 이창완이 여유 있게 홈을 밟았다.

'물론 그런 상황에도 다시 한번 체인지업을 제대로 떨어뜨리며 이닝을 끝낸 영준 선배의 선택도 대단했어.'

선취점을 내준 상황에도 팔콘스 배터리는 5번 최형재를 상대로 또 한 번 체인지업을 던지며 병살타를 끌어냈다.

'최선은 아니어도 차선 정도는 되는 결과.'

무사 1, 3루에서 나온 득점이 단 1점.

재규어스에도 만족스러운 결과는 아니었다.

'하지만 실점은 실점이지…….'

그러나 당장 어제 경기도…….

1점차의 승부로 끝이 나지 않았던가.

'좀 더 힘을 내줘야 하는데.'

팰콘스 타선 또한 알버트를 상대로 분전했다.

나름대로는 안타도 때려냈고.

2회, 어제 사구를 맞았던 채연승이 단타.

4회에는 지난 경기 침묵에 그쳤던 노재완이 좌중간을 깨끗하게 가르는 2루타를 때려내기도 했다.

그러나 두 번의 안타가 모두 2사 후 상황에 나오니 득점에는 실패하고 말았다.

어제에 이어 두 선발의 호투가 이어지며 타선은 나란히 그리 좋지 않은 흐름에 그쳤으나…….

점수를 뽑아낸 팀은 달라졌다.

'……로이스의 어제 피칭도 좋았지. 하지만 알버트는 확실히 여유가 느껴져. 경험이 아주 많은 외인도 아닐 텐데. 투심 하나는 윌리엄스급이야.'

최고 구속 140대 후반에 이르는 포심과…….

구속 차이가 크지 않은 투심.

알버트는 두 공을 적절히 배합하며 범타를 양산했고, 중요한 순간에는 스플리터로 헛스윙을 이끌어 냈다.

노재완에게 2루타를 허용할 때를 제외하면 실투가 거

의 없을 정도의 좋은 피칭이었다.

'제구는 알버트가 오히려 1선발감이야…… 우리 외인들도 좋지만 재규어스가 확실히 외인 농사를 잘 지었어.'

어느덧 경기는 6회말을 지났다.

류영준은 추가실점 없이 등판을 마쳤다.

6이닝 1자책, 탈삼진은 5개를 기록했으나…….

지난 준플레이오프전 2차전과 달리 투구 수가 늘며 이닝 소화는 줄어든 것이다.

"고생하셨습니다, 선배님."

"오냐."

류영준이 씁쓸할 표정으로 아이싱에 나섰다.

'그리 나쁜 등판은 아니었는데…….'

단 1개의 볼넷.

그 볼넷이 패착이었다.

'선두타자 출루가 부담이 되는 건 사실이었지. 빈센트든 이창완 선배든 발이 워낙 빨라서…….'

김도현과 나성진의 연이은 타구.

그렇게 허용한 단 1점.

어제 박상구의 타점이 재규어스에 그랬듯…….

오늘은 이창완까지, 세 타자가 짜낸 1점이 팔콘스에게는 너무도 뼈아픈 결과로 이어지고 말았다.

[……경기 끝! 연이은 1점 승부, 그러나 승자는 달라졌습니다! 광주 재규어스가 홈에서의 2차전을 가져오며 승부를 원점으로 되돌립니다! 류영준을 상대로도 밀리지

않은 알버트의 7이닝 무실점 호투!]

* * *

결국 시리즈는 원점.

경기 종료 직후 대전으로 돌아가는 팔콘스 선수단 버스에 모두 침묵이 내려앉았다.

어쩌면 구강혁만큼이나…….

아니, 그 이상으로 믿음직했던 류영준.

그의 등판에도 패전이라는 결과.

게다가 역시나 가장 좋지 않은 스코어.

'……안 좋을 때는 좋은 면을 보라고 했지. 선배님이 내려간 후로 불펜진의 활약은 좋아. 대한 선배, 재승 선배가 나란히 1이닝씩을 막아 냈으니까.'

9회말이 없는 0:1의 패배.

'어쨌든 4안타까지도 뽑아냈다. 4회 득점권 찬스에 삼진으로 물러났던 태홍 선배가 7회말 한 번 더 안타를 쳤어. 알버트에게는 계속 속절없이 물러나던 대훈 선배도 8회에는 선두 타자 안타를 쳤지, 번트까지도 성공이었고…….'

준플레이오프에는 적은 안타 수에도 불구하고 팔콘스의 승리를 충분히 일구었던 타선의 응집력이 전혀 발휘되지 못한 결과였다.

'후속 안타가 안 터져서 문제였지만.'

어떤 경기는 4안타만으로도 이길 수 있다.

하지만 그렇지 않은 경기도 너무나 많고…….

바로 오늘 경기가 그랬다.

'알버트는 어제의 패배에도 굴하지 않고 공격적인 피칭에 나섰고, 거기에 우리 타선이 제대로 말려든 거야. 차라리 상호 타격전이었으면 이만큼 걱정은 안 했을 텐데.'

버스가 대전에 도착한 후.

선수단이 다들 흩어지는 가운데…….

구태성이 구강혁에게로 다가왔다.

"차에 잠깐 앉자."

"네."

두 사람이 구태성의 차에 나란히 앉았다.

구태성이 씁쓸한 표정으로 말했다.

"흐름이 안 좋아."

"……네."

어제는 로이스가 호투에도 불구하고 패전을 맛봤다면, 오늘은 정반대로 류영준이 비슷한 패전을 받아들었다.

구강혁이 말했다.

"그래도 브라운, 지난 등판 결과가 정말 좋지 않았습니까? 8이닝이나 던지기도 했고…… 지나가면서 봐도 컨디션은 계속 괜찮은 것 같던데요. 그때처럼만 던지면 로이스도 알버트도 안 부럽죠."

구태성이 고개를 끄덕였다.

"그렇지. 다만…… 상황이 여유로웠기에 그 정도의 피칭이 가능했을 거다. 팀에 합류하고 짧은 기간치고는 나도 이야기를 제법 나눴는데, 보기보다는 팀 분위기에 영향을 많이 받는 선수인 거 같아."

"아……."

구강혁이 눈썹을 살짝 찌푸렸다.

득점지원이 투수의 어깨를 든든하게 만든다는 표현이 으레 쓰이지만, 실제로 팀이 앞선 상황에서 더 좋은 피칭을 하는 투수는 적지 않다.

그리고 지금 구태성의 말은…….

브라운도 그렇다는 이야기였다.

준플레이오프에서는 이미 2승을 거둔 상황에서의 등판. 하지만 승부가 원점으로 돌아간 플레이오프다.

구강혁이 다시 말했다.

"시즌에도 그런 면이 좀 있었던 거 같네요."

"아주 크게 드러나지는 않았지만…… 내 눈에는 그래. 그야 타선이 초반부터 잘 때려 준다면야 시리즈 스코어 같은 건 별문제가 안 되겠지."

"하필 그 타선이 침체기고요."

"그래. 이제부터는 병호…… 이 감독도 선발 구성에는 머리가 좀 아프겠지만, 준비기간이 길었으니 나름의 전략도 가져왔을 거다. 1차전에 널 안 피한 이유도 있었을 테고."

"으음."

"물론 브라운이 내일도 잘 던져준다면야 더할 나위 없겠지만, 본인도 상황을 인지하고 있을 테니…… 만약을 대비해야 한다는 게 내 생각이다. 감독님도 마찬가지고. 영후나 의준이는 이미 준비도 하고 있어."

3차전을 진다면?

벼랑 끝이다.

"네 생각은 어떠냐?"

구강혁이 마른침을 삼켰다.

어떤 의미로 하는 말인지는 바로 알 수 있었다.

'4차전 등판······.'

내일 경기를 가져온다면야······.

4차전은 도미닉에게 걸어볼 수 있다.

하지만 승리란 보장되는 것이 아니다.

"일단 4차전 등판에도 무리가 없게······ 루틴은 적절히 맞춰가겠습니다. 어제도 오늘도 김은후 코치님은 따로 찾아뵈었으니까요. 내일 피칭은 가벼운 캐치볼로 대체할게요."

"그래, 그러자."

이번에는 구강혁이 물었다.

"하지만······ 도미닉은요? 지금까지 4차전 등판에 맞춰서 준비했을 텐데."

"미리 물어봤지."

"아, 그러셨군요."

"본인은 언제든 괜찮다더라. 워낙 짱짱한 친구라······ 며칠 전부터 묘하게 분위기가 다운된 것 같아서 마음이 좀 갔는데, 아까 좀 이야기를 해 보니 또 괜찮아진 거 같더라고."

구강혁이 며칠 전 도미닉과의 대화를 떠올렸다.

나란히 휴식일을 반납했던 네오 팔콘스 파크에서의 막연한 대화를.

"다행이네요."

"으음? 그래, 아무튼…… 이런 생각이나 준비가 허사로 돌아간다면 제일 좋겠지, 내일 이겨서 말이야. 하지만 강혁이 너도 알 거다, 야구란 게 마음대로 될 리가 없다는 것 정도는."

"네, 코치님."

"그리고 여유가 필요하면 언제든지 말해. 어차피 4차전 선발은 모레 경기가 끝나고나 발표하는 거니까."

구강혁이 얼른 대답했다.

"아닙니다, 저는 코치님들 의견에 따르겠습니다. 그리고 어차피 5차전을 가서, 그리고 이겨서 한국시리즈까지 간다면…… 저도 4차전이 그나마 낫습니다."

"한국시리즈 일정까지 생각해서?"

"네."

팔콘스로서 최고의 시나리오는…….

3, 4차전을 모두 가져오는 것.

그러나 5차전까지 가야 한다면?

차라리 4차전에 등판하는 게 낫다.

"한국시리즈까지 사흘은 쉴 수 있으니까요."

그렇게 되면 한국시리즈까지는 3일.

그리고 1차전을 치르고, 다시 4차전까지는 3일.

만약 한국시리즈가 7차전까지 간다면…….
"한국시리즈, 3번이나 나갈 생각이냐?"
"기회가 주어진다면요."
"허어…… 거참."
"멋있지 않습니까, 코치님? 3승 MVP. 아, 물론 그 전에 이길 수 있으면 더 좋지만요. 홈에서 이기면 제일 좋겠고…… 그런데 또, 야구란 게 방금 코치님 말씀대로……."
구태성이 헛웃음을 지었다.
"네가 난놈이라고는 생각했고, 그래서 시즌 전에도 우리 김 영감…… 감독님 쫓아가서 신나게 떠들었더랬지."
"그, 그러셨습니까?"
"오냐. 그때 생각한 것보다 더 제대로 난놈인 줄은 볼수록 깨달았다만, 이래서는 난놈도 아니야."
"그럼요?"
"미친놈이지."
구강혁이 오른손으로 V자를 그려 보였다.
"역시 저는 코치님 칭찬이 제일 값집니다."

* * *

하루의 이동일을 지나, 다시 3차전 당일.
오늘부터의 2경기는…….
네오 팔콘스 파크에서 치러진다.
[3차전은 브라운 VS 윤상철… 좌완 맞대결]

[바뀐 무대, 경기 양상도 달라질까]

[조용했던 양 팀 타선, 3차전부터는 달라져야]

앞선 2경기는 모두 치열한 투수전이었다.

반면 3차전부터 선발의 무게감은 1, 2차전에 비해 다소 떨어지는 게 사실이었고, 때문에 타선의 폭발력이 승부를 가르리라는 예상이 많았다.

팔콘스의 3차전 선발은 역시 브라운.

재규어스의 선발은 윤상철이었다.

'윤상철, 지환이 동기지. 아마추어 시절에는 라이벌로 꼽히기도 했고. 드래프트에서도 누가 먼저냐로 한참 시끄러웠던 기억이 나. 둘 모두 기대치만큼의 커리어 초반을 보냈다고 보기는 좀 어렵지만.'

김지환은 여러 부침을 지나 불펜에 자리를 잡았고, 윤상철은 꾸준히 선발 등판 기회를 얻어왔다.

'최고 구속은 140대 초중반. 구속보다는 좋은 수직 무브먼트와 제구력으로 승부하는 기교파 투수. 맞아 나갈 때는 맞아 나간다지만…… 말리기 시작하면 제법 까다로운 투수다. 경험이 쌓일수록 확실히 나아졌어.'

지난 포스트시즌까지는 주로 불펜에서 대기했으나, 드디어 포스트시즌 선발 등판 기회를 맞이한 것.

'올 시즌 제몫을 단단히 했다는 의미지. 평균자책점도 3점 중반대에 130이닝 정도를 던졌던가. 양희정 선배 은퇴 이후 누군가가 재규어스 국내 에이스의 계보를 잇는다면…… 아마 몇 년 후의 윤상철이겠지.'

물론 평가를 따진다면…….

브라운이 확실히 낫기는 했다.

구속은 물론, 시즌 성적에서도.

'브라운도 물론 좋은 투수다. 성공한 대체외인이라는 점도 그렇지만, 지난 준플레이오프 3차전 피칭은 나무랄 데가 없었지. 스포트라이트가 나나 영준 선배에 쏠리는 감이 있지만 브라운의 활약이 아니었다면 가을야구도 쉽지 않았을 거야.'

또 지난 등판에서도 증명했다.

큰 무대에서도 잘 던질 수 있다는 점을.

'하지만 구 코치님 말씀도 마음에 걸려. 지난 등판만큼만 던져 주면 오죽 좋겠냐만, 상황이 다르니까.'

그렇게만 던져 준다면, 그리고 승리한다면?

더할 나위가 없다.

2승을 안고 4차전을 기대해 볼 수 있으니까.

'책임감에 어깨를 짓눌려 흔들린다면…….'

하지만 흔들린다면…….

'아무리 우리가 대체선발로 내보낼 만한 카드가 적지 않은 팀이라지만, 다들 어리고 경험들이 부족해. 브라운이 잘해 주지 못한다면 정말 어려운 경기가 될 수밖에.'

[……팔콘스와 재규어스의 플레이오프 시리즈 3차전, 이번에는 이곳 네오 팔콘스 파크에서 보내드립니다. 안녕하십니까.]

[안녕하십니까.]

[팔콘스에서는 브라운, 재규어스에서는 윤상철 투수가 각각 선발의 중책을 맡았습니다. 좌투수라는 공통점이 있는데요, 어떻게 보십니까?]

　[아무래도 무게감은 브라운 쪽으로 실리죠. 직전 등판에서 워낙 좋은 모습을 보여 줬고…… 오늘 경기의 관건은 윤상철이 얼마만큼 버텨 주느냐, 그리고 그 가운데 재규어스 타선이 브라운을 어떻게 공략해 내느냐에 달린 것으로…….]

* * *

　브라운의 피칭은 걱정했던 것보다는 좋았다.

　'1회에는 2사 후 김도현에게 볼넷을 허용했지만 오히려 나성진 선배를 상대로 경기 첫 삼진, 2회에도 변우성에게 안타를 허용했지만 실점 없이 막아 내고 3회에는 삼자범퇴.'

　3회초까지는 확실히 그랬다.

　'지난 경기의 흐름을 잘 가져오기는 했어. 우리도 아직 득점은 없지만…… 1, 2차전보다는 타선의 적극성이 눈에 띈다. 병살타가 아쉬워서 그렇지.'

　윤상철의 피칭도 경기 초반에는 훌륭했다.

　1회 한유민이 우전안타로 물꼬를 텄음에도 추가진루 없이 이닝을 마치고, 2회에도 채연승에게 볼넷을 허용했지만 최대훈에게 병살타를 이끌어 내며 찬물을 끼얹었다.

그렇게 시작된 3회말, 팔콘스의 공격.

'불안감에는 선제득점이 즉효약인데.'

호투를 이어간 브라운에 응답하듯.

슈욱!

퍼어엉!

"눈 좋고!"

"나이스, 수혁이!"

장수혁이 선두타자 볼넷을 얻어 냈다.

[……5구째, 볼이 되고 맙니다. 8번 타자 장수혁에게 오늘 경기 두 번째 볼넷을 허용하는 윤상철. 역시 경기의 무게감이 정규시즌과는 다른 걸까요.]

[안 그렇다면 거짓말이겠죠. 하지만 이제는 윤상철도 연차가 제법 쌓였고, 지금까지 위기 상황에서도 잘 이겨 내는 모습을 제법 많이 보여 줬어요.]

이어서…….

슈욱!

퍼어엉!

"됐다, 됐다!"

"아, 공짜로 가자!"

9번 정윤성까지 볼넷.

[……또 한 번 볼넷, 윤상철의 커브를 깔끔하게 골라내며 정윤성은 오늘 경기 첫 출루. 무사 1, 2루가 됩니다.]

[번트를 선택하는 대신 일단 기다린 김용문 감독의 전략이 효과를 봤네요. 사실 윤상철이 조금은 흔들리는 모

습이었거든요. 매번 말씀드리지만…… 볼넷은 언제나 최악의 결과일 수밖에 없습니다.]

[오늘 경기 첫 위기를 자초하고 만 윤상철. 다시 1번 황현민의 타석, 작전수행능력이 아주 좋은 타자입니다. 거기에 2번 한유민은 플레이오프 내내 쉽지 않았던 팔콘스 타선에서 그나마 가장 좋은 타격감을 선보인 선수.]

[한 번 끊어 주고 가네요. 지금 상황을 감안하면 아예 강판일 가능성도…….]

연속 볼넷이라는 최악의 위기에…….

이병호 감독이 마운드를 방문했다.

'교체는…… 아닌 건가. 1차전에도 로이스를 내리는 타이밍을 두고 난리가 났었는데. 1점차 승부였으니 재규이 스스로는 더 아쉬웠을 테고. 이번에는 결과가 어떨지.'

선택은 강판 없이 그대로 윤상철.

[……윤상철이 계속해서 갑니다.]

황현민은 곧바로 번트 모션을 취했고…….

[……초구, 황현민의 번트! 잘 떨어뜨렸고, 투수가 잡아서, 2루로는, 던질 수 없습니다! 1루로…… 아웃! 주어진 임무를 깔끔하게 완수하는 황현민.]

[역시 황현민 선수, 좋은 번트였죠?]

[그렇습니다. 그 결과는 1사 2, 3루. 안타 하나에 2점을 허용할 수 있는 위기에 처한 윤상철.]

[재규어스 배터리도 딱히 공을 빼거나 하지 않았어요. 제구가 좀 흔들리니 일단 아웃카운트를 잡아내고 가겠다

는 선택이죠. 아무래도 1루를 채우고 갈 것 같죠?]

1사 2, 3루 상황.

2번 타자 한유민에게는 고의사구.

[……역시 그렇네요. 만루 찬스에 페레즈가 들어섭니다. 사실 선택의 여지가 있다면 지금은 페레즈와 승부하는 게 맞다고 봅니다.]

[이미 앞선 이닝 한 차례 병살타를 유도한 바 있는 윤상철, 과연 페레즈를 상대로는 어떤 결과를 낼 수 있을지.]

3번 페레즈가 타석에 들어섰다.

그리고 결과는…….

슈욱!

따아악!

[……3구, 타격! 페레즈의 타구가 우중간으로! 외야에, 외야에! 떨어집니다! 페레즈의 적시타! 3루 주자는 이미 홈을 밟았고, 2루 주자도 홈으로!]

[아, 페레즈가 해냈습니다!]

깔끔하게 외야에 떨어지는 안타.

장수혁은 물론, 정윤성까지 홈을 밟았다.

순식간에 0:2의 리드.

[지금 페레즈도 2루까지 달려요!]

그런데 한유민이 3루로 향하는 사이.

과감한 진루에 나선 타자 주자 페레즈가…….

[2루, 2루에서는…… 아웃! 아웃입니다!]

우익수의 빠른 송구에 그대로 아웃되고 말았다.

[……2타점 적시타, 그러나 과감한 선택이 아웃으로 이어지며 고개를 떨구는 페레즈. 본인도 비디오 판독을 아예 요청하지 않고 그대로 더그아웃으로 돌아갑니다.]

[송구가 조금만 흔들렸으면 해 볼 만도 한 상황이었는데, 으음. 이건 팔콘스로서는 좀 아쉽습니다.]

"윽."

"으……."

"페레즈야……."

팔콘스 더그아웃에서도 탄식이 나왔다.

'이해가 안 가는 건 아닌데…… 결국 결과가 중요하지. 뒤에 재완이까지 있잖아. 마음이 너무 앞섰어.'

1사 1, 3루로 이어졌어야 할 찬스가…….

졸지에 2사 3루로 바뀌고 만 상황.

다시 타석에는 4번 타자 노재완.

'저런 식으로 아웃카운트를 내주면 투수로서도 은근히 자신감이 붙는단 말이지.'

슈욱!

퍼어엉!

슈욱!

퍼어엉!

[……또다시 존 바깥쪽에 걸치는 스트라이크, 이제는 컨트롤을 확실히 되찾은 듯한 모습의 윤상철!]

2스트라이크 상황에서…….

슈욱!

부우웅!

따아악!

[……이번에도 3구째에 타격! 타구는 유격수 키를 넘어 외야로! 우익수 타구 포착, 빠르게 달립니다!]

큼지막한 타구를 만들어 냈으나.

[달려서, 달려서! 자, 잡아냈어요! 노재완의 잘 맞은 타구를 지워 내는 변우성! 페레즈를 저격해 낸 변우성이 이번에는 다이빙 캐치로 윤상철을 구원합니다!]

[와, 대단합니다! 이거야말로 메이저리그급 호수비죠! 얄궂지만 정규시즌 초반 한유민 선수의 다이빙캐치가 떠오르는 기가 막힌 명장면을 만들어 냈어요!]

우익수 변우성이 그 타구를 잡아내고 말았다.

"……."

"아……."

"우성아……."

팔콘스 더그아웃에 침묵이 내려앉았다.

'……이렇게 되면 더 아쉽지.'

2사가 아닌 1사 상황이었다면…….

호수비가 어떻든, 1점은 추가했을 타구.

페레즈도 무겁게 고개를 떨어뜨렸다.

'더 잘 하려고 한 거겠지만.'

구강혁이 브라운을 바라봤다.

확실히 긴장감이 역력한 얼굴이었다.

* * *

이번에도 타순이 한 바퀴 돈 뒤가 문제였다.

'하필 3번부터 시작이냐 싶었는데……'

김도현이 좌전안타로 선두타자 출루에 나선 뒤.

'역시 김도현, 나성진이라는 건가.'

나성진이 우중간을 깨끗하게 갈라냈고, 김도현이 특유의 빠른 발로 단숨에 홈까지 밟았다.

재규어스가 추격을 시작한 것이다.

'재규어스 타선의 특징은 저 두 강타자가 잘 치면 다른 타자들까지 덩달아 흐름을 탄다는 거야. 그래서 나랑 상구도 매번 저 둘을 집중적으로 공략했고.'

5번 최형재의 타구는 내야로 흘렀다.

'반대로 그런 식의 공략이 먹히지 않으면 나나 영준 선배도 호투를 장담할 수 없는 상대가 바로 저 양반들이지.'

유격수 황현민이 2루 주자 나성진을 묶어둔 후 1루로 송구, 4회의 첫 아웃카운트를 잡아냈지만……

2회 이미 안타를 기록한 변우성이 적시타를 기록하며 나성진을 불러들였고, 결국 동점이 되고 말았다.

'사실 따지고 보면 그 다음도 문제였어. 원래 병살타로 잡아냈어야 할 타구였는데.'

7전 한준구의 타구도 다시 내야로 흘렀다.

누가 봐도 명확한 6, 4, 3의 병살타 코스.

그러나 정윤성의 1루 송구에 힘이 실렸다.

'한준구가 포수치고는 빠르지만 그렇게까지 까다롭게 승부를 걸 타구는 아니었단 말이지.'

결과는 2루에서는 아웃, 1루에서는 세이프.

'그래도 브라운이 힘을 내서 삼진으로 이닝을 마치기는 했지만, 끝냈어야 할 이닝을 끝내지 못한 건 실점으로 이어지지 않더라도 투수를 더 흔들기 마련이야.'

이닝은 동점을 허용하는 선에서 마무리됐지만, 묘한 찜찜함이 남을 수밖에 없었다.

'차라리 우리가 따라잡는 그림이었어야 하는데. 야구는 흐름…… 브라운은 내가 지금까지 생각한 것보다 그런 흐름과 상황에 더 큰 영향을 받는 투수.'

인정해야 할 단계였다.

경기의 흐름이 재규어스로 넘어갔음을.

윤상철은 4회말에도 다시 마운드에 올라, 완벽하게 안정감을 되찾은 듯 2탈삼진을 엮은 삼자범퇴로 이닝을 마무리.

브라운은 5회초 첫 타자를 땅볼로 잡아냈으나, 1번 빈센트와 2번 이창완에 연속 안타를 허용했다.

'정말 안 좋은데.'

결국 김재상 코치가 마운드를 방문했고…….

'투구 수도 많아졌는데 차라리 교체를…… 아니, 교체한다고 쉽게 풀릴 것 같지도 않다. 아예 여기서 필승조를 내며 승부수를 걸 정도로 타선의 흐름이 좋은 것도 아니고.'

이미 불펜에는 김의준과 문영후가 자리를 잡았지만, 일

단 교체는 없었다.

'하필 또 이제 타격감을 되찾은 김도현의 타석이야. 아까의 안타도 브라운의 실투라기보다는 김도현이 잘 친 결과였으니까. 이거 정말······.'

그리고······.

김도현은 김도현.

시즌 MVP급 타자였다.

[······김도현의 타구가 좌중간을, 좌중간을! 깨끗하게 갈라냅니다! 김도현의 적시타!]

팔콘스의 패색이 짙어지고, 경기 결과는······.

[······스윙, 삼진! 경기 끝! 광주 재규어스가 적지에서의 3차전에서 6:2의 승리를 거둡니다! 한국시리즈까지 남은 승리는 단 하나! 1차전을 내주고도 무너지지 않은 재규어스가 시리즈를 리드하기 시작합니다!]

[오늘 재규어스 타선, 정말 대단했습니다!]

[그렇습니다! 특히 김도현은 3안타 4출루 경기! 특히 역전의 발판을 마련한 것도 모자라, 7회초에는 쐐기 투런포를 쏘아 올리며 팔콘스의 추격 의지를 꺾었습니다!]

6:2, 재규어스의 승리.

동시에 팔콘스의 패배였다.

윤상철은 추가 실점 없이 7이닝을 막아 내며, 본인을 믿어 준 이병호 감독에게 확실하게 응답했고······.

김도현은 브라운의 뒤를 이어 등판한 김의준을 상대로 홈런 하나를 추가해 내며 MVP급 활약을 선보였다.

그렇게 경기가 종료되고, 축 처진 분위기의 팔콘스 선수단이 도열해 관중들에게 고개를 숙였다.
 선발이 앞선다는 평가에도 맞이하고 만…….
 너무도 아쉬운, 그리고 명백한 패배.
 "남은 경기 다 이기면 되지!"
 "그래, 힘 내라고, 힘!"
 "어차피 우리가 도전자였잖어!"
 "서울에 이미 호텔 잡아 놨다잉!"
 그럼에도…….
 팔콘스 홈 팬들의 열기는 아직 식지 않았다.
 '그래, 맞는 말이다.'
 구강혁이 깊은 숨을 들이쉬었다.
 그렇게 3차전의 모든 일정이 마무리되고…….
 곧 몇몇이 팔콘스 파크 내부에 모였다.
 김용문 감독과 김재상 코치, 구태성 코치.
 구강혁과 도미닉, 그의 통역 담당까지.
 '마지막으로 우리 의사를 확인하시려는 거겠지.'
 모두의 눈빛이 비장한 가운데…….
 도미닉이 가볍게 손을 들고 먼저 입을 열었다.
 "감동님, 코치님. 잠깐, 나부터."
 김용문이 신음을 흘리듯 대답했다.
 "으음. 그래."
 도미닉이 말을 이었다.
 "우리, 어엄. Our…… Our ace will give me a

chance, to take the mound."

통역이 눈을 끔벅였다.

"그, 강혁 선수를 믿겠답니다. 4차전에서 강혁 선수가 이겨서 자기한테 등판 기회를 줄 거라네요."

구강혁이 물었다.

"도미닉, 아 유 슈얼, 유 아 오케이? 메이비, 로이스 윌 비 유어 오포넌트, 앳 핍쓰 게임."

5차전에는 로이스가 상대일 텐데…….

그래도 괜찮겠느냐고.

도미닉이 어깨를 으쓱여보였다.

"니, 잘하먼 되지. I will respond to that chance."

"기회에 반느시 응납하셌납니나."

세 코치진이 모두 쓴웃음으로 답했다.

구강혁도 웃으면서 말했다.

"그렇다네요."

김용문이 고개를 끄덕였다.

"그래, 내일도 상황에 따라서는 끊어서 갈 수도 있을 게야. 그러니 너무 부담을 가질 필요는 없다. 네 휴식이 부족한 건 다들 아는 상황이다. 책임은 언제나 감독의 몫이야."

"네. 그래도 아직 책임지실 일은 없을 거예요. 대신이라기는 좀 그렇지만……."

"음?"

"다음 1차전도 맡겨 주시는 걸로 알겠습니다."

＊　＊　＊

[PO 4차전, 구강혁-김연수 선발 맞대결]
[대전 팔콘스, 구강혁 3일 휴식 후 등판 감행!]
[벼랑 끝 김용문 승부수, 팔콘스 구원할까]
[……2, 3차전에서 미출장선수로 지정됐던 구강혁이 결국 4차전 선발로 나선다. 1차전 등판 이후 휴식일은 이동일을 포함해 단 3일. 벼랑 끝에 몰린 팔콘스 김용문 감독이 승부수를 던진 셈이다.

물론 포스트시즌에서 정규시즌과 같은 5일 휴식을 기대하기는 어렵다. 일정에 최적화된 로테이션은 4인 체제. 김연수를 4차전 선발로 예고한 재규어스는 로이스, 알버트, 윤상철, 김연수 순의 로테이션을 가동하는 셈.

반면 팔콘스는 구강혁, 류영준, 브라운, 도미닉으로 예상되던 로테이션에서 구강혁이 4차전에 나서는 것이다. 문영후도 아닌 구강혁이다. 야구계에서는 뜻밖이라는 평가와 어느 정도 예상된 결과라는 평가가 공존하고 있다.

구강혁은 정규시즌 후반기에도 3일 휴식 후 등판을 감행하며 류영준의 부상에 따른 빈자리를 채웠다. 특히 7월 24일 드래곤즈와의 경기를 기점으로 9일 동안 3번의 등판에서 3승을 거둔 결과는 그야말로 압권이었다.

그러나 당시 구강혁은 투구 수를 80개 미만으로 최대한 조절한 것은 물론, 매 경기 배합은 조금씩 달랐다지만 강속구 비중을 줄이며 효율적인 피칭을 선보였다. 1차전에서 시속 157킬로미터까지 올라온 구속을 공격적으로 활용한 피칭과는 대조적이었다.

지난 경기에도 8이닝을 83구로 매조지으며 탁월한 투구 수 관리 능력을 보여 준 구강혁이지만, 경기 막판까지 강속구를 아끼지 않았다. 아무리 강철 같은 어깨를 타고났어도 무리가 가지 않겠냐는 비판이 제기되고 있다…….]

→ 재) 이 새기들은 구강혁 없으면 어쩌냐

→ 재) ㄹㅇㅋㅋ걍 야구가 안 될 듯

→ 가) 에이스 역할이 원래 그렇지 뭐

→ 탄) 뿌슝빠슝! 20년대 KBO에 3일 휴식 후 등판하는 에이스가 있다고 해서 찾아가 봤습니다!

→ 팔) 도미닉이 나가야 되는 거 아니냐? 컨디션 안 좋으면 영후도 있는데 무리하는 건 사실인 듯

→ 팔) 1패면 시즌 끝이니까 그렇겠지

→ 팔) 2경기 다 이길 수 있으면 5차전보다 차라리 지금 나가는 게 정배임, KS 1차전은 좀 그래도 2차전부터는 나갈 수 있어야 원투펀치로 기선 잡을 거 아녀

→ 팔) 투타 밸런스도 생각해야지

→ 재) 님들 그거 암?

→ 재) 아 혹시 5차전은 로이스라는 사실?

→ 팔) 님들도 로이스 쓰면 손해잖어

→ 팔) 그래서 재규어스도 4차전에 어지간하면 불펜 투입 빨리 할 거임 5차전 가면 가디언스만 노난 건데

→ 팔) 도미닉도 있고 영후도 있고 어떻게든 해 봐야지

당장 시리즈 안 끝나는 게 먼저이기는 함
　→ 재) 어휴 팔콘스 민폐충들ㅉㅉ
　→ 팔) ?
　3차전이 끝난 늦은 밤.
　'역시 이래저래 말이 나올 수밖에 없겠지. 여기서 내가 무슨 말을 하든 그냥 감독님을 편드는 그림일 테고…… 저만큼 걱정할 만한 컨디션은 아닌데. 오히려 좋은 편에 가깝지.'
　구강혁이 기사를 살피다 씁쓸하게 웃었다.
　'미리 구 코치님께서 귀띔도 해 주신 덕분에 최대한 맞춰서 준비도 했고. 정말 뱀 문신의 영향인지 어떤지는 모르겠지만, 브레이브스에서 마당쇠로 구르던 시절보다 회복력이 훨씬 좋은 게 사실이야.'
　두 팀의 선발투수가 발표된 현재.
　'그래도 진짜 무리해서는 안 되겠지. 선발 1년차라는 점에는 변함이 없으니까. 여건이 허락한다면 어깨에 쌓이는 데미지를 최대한 줄여야 해.'
　남은 건 푹 자고 최대한 컨디션을 회복하는 일.
　'그나저나…… 유난히 메시지가 많이 쌓였네.'
　첫 엘리미네이션 매치를 앞둔 탓인지, 여기저기서 쌓인 연락이 평소보다도 많은 것처럼 느껴졌다.
　[오현곤: 우리 미친놈 싼바레!]
　[함창현: 지면 소고기 먹으러 가자]
　[조영준 형: 그럼 나도 올라간다]

[오현곤: 오오]

[함창현: 함함]

[조영준 형: 다치지만 말어]

브레이브스 전 동료들은 단체 채팅방에서.

[YC 김윤철 대표: 아시다시피 PS 성적은 포스팅과는 전혀 관계가 없습니다만, 저도 야구가 좋아서 이렇게 늙어 가는 판이니까요. 부상이 없는 선에서 부디 또 한 번의 좋은 모습을 기대하겠습니다]

[임대규: 형! 잘 지내는 거 같아서 좋네. WBC 전에 얼굴 볼 짬이 있으려나? 어떻게 되든 웃으면서 보자]

김윤철 대표와 임대규는 각자 메시지를 통해.

[수신 전화]

[엄니]

[010-XXXX-XXXX]

"네."

—아들!

—뭐여, 받은 겨?

"받았어요, 받았어. 왜 또. 경기장 오라니까 오시지도 않더니, 또 아들 나간다니까 걱정이 되시나?"

—혹시 무리할까 싶어서 그러지!

—그려, 무리할 건 없어. 할 만큼만 혀.

"알았어요, 일찍 주무셔야지."

부모님은 때마침 전화를 통해…….

[희주 씨: 오빠]

[희주 씨: 내일 또 봐요]

그리고 한희주까지.

구강혁이 피식 입꼬리를 올렸다.

'어째 이기라는 사람이 하나 없네.'

* * *

플레이오프 4차전 당일, 24일 토요일.

네오 팔콘스 파크, 이른 시각의 라커룸에…….

거의 대부분의 팔콘스 선수들이 모여들었다.

주장 채연승이 별도의 소집을 걸었던 것.

분위기도 지금까지와는 사뭇 달랐다.

그럴 수밖에 없기도 했다.

팔콘스의 가을야구는 너무도 오래간만의 일.

준플레이오프를 스윕하며 올라오기도 했다.

포스트시즌 탈락이 현실로 다가오는 엘리미네이션 매치 또한 8년 전, 18시즌이 마지막이었고…….

특히 젊은 선수들은 대부분이 처음 겪는 상황이었다.

채연승이 가볍게 웃으면서 입을 열었다.

"올 사람은 다 왔지? 다 온 게 아니라…… 안 보이는 얼굴이 오히려 거의 없네. 뭐냐, 안 하던 짓 하려니까 나도 좀 그렇다. 너무 꼰대라고들 생각하지는 말아 주라, 상황이 상황이잖냐."

벽에 기대어 선 류영준이 말했다.

"꼰대는 무슨, 주장이 오라면 와야지. 까라면 까고."
"선배님은 오시지 말랬잖아요."
"그랬나? 으흐흐."
류영준의 너스레에 분위기가 조금 풀어졌다.
"이렇게까지 불러 모아서 할 만한 이야기인지도 모르겠고, 그래서 올 만한 사람만 잠깐 모이자고 했다."
채연승이 그렇게 말하고는 잠시 숨을 골랐다.
"……오늘, 이기자고."
누군가가 대답했다.
"네!"
"좋습다, 선배님!"
채연승이 씨익 웃었다.
"이겨서 광주로 갔다가, 다음 주말에는 다시 대전으로 돌아오는 거야. 그때는 한국시리즈겠지."
"맞습니다!"
"크, 벌써 설렙니다!"
"나도 간다! 한국시리즈!"
"스윕도 했는데 2승이 뭐 문제겠어요!"
구강혁도 가만히 고개를 끄덕였다.
'걱정했던 것보다는 분위기가 좋네.'
채연승이 멋쩍은 듯 뒷머리를 긁다가…….
"뭐, 이게 다고, 이제 알아서들 밥 먹을 사람은 먹고 웜업 준비하면…… 모인 김에 할 말 있는 사람 있으면 해도 좋겠네. 아, 강혁이가 한마디 할까? 우리 선발."

"오!"
"쿠!"
"씨원하게 한마디 해야지!"
구강혁에게로 배턴을 넘겼다.
모든 시선이 한곳으로 쏠렸다.
구강혁이 짐짓 황당한 듯 어깨를 으쓱였다.
"……먼저 도미닉."
"Uh, huh?"
"고맙다고. 군말 없이 이해해 줘서. 땡큐!"
"Ah, 별거 아니지!"
"그리고 또, 음, 좀 개인적인 이야기이기는 한데요. 어젯밤에 연락이 은근히 많이 왔어요. 선발 등판 전날에는 가끔 그래요. 제가 친구가 사실 많지는 않은데."
"저런."
"저런……."
"강혁이 힘을 내라!"
"아니, 크흠. 아무튼, 연승 선배 말씀이랑은 결이 좀 다를 수도 있지만, 다들 똑같더라고요. 이기라는 말 한마디가 없어요. 그냥 다치지만 말라네."
선수들이 다들 잠시 멈칫하고는…….
이내 웃음을 지었다.
"물론 많이들 이기길 바랐겠죠, 반만 진심이라는 느낌? 특히 아부지는 말만 다치지 말라고 하시고 속으로는 무조건 이기라고 생각하셨을 거 같고……."

"헉."

"구버지……."

"그래도 그렇게들 말해 준다는 게, 저를. 그리고 팔콘스를 믿어 주는 거라고 생각합니다. 할 수 있는 최선을 다하면 어떻게든 이길 수 있다는, 다시 역전할 수 있다는. 그래서 한국시리즈까지 갈 수 있다는…… 그런 믿음이요."

모두가 조용히 구강혁의 이야기를 들었다.

"최근 타선의 흐름이 좋지 않았던 건 사실이고, 투수진들 입장에서 그게 아쉽지 않았다면 거짓말이겠지만…… 그래도 언제든, 얼마든지. 어제 재규어스만큼은 물론이고 그보다 훨씬 더 잘 쳐줄 수 있는 게 우리 디선이라고 생각합니다."

"그, 그래!"

"쳐야지, 칠 때 됐지!"

"이건 반만 진심 아니고, 진짜 진심이에요. 당장 우리 야수진, 타자 선후배님들 방망이가 아니었으면 30승은커녕 제가 올 시즌 세울 수 있는 기록이 얼마나 됐겠어요."

"어, 근데 니가 잘한 거기는 해!"

"나는 그래도 한 발짝은 걸쳤어!"

"네, 네. 그러니까, 서로 믿고 잘해 봅시다. 어, 뭐야…… 마무리를, 박수 치고 밥이나 먹으러 갈까요!"

"그래, 와아!"

"좋다, 좋아!"

"가즈아, 이기러!"
"와아아!"
"오늘 점심 메인디시 오리!"
"와아아아아아!"
짝짝짝짝짝!
라커룸이 때이른 열기에 휩싸였다.

　　　　　　＊　＊　＊

홈, 원정 선수단의 웜업.
주말 경기답게 관중들이 일찍 자리를 채우고…….
여러 경기 전 의례까지 무사히 진행된 후.
"후우, 후……."
구강혁이 심호흡을 했다.
마운드로 나설 시간이었다.
[……팔콘스와 재규어스의 플레이오프 4차전, 다시 한 번 네오 팔콘스 파크에서 보내드립니다. 이제는 벼랑 끝까지 몰리고 만 대전 팔콘스, 반드시 오늘 경기를 잡아내고 5차전까지 승부를 끌고 가야 하는 상황입니다.]
[1차전까지는 아주 좋았지만 2차선부터 경기가 생각대로 안 풀렸어요. 투타의 밸런스를 흔히 손뼉에 비유하죠? 무슨 수를 써서라도 타격감을 끌어올려야 하는 팔콘스 타선입니다.]
[그렇습니다. 반면 준플레이오프에서 무시무시한 호투

를 선보인 류영준과 브라운을 상대로도 내리 2연승을 질주하며 한국시리즈 진출을 코앞에 둔 재규어스입니다.]

[네, 재규어스는 재규어스대로 고삐를 늦추면 안 됩니다. 이대로 재규어스가 플레이오프의 승자가 된다면 작년에 이어 또 한 번 같은 한국시리즈 대진이 나오잖아요? 작년과 같은 그림을 그리지 않기 위해서라도 5차전까지 가지 않는 것이 절실합니다.]

[비록 구강혁을 상대로 아쉬운 판정패를 거뒀지만, 역시나 올 시즌 재규어스의 에이스는 로이스. 여기서 재규어스가 시리즈를 끝낼 수만 있다면 한국시리즈 1차전에도 얼마든지 등판이 가능합니다.]

[산 넘어 산이라고, 가디언스에는 또 윤대준이라는 무시무시한 에이스가 있으니까요. 아무리 지금 흐름이 올라온 재규어스 타선이라도 쉬운 상대가 아닙니다.]

[그렇겠군요. 타선의 흐름은 확실히 재규어스가 앞서는 상황. 그러나 선발 카드는 3일의 짧은 휴식에도 불구하고 구강혁이 김연수보다는 앞선다는 평가가 많습니다.]

[아무래도 그렇죠. 이미 구강혁은 정규시즌에 3일 휴식 후 등판이 얼마든지 가능한 본인의 내구성을 증명하기도 했으니까요.]

[하지만 구강혁은 커리어 첫 엘리미네이션 매치의 선발 등판. 게다가 또 포스트시즌은 포스트시즌, 단순한 선발 카드의 전력차로 승패를 예측하는 것은 탁상공론에 불과

합니다.]

[그럼요. 어제도 윤상철이 브라운을 상대로 그렇게나 잘 던질 거라는 예상을 하기는 쉽지 않았죠. 오늘 재규어스의 선발로 나서는 김연수 투수 또한 얼마든지 이변의 주인공이 될 수 있는 겁니다.]

[재규어스로서는 바라 마지않는 상황이겠네요. 말씀드리는 순간, 구강혁 투수가 입장을 앞두고 있습니다. 첫 상대로 타석에 들어올 선수는 2차전부터 1번 타순을 되찾은 빈센트 타자.]

[2, 3차전의 흐름이 워낙 좋았던 만큼 구강혁을 상대로도 타순에 별 변화가 없죠? 또 팔콘스 타선도 어제 7번, 포수로 들어갔던 최대훈이 박상구로 교체된 것을 제외하면 큰 변화가 없어요.]

[지금까지, 특히 3차전에서는 공격력에서 명백한 판정패를 당한 팔콘스. 그럼에도 타선에 대해서는 두 팀, 이병호 감독과 김용문 감독이 모두 믿음의 야구를 택했습니다.]

[자, 이제 들어오네요.]

[네, 팀의 상황이 어떻든 한 경기를 믿고 맡길 수 있는 투수, 30승, 20탈삼진, 역대 시즌 최다 탈삼진, 노히트노런까지! 너무도 많은 키워드가 이 슈퍼에이스를 장식합니다, 구강혁입니다!]

둥! 둥! 둥! 둥!

구강혁의 등장곡.

그 인트로가 장엄하게 울려 퍼졌다.
마운드로 나서는 구강혁의 얼굴에는…….
오늘만큼은 일말의 웃음기조차 없었다.

* * *

이제는 제법 쌀쌀해진 10월 하순의 날씨.
Snake From the Hell.
Unleashed on This Field…….
그럼에도 불구하고…….
네오 팔콘스 파크의 열기는 말릴 수가 없었다.
장엄한 등장곡의 주인공.
'매번 설레는 등장곡이지만…….'
구강혁의 가슴도 세차게 뛰고 있었다.
'오늘은 좀 더 무겁게도 들리네.'
KBO, 시즌의 마지막을 장식하는 무대.
한국시리즈까지 남은 승수는 단 2.
그러나 여기에서 넘어진다면?
팔콘스의 올해는 끝을 맞이한다.
이후의 일은…….
지금으로서는 알 길이 없다.
'지금 생각할 필요도 없고.'
한 번 더 심호흡을 한 후.
구강혁이 연습투구에 나섰다.

슈욱!

[……연습투구를 마친 듯한 구강혁. 지금 포심과 체인지업 위주의 가벼운 피칭을 보여 줬는데요. 빈센트가 막 타석에 들어서고 있습니다. 올 시즌 최고의 리드오프 가운데 한 명으로 꼽혔지만, 구강혁을 상대로는 정규시즌부터 지난 1차전까지 그야말로 속수무책.]

[구강혁한테 강한 타자가 리그에 없기도 하죠? 그래도 오늘 경기를 쉽게 풀어가려면 빈센트 타자의 집중력이 정말 중요합니다. 그런데 또…… 마냥 지켜보겠다는 마인드여서는 순식간에 아웃카운트를 헌납할 뿐이고요.]

[너무도 까다로운 투수, 구강혁. 일찌감치 사실상의 대권 도전을 선언하고 그 의지를 현실로 실현해온 팔콘스로서는 오늘 경기 승리는 물론, 구강혁의 부담을 최대한 줄이는 것 또한 간과할 수 없는 목표가 될 것 같습니다.]

[그렇죠. 시즌 전의 원 나우 기조…… 하지만 아무리 벼랑 끝이라도 뒷일을 생각하지 않을 수는 없어요. 그러려면 동료들, 팔콘스 야수진. 수비도 수비지만 지금까지 좋지 않았던 흐름을 어떻게든 바꿔 내야 합니다.]

재규어스의 선두타자는 빈센트.

[말씀드리는 순간, 1회초 경기가 시작됩니다. 곧바로 피칭에 들어가는 구강혁, 초구!]

구강혁의 초구에 망설임이 없었다.

슈욱!

빈센트의 배트도 마찬가지였으나…….

부우웅!

틱!

"!"

[……초구부터 타격, 그러나 내야를 벗어날 수 없을 듯. 2루수가 잡아 1루로, 아웃됩니다.]

결과는 2루수 땅볼.

단 1구에 아웃카운트가 쌓이기 시작했다.

[방금도 말씀드렸지만…… 워낙 공격적인 배합을 즐기는 오늘 팔콘스 배터리, 지켜보는 게 능사는 아닙니다. 어느 팀의 타자든 알고 있는 사실이죠. 그러나 초구부터 이런 아웃은 역시 아쉬울 수밖에 없어요.]

[그대로 더그아웃으로 돌아가는 빈센트, 과감한 스윙이었지만 이번에도 결과가 좋지 않았습니다. 타석으로 들어서는 재규어스 2번 타자 이창완.]

'첫 단추는 일단 잘 꿰었다.'

1차전 구강혁과 재규어스 타선의 대결은?

두말할 것 없이 구강혁의 승리였다.

포스트시즌에서 8이닝 1피안타 13탈삼진.

거의 굴욕적인 패배를 안겨준 셈이었다.

'하지만 1차전과 상황이 다르다는 점에는 변함이 없어. 빈센트는 워낙 마이 페이스 기질이 강하니…… 상대의 전반적인 전략이 어떨지는 조금 더 지켜봐야 한다.'

하지만 1차전은 이미 과거의 일.

빈센트를 상대로 잡은 아웃카운트는…….

시작일 뿐이다.

'1차전에는 경기 감각 측면에서 솔직히 내가 우위에 있었지. 어쨌든 준플레이오프를 치르고 충분한 휴식까지 취했으니까. 그 반면 지금은 흐름이 너무 좋아. 브라운의 공이 심지어 아주 나쁘지도 않았는데.'

물이 오를 대로 오른 재규어스 타선.

'물론 재규어스 타자들로서는 내가 1차전과 같은 연이은 전력투구를 할 거라고는 생각하기가 어렵겠지. 그 점은 여전히 써먹을 수 있는 무기다.'

피치컴을 통한 슬라이더 사인.

'좋아.'

슈욱!

부우웅!

퍼어엉!

142km/h의 바깥쪽 코스.

헛스윙이었다.

"스윙, 스트으라이크!"

[……이번에는 슬라이더로 헛스윙을 유도하는 구강혁! 원 스트라이크의 카운트. 방금 빈센트를 상대로 땅볼을 끌어낸 체인지업도 그랬습니다만, 연이어 존 바깥으로 빠지는 변화구를 구사하는 모습인데요.]

[여기까지는 일단 조심스러운 모습으로 보여요. 아니, 신중한 거죠. 정규시즌과 포스트시즌은 당연히 무게감이 다른데…… 그것도 팔콘스는 엘리미네이션 매치니까요.]

[1회부터 적극적으로 배트를 내는 재규어스의 테이블 세터, 어떤 의도가 있을까요?]

[일단은 지켜봐야죠. 그렇지만 이창완 타자도 방금 스윙이 평소보다 좀 크다는 느낌이거든요. 역시 며칠을 쉬었던 구강혁이다, 기다리는 건 답이 될 수 없다. 그런 공감대를 가지고 나오지 않았나 싶습니다.]

이어지는 2구.

슈욱!

퍼어엉!

같은 구종에 거의 비슷한 코스, 141km/h.

이창완이 움찔하며 참아냈다.

[……2구째도 비슷한 코스, 그러나 배트를 내지 않는 이창완. 공 하나를 골라내며 원 앤 원의 카운트가 됩니다.]

[저까지 다 긴장이 되네요.]

'집중력이 확실히 좋아진 느낌이야.'

그리고 3구.

슈욱!

이번에는 높은 코스의 패스트볼.

따아악!

구강혁의 시선이 빠르게 타구를 쫓았다.

[……3구, 타격! 높이 떠오르는 타구! 외야로, 그러나 멀리 뻗어가지는 못할 듯. 중견수 장수혁이 내려오며 잡아냅니다. 2아웃!]

중견수 플라이.

2아웃까지도 흐름이 좋았다.

그러나…….

'첫 타석이구만, 김도현.'

이제는 3번 김도현의 타석.

[……3번 타자는 김도현. 재규어스 원정 응원석을 중심으로 열띤 응원이 흘러나오고 있습니다. 어제 3차전에는 3안타 1홈런, 누구도 부정할 수 없는 MVP였습니다.]

[일등공신이었죠. 김도현은 원래도 무서운 타자지만, 기세를 한 번 제대로 타면 정말 말릴 수가 없는 그런 선수예요. 더군다나 홈런까지 때려내지 않았겠습니까?]

[네, 쐐기 투런포로 팔콘스의 추격 의지를 꺾어 냈습니다. 그러나 김도현 역시 구강혁을 상대로는 그리 좋은 기억이 없습니다.]

[하하, 또 2아웃 상황이기도 하고요. 그래도 팔콘스 배터리, 긴장을 늦춰서는 안 됩니다. 그럴 리도 없겠지만요.]

'……여기는 표정부터 자신감이 넘치네.'

선수단이 모여 이야기를 나누고…….

경기를 치르기 직전.

구강혁과 박상구는 다시 대화를 나누었다.

박상구의 걱정이 바로 김도현이었다.

"김도현이 물이 올라도 너무 올랐어."

"그야 누가 봐도 그렇지."

머뭇거리면서 이런 말을 꺼냈을 정도로.

"그러니까 차라리…… 거르고 가는 건 어때?"

"거르자고?"

"어, 아니. 뭐냐. 다짜고짜 고의사구를 주자든가 그런 소리는 아니고, 2사 후나 1루를 채울 만할 때. 솔직히, 씨, 그게 아니어도 계속 좋은 공만 안 주는 정도는 괜찮잖아? 어제 홈런은 무슨, 맞기도 전부터 넘어가는 줄 알겠더라."

"초능력자여?"

"말이 그렇다는 거지."

충분히 타당한 제안이었다.

투수에게는 언제나 선택지가 있다.

가장 뛰어난 상대 타자를…….

깔끔하게 거르고 간다는 선택시가.

박상구의 말대로, 고의사구일 필요도 없다.

매번 존을 제법 크게 벗어나는 공.

칠 수 없는 공을 던지면 될 뿐.

아무리 타격감이 극강이라고 해도, 바깥쪽으로 크게 떨어지는 슬라이더를 타격하려 든다면…….

헛스윙이나 범타가 나올 뿐이다.

물론 누군가는 비난할 수도 있는 일이다.

승부를 두려워하는 겁쟁이라고.

"으음…….";

구강혁도 짧게 생각에 잠겼다.

비난?

그런 건 전혀 두렵지 않다.

중요한 건 승리다.

엘리미네이션 매치란 그런 것이다.

그렇게 김도현을 거르고도 다음 타자를 잡아낼 수만 있다면, 그리고 이닝을 실점 없이 마무리할 수 있다면?

그만큼 단순하고 효율적인 전략은 없다.

위험 부담을 최대한 줄이고 플레이오프 시리즈를 다시 한번 동률로 만들기 위해, 박상구도 나름대로 합리적인 제안을 했던 셈이다.

그러나, 그럼에도 불구하고…….

구강혁은 고개를 저었다.

느리게, 하지만 단호하게.

박상구가 눈을 질끈 감았다.

"……어휴."

"상구야."

"나도 고민하다 말 꺼낸 건데……."

"오해는 하지 마. 마음은 이해가 가니까. 절대 너를 멍청한 겁쟁이 녀석이라고 생각한 게 아니야, 겁쟁아."

"아니, 이 자식아. 나성진 선배보다 김도현이 진짜 까다롭잖아, 지금은. 엉? 나야 뭐 누가 놀리든, 너한테 겁쟁이 소리를 듣든 말든 뭔 상관이야, 이길 확률이 조금이라도 올라간다면……."

"그래, 한번 걸렸다고 치자."

"……."

"또 거르고, 또 거르고. 어떻게 나성진 선배도, 최형재 선배도 잘 잡아내면서 김도현이 한 번도 홈을 못 밟았어. 그래서 우리가 무실점으로 이겼다고 치자고."

"좋잖아."

"그럼 내일은?"

"그거는……."

타석 몇 번을 의도적으로 뭉갠다고 좋았던 흐름을 삽시간에 잃어버릴 타자라면, 김도현은 올 시즌 최고의 타자로 꼽히지도 않았을 것이다.

"믿고 가는 건 좋아. 바로 방금 그러자고도 했고. 도미닉, 영후…… 선민이나 동엽이도 나갈 수 있겠지, 어쩌면 지환이도. 그래도 짜식아, 우리가 할 수 있는 건 전부 히고서 맡겨야지. 5차전도 아니고."

정규시즌에도 적잖은 투수들이 김도현에게 볼넷을 감수하며 피해 가는 승부를 벌였지만…….

김도현은 그런 견제마저 이겨 내며 3개나 되는 타격 타이틀을 차지한 타자다.

"5차전이면 걸렀을 거야?"

"으음, 음? 으음……."

"마!"

"아무튼 뭐 좀 맞으면 어떻냐. 그런 각오로 가야 한다니까. 진짜 맞으면 욕은 선발인 내가, 아니다, 같이 먹어야지. 나의 친애하는 전담포수랑."

"뭣?"

잠시 생각에 잠겼던 구강혁이…….

'재규어스와 가디언스 타선, 어디가 더 좋냐고 누가 물으면 나는 가디언스 타선을 고를 거야.'

다시 김도현을 노려보았다.

'김도현, 나성진. 두 중심의 공략에 매번 성공해 왔으니까. 하지만 야구는 흐름의 스포츠라는 말을 그 어떤 팀보다 격렬하게 증명하는 팀이 바로 재규어스.'

흐름이 넘어갔다면?

'흐름을 탄다면 가디언스 타선이 문제가 아니지. 리그 역사를 통틀어도 비교할 대상이 그리 많지 않을 거다. 그리고 그 흐름을 가장 많이 만들어 내는 타자가 김도현.'

되찾아야 한다.

'그 김도현의 기세를 내가 끊어 낸다.'

그건 언제나 에이스의 숙명이다.

손을 모으고 멈추었던 구강혁.

그가 움직이기 시작했다.

초구.

슈욱!

퍼어어어엉!

몸쪽 낮은 코스로 파고드는 포심 패스트볼.

나오려던 김도현의 배트가…….

마치 그 기세에 눌린 듯 멈춰 섰다.

"스트ㅇㅇㅇㅇㅇㅇㅇㅇ라이크!"

그러나 공은 존을 지났다.

[……초구, 여기서 불을 뿜는 구강혁의 어깨! 3일의 짧

이번에는 김도현이 고개를 끄덕였다.

[……볼 카운트는 투 스트라이크. 빠르게 코너에 몰린 김도현 타자. 그러나 아직 승부는 알 수 없습니다.]

박상구가 구강혁에게 새 공을 던져 주었다.

천천히 공을 매만지던 구강혁이…….

다시 양손을 모았다.

피치컴의 사인은…….

'그래, 이렇게 나와야지. 거르긴 뭘 걸러.'

만족스럽다.

다음으로는 짧지만 깊은 숨을 들이켰다.

관중석 어디에선가, 누군가가 외쳤다.

"파울홈런 나음에는 뭐다!"

바로 다음 순간.

구강혁의 오른팔이 다시 한번 불을 뿜었다.

슈웅!

(역대급 뱀직구로 슈퍼에이스! 6권에서 계속)

은 휴식에도 굴하지 않는 강속구, 전광판에 찍힌 숫자는 157, 157의 강속구입니다!]

[저, 정말 놀랍습니다! 구강혁 투수, 어느 정도는 맞춰 잡는 피칭을 하지 않을까 싶었는데요. 오히려 김도현을 상대로 정면승부에 나섭니다! 1차전과는 완전히 달라요!]

김도현이 눈썹을 한껏 찌푸렸다.

'판정이 마음에 안 든다기보다는……'

18미터를 넘는 거리에도…….

'아깝다, 그런 느낌이네.'

마치 이글거리는 눈이 코앞에 있는 듯했다.

'어느 쪽이든 고맙지.'

구강혁이 아주 살짝 입꼬리를 올렸다.

2구.

슈욱!

바깥쪽으로 흘러나가는 듯하다가 빠르게 휘어져 들어가며 보더라인을 노리는, 백도어성 궤적의 포심 패스트볼.

따아아악!

[……2구, 타격! 타구 큽니다! 그러나, 그러나 밀렸습니다. 파울 라인 바깥쪽으로 휘어지네요.]

[이야, 그래도 지금은 굉장히 잘 맞았죠? 구강혁을 상대로는 이런 파울을 만드는 것도 사실 쉽지가 않아요.]

아주 큼지막한 파울 타구였다.

'스윙 한번 제대로네. 저 체격에서 쉽게 나올 만한 타구가 아닌데. 역시 김도현은 김도현이야.'